COLLECTION FOLIO

Amos Oz

Ne dis pas la nuit

Traduit de l'hébreu
par Sylvie Cohen

Gallimard

Cet ouvrage a précédemment paru
aux Éditions Calmann-Lévy.

Titre original :
אל תגידי לילה
AL TAGUIDI LAILAH

Amos Oz est né à Jérusalem en 1939. Depuis un premier succès international avec son roman *Mon Michaël*, il s'est imposé comme l'écrivain israélien le plus important de sa génération. Il a reçu de nombreux prix littéraires et distinctions à travers le monde, dont le prix Femina étranger pour *La boîte noire*. En 2004, *Une histoire d'amour et de ténèbres* lui a valu un succès populaire inédit. L'essentiel de son œuvre est disponible en français aux Éditions Gallimard. Amos Oz est mort à Tel-Aviv le 28 décembre 2018.

Théo (urbaniste)
Noa Doubnov (enseignante)
Malachie (Muki) **Peleg** (agent immobilier)
Avraham Orvietto (conseiller militaire ou négociant d'armes)
Er'elah Orvietto (médecin, tuée dans le détournement d'un avion de l'Olympic Airways)
Emmanuel Orvietto (lycéen)
Le chien d'Emmanuel Orvietto
Elazara Orvietto (employée de banque)
Ron Arbel (avocat)
Ludmeer (retraité de la compagnie de l'électricité, membre d'un bon nombre de comités et d'associations)
Gusta Ludmeer (sa femme, donne des leçons particulières de mathématiques)
Lilach Ludmeer (sa petite-fille, voulait étudier la danse à Tel-Aviv)
Linda Danino (secrétaire, divorcée)
Néhémie Doubnov (retraité de la Compagnie générale des eaux)
Huma Bat-Am Zamoscz (membre de la Société végétarienne et militante pacifiste)

Yoshiahou (Yoshko) **Sar-Shalom Zamoscz** (retourné à l'orthodoxie)

Gorovoi « le voyeur » (ex-champion d'haltérophilie à Lodz)

Le poète **Ezra Zussman** et sa femme

Bat-Sheva Dinur (maire de Tel-Kedar)

Didi Dinur (son mari, tombé à la guerre des Six-Jours, probablement musicien)

La vieille mère de Bat-Sheva (professeur retraitée)

Eitam (petit-fils de Bat-Sheva)

Nawaf (a rapporté des olives de Galilée)

Julia et le docteur **Léo Dresdener**, et le docteur **Nir** (les deux derniers sont dentistes)

Doubi Weitzman (notaire et comptable, s'occupe également de reproduction et d'imprimerie)

Yéhoudah et **Jackie** (studio Hollywood)

Kushnir (relieur)

Schazberg (pharmacien)

Avram (vendeur de *falafels*, et, depuis peu, de *chawarmas* servis dans une *pita*)

Shlomo Benizri (banquier, de la succursale de Beersheva)

Doris (secrétaire de Benizri)

Tiki (dactylo)

Un gros policier (dans l'accident au carrefour d'Ashqelon)

Martha (habite Eilat, droguée probablement)

Aatef (guide bédouin)

Alharizi (propriétaire d'une villa à Tel-Kedar, aujourd'hui importateur de télévisions à Netanya)

Le chimpanzé de la famille Orvietto

Natalia (nouvelle immigrante, femme de ménage)

Son mari (mécanicien au chômage)

Son beau-père (*idem*)

Gilboa (maison de la presse et papeterie)

Limor Gilboa (sa fille, aide son père au magasin et joue du violoncelle)

Pini Bozo (marchand de chaussures)

Sa femme et son bébé (assassinés)

Albert Yeshua (le soldat qui tua la femme et l'enfant de Bozo)

Lupo, l'aveugle (travaille au central téléphonique)

Anat et **Ohad** (un couple de jeunes gens)

Bialkin (marchand de meubles)

Gustave Marmorek (connu sous le sobriquet d'Eliahou le sénile)

Violette et **Madeleine** (coiffeuses et belles-sœurs)

Un chantre hongrois

Paula Orlev (propriétaire d'une boutique de prêt-à-porter)

Tal Orlev (sa fille, bachelière, va bientôt accomplir son service militaire)

Jack Ben-Lulu (garage Ben-Elul)

Les frères **Barjaluni** (agents immobiliers)

Pini Finkel (tombé à la guerre d'indépendance)

Nimrod Finkel (son fils, directeur du bureau du Développement)

Czerniak, Refidim et **Arbel** (avocats, 90, boulevard Rothschild, Tel-Aviv)

Un professeur, également accordeur de pianos (rédige un livre sur l'essence du judaïsme)

Amalia (bibliothécaire à Tel-Kedar, femme malade)

Jeune Irlandais originaire de Galway (parcourt la Galilée à la recherche d'une jeune fille, prénommée Dafna)

Quatuor à cordes (nouveaux immigrants originaires de Kiev)

Un homme pleurant dans une Jeep, la nuit

À 19 heures, installé sur le balcon de son appartement, au troisième étage, il observe le crépuscule, dans l'attente des promesses du soir.

Le balcon donne sur une cour vide, un bout de pelouse, des lauriers-roses, un banc et une tonnelle de bougainvillée mal entretenue. À l'extrémité, se dresse un mur où se dessinent les contours d'une porte condamnée par une rangée de pierres. Il lui semble que, plus récentes et plus claires que les autres, elles sont un peu moins lourdes que l'ensemble de l'ouvrage. Deux cyprès se dressent derrière la clôture. Ils virent au noir à la lumière déclinante. Plus loin, se profilent des collines vides : c'est le désert. Parfois, des volutes grisâtres s'élèvent en frissonnant puis se déplacent en se contorsionnant avant de retomber et de reprendre ailleurs.

Le ciel s'assombrit. Un nuage placide réfléchit faiblement la lumière du couchant. Du balcon on ne peut voir le soleil disparaître. Un oiseau s'ébroue sur le mur de pierre qui ferme la cour

– on dirait qu'il vient d'apprendre quelque chose qu'il ne peut garder pour lui. Et toi ?

La nuit tombe. Les réverbères s'illuminent en même temps que les fenêtres des maisons, entre deux trous d'ombre. Le vent redouble en charriant des effluves de bois brûlé et de poussière. La lune nimbe les collines voisines d'un masque mortuaire, on dirait des sons étouffés. On se croirait au bout du monde. Ce qui lui convient assez : il a exploré tous les possibles, et il ne lui reste plus qu'à attendre.

Là-dessus, il quitte le balcon pour s'installer dans un fauteuil du salon, les pieds sur la table, les bras ballants, comme attirés par la fraîcheur du sol. Il n'allume ni la télévision ni la lumière. Une voiture passe en bas de la rue dans un crissement de pneus. Des chiens aboient. Quelqu'un joue de la flûte. Ce n'est pas une mélodie, mais des gammes qui se répètent indéfiniment, toujours les mêmes. Il trouve les sons harmonieux. L'ascenseur dépasse son étage sans s'arrêter. Dans l'appartement contigu, il lui semble que la speakerine de la radio parle dans une langue étrangère, mais il n'en est pas sûr. « Cela n'entre pas en ligne de compte », lance une voix masculine sur le palier. « Alors, n'y va pas, ça finira bien par arriver », répond une autre voix.

Quand le ronronnement du réfrigérateur s'interrompt, on entend le chant des grillons ponctuer le silence dans le *wadi*. Un léger courant d'air gonfle les rideaux, agite les pages du journal posé sur l'étagère et les feuilles de la plante verte puis traverse la pièce avant de s'échapper par l'autre fenêtre et se perdre dans le désert. Il croise les bras autour de ses épaules. Le bien-être qu'il ressent lui rappelle un soir d'été dans une ville bien réelle, peut-être Copenhague où, naguère, il a passé deux jours. Là-bas, la nuit ne tombait pas, elle avançait à tâtons. Le crépuscule durait trois ou quatre heures, comme s'il cherchait à rattraper l'aube. Des cloches carillonnaient – l'une d'elles émettait un son rauque, semblable à une quinte de toux. Une pluie fine nouait le ciel vespéral à l'isthme et aux canaux. Un tramway illuminé et vide troua le rideau liquide – il lui sembla voir la receveuse, une jeune femme, se pencher pour parler au machiniste, sa main posée sur la sienne –, puis il disparut tandis que l'écran de pluie se refermait ; on aurait dit que la lumière du soir le transperçait et que les gouttes d'eau fusionnaient avec les gerbes de la fontaine sur la place adjacente. Les eaux paisibles du jet restaient éclairées toute la nuit. Un ivrogne âgé et dépenaillé somnolait sur le bord – sa tête poivre et sel était renversée sur sa poitrine, et ses pieds, nus dans ses godillots, baignaient dans le bassin. Il était immobile.

Quelle heure est-il ?

Il s'incline dans le noir et contemple l'écran lumineux de sa montre sans trop savoir pourquoi. C'est peut-être le début du lent processus qui mène de la douleur à la souffrance. Des aboiements frénétiques et rageurs fusent des cours, des terrains vagues, du *wadi*, voire de plus loin, de l'obscurité tout là-bas, des collines : ce sont les chiens des Bédouins ou des chiens errants qui ont dû sentir un renard ; un aboiement se mue en hurlement, un autre lui fait écho, perçant, désespéré, comme perdu à jamais. Tel est le désert lors des nuits d'été : archaïque. Indifférent. Vitreux. Ni mort ni vivant. Présent.

Il contemple les collines à travers la porte-fenêtre du balcon, par-delà la barrière de pierre au fond de la cour. Il éprouve un sentiment de reconnaissance qu'il ne sait à quoi rattacher, aux collines peut-être. C'est un homme de soixante ans, massif, aux traits larges, un peu épais – une face de paysan gaulois, méfiante ou dubitative, avec une ombre de perfidie secrète. Ses cheveux blancs sont coupés ras et il a une moustache grisonnante et autoritaire. Quand il se trouve quelque part, on dirait qu'il occupe tout l'espace. Son œil gauche est presque toujours à demi fermé : il semble moins cligner des paupières que concentrer son attention sur un insecte ou un minuscule objet. Il est assis dans son fauteuil, bien réveillé, les membres relâchés, comme après un profond sommeil. L'affinité tranquille qui unit le désert à l'obscurité lui semble naturelle. Certains occupent leur soirée à leurs loisirs, à des projets ou à des regrets. Pour sa part, il se contente de l'instant qu'il ne trouve absolument pas vide. Le désert lui paraît juste et la clarté de la lune, légitime. À travers la fenêtre, il aperçoit trois ou quatre étoiles brillantes, au-dessus des collines. « On peut respirer », articule-t-il à voix basse.

Ce n'est que le soir qu'elle peut souffler un peu, quand la chaleur a diminué. Encore une journée folle. Elle passe son temps à courir contre la montre. De 8 heures à 13 h 45, au lycée : deux heures de littérature générale, deux heures de module pour la préparation au baccalauréat, plus une heure de soutien aux élèves russes, dont la tête n'est absolument pas à « l'exil de la présence divine ». Pendant le cours sur Bialik, une très jolie fille, Ina ou Nina, a soutenu que les mots étaient bibliques. Pour le sentiment, avait-elle affirmé, Bialik s'était inspiré de Lermontov, et sa poésie était anachronique. Puis elle s'était mise à réciter deux vers en russe, sans doute pour me donner une illustration de ce qui, pour elle, était la vraie poésie. Je lui ai dit de se taire. Même si l'exil de la présence divine me tape sur les nerfs et que, pour ma part, elle peut très bien rester là où elle est.

À la pause de 11 h 15, je m'étais à peine installée à la bibliothèque, près du climatiseur, afin de préparer le cours suivant, que l'on me convoquait chez le proviseur adjoint pour arbitrer un différend entre deux professeurs, dont l'une – la plus jeune – se disait insultée par sa collègue plus âgée. J'ai pris le parti de toutes les deux, et leur ai suggéré de pardonner et de tourner la page. C'est incroyable comme des lieux communs, le mot « pardonner » par exemple, si on les utilise à bon escient, sans léser aucune des parties, ont le pouvoir de libérer quelques larmes et de faire régner la paix. C'est fou comme des choses insignifiantes peuvent soulager une blessure, peut-être parce que la cause en est justement dérisoire.

À la place du déjeuner, j'ai acheté un *falafel* que j'ai mangé en route pour arriver à temps à mon rendez-vous, à 14 h 15, au secrétariat du syndicat. Nous y sommes allés pour essayer de gagner des appuis à notre projet d'institut. La place « à côté du feu rouge » était déserte et écrasée de chaleur. Au milieu de la large plate-bande de romarin, un nouvel immigrant bedonnant, un homme d'un certain âge, coiffé d'un béret de laine noire, s'appuyait sur sa bêche : inerte, on aurait dit qu'il s'était évanoui sur place. Au-dessus de sa tête, le soleil semblait défaillir à son tour dans la touffeur moite. À 16 heures, l'avocat d'Avraham Orvietto est enfin arrivé, avec une heure de retard – il s'appelle Ron Arbel, et on dirait un enfant gâté que sa mère aurait forcé à se déguiser en homme d'affaires. Nous nous sommes installés au « California » où il nous a servi une explication tortueuse concernant l'aspect financier. À 16 h 45, je l'ai présenté au trésorier de la mairie – j'étais toute poisseuse de transpiration, et mes aisselles sentaient si fort que j'avais l'impression d'être une autre –, puis nous nous sommes rendus à l'agence de Muki, qui n'avait pas préparé le mémoire promis. À la place, il nous a fait un laïus sur sa vie et sur les lacunes du gouvernement. Il portait un teeshirt voyant avec le sigle d'un nouveau groupe rock du nom de La Larme du diable. Ensuite, je suis allée au centre pédagogique, à la pharmacie sur la place dite « à côté du feu rouge », au supermarché, moins d'un quart d'heure avant la fermeture, j'ai retiré de l'argent au distributeur et j'ai même pensé à récupérer le fer qui était en réparation. Il faisait nuit quand, titubante de chaleur et de fatigue, je suis arrivée à la maison où je l'ai trouvé dans un fauteuil du salon, sans lumière, muet comme une carpe. Il me refait le coup de la grève du shabbat pour me rappeler que mes occupations sont la cause de sa solitude. Ce rituel a des règles plus ou moins établies : par principe, je suis responsable des quinze ans qui nous séparent. Lui, par principe, me pardonne parce que c'est un homme plein de tact.

Il a préparé le dîner : tu es fatiguée, Noa, assieds-toi et regarde le journal. Il a confectionné une omelette aux oignons, une salade de crudités découpées en petits cubes réguliers, du pain complet en tranches, présenté sur une planche de bois, du fromage et des rondelles de radis en forme de boutons de rose. Et il attend les exclamations d'admiration, tel le comte Tolstoï allumant le feu de ses propres mains dans une cabane de paysans.

Le journal terminé, il fait bouillir de l'eau, nous sert une tisane, glisse un coussin sous ma tête, un autre sous mes pieds et pose un disque sur la platine. Schubert, *La Jeune Fille et la Mort*. Mais, quand je prends le téléphone et que je compose le numéro de Muki Peleg pour savoir si le mémoire est enfin prêt, puis celui de Ludmeer et enfin celui de Linda pour lui demander ce qu'il en est de la licence, sa gentillesse s'évanouit, il se lève, débarrasse la table, fait la vaisselle et va s'enfermer dans sa chambre sans un mot, comme si j'allais lui courir après. Sans ses simagrées, je prendrais une douche et j'irais probablement le retrouver pour lui raconter ce qui s'est passé, lui demander conseil, mais peut-être pas, finalement. Il est insupportable quand il se met à répertorier ce qui ne va pas dans notre projet et ce que je n'aurais en aucun cas dû dire à qui, et il est encore plus agaçant quand il écoute en silence en s'efforçant d'être attentif, comme un oncle gâteau qui a décidé de consacrer quelques minutes de son temps précieux à écouter sa petite nièce lui raconter ce qui a fait peur à sa poupée.

À 22 h 15, après m'être douchée à l'eau chaude puis à l'eau froide, je m'écroule sur mon lit et j'essaie de me plonger dans un essai sur les caractéristiques de la toxicomanie quand la radio s'infiltre dans ma chambre. La BBC World Service. Dernièrement, comme Menahem Begin lors de sa réclusion, il se branche chaque nuit sur Londres. Guette-t-il une nouvelle qu'on voudrait nous cacher ? Recherche-t-il des analyses différentes ? Ou alors est-ce un monologue qu'il tente de nouer avec lui-même par cet intermédiaire ? À moins que ce ne soit le seul moyen qu'il ait trouvé pour s'endormir. Ses insomnies s'immiscent dans mon sommeil et étouffent les rêves que j'aurais pu faire.

Plus tard, épuisée, mes lunettes et mon livre m'ayant glissé des mains, je perçois, dans l'ordre, ses pieds nus dans le couloir, comme amortis sous l'eau – naturellement, il marche sur la pointe des pieds pour ne pas me déranger –, le réfrigérateur qu'on ouvre, le robinet qu'on referme, l'interrupteur qu'on éteint et la porte de l'appartement qu'on verrouille. Durant des années, ces silencieuses errances nocturnes m'ont fait craindre qu'un étranger se soit introduit dans la maison. À minuit passé, il m'a semblé qu'on frôlait ma porte. Anesthésiée de fatigue, conquise par sa tristesse, j'ai failli lui dire d'entrer, mais déjà il s'éloignait sans bruit dans le couloir, à moins qu'il ne fût sorti sur le balcon sans allumer la lumière. C'est son lieu de prédilection les nuits d'été. J'ai peut-être tout imaginé, les pas, le frôlement contre ma porte, son chagrin qui transperce les murs, tout est comme dans un brouillard car je devais somnoler. La journée a été difficile et demain, après l'école, j'ai un nouveau rendez-vous avec Muki Peleg et il faut que j'aille à Beersheva pour régler une bonne fois cette histoire de licence. Je dois dormir pour être en meilleure forme qu'aujourd'hui. Une rude journée m'attend également demain. Et cette chaleur ! Et le temps qui passe !

Cette fois, il ne monta pas directement à l'étage supérieur, il s'immobilisa, la porte s'ouvrit avec un léger grincement, se referma avec bruit et il repartit. Glacial et amorphe, telle une araignée qui, dans l'ombre, suit de son regard minéral un insecte multicolore virevoltant dans la lumière, j'imaginai le bruissement de sa jupe, la volonté électrisante précédant le mouvement, le mouvement lui-même, le claquement de ses talons de la porte de l'ascenseur à celle de l'appartement, et le cliquetis de la serrure : comme d'habitude, la clef s'enfonce sans hésitation dans le pêne.

Elle déambula d'une pièce à l'autre en parlant avec volubilité de sa voix juvénile, sans terminer ses phrases, en allumant les lumières les unes après les autres, dans l'entrée, la cuisine, les toilettes et dans le salon, au-dessus de ma tête ; un délicat parfum de forêt la suivait à la trace tandis qu'elle se frayait un chemin lumineux, comme si elle actionnait les balises d'une piste d'atterrissage. Aveuglée, la maison se mit à ciller.

Arrivée près de moi, elle laissa tomber son panier à provisions, son cartable et deux sacs en plastique pleins à craquer sur la table du salon : « Pourquoi restes-tu dans le noir, Théo ? demanda-t-elle. Tu t'es assoupi une fois de plus, répondit-elle à ma place. Je m'excuse de t'avoir réveillé, mais tu devrais me remercier, sinon tu n'arriveras jamais à dormir cette nuit. »

Elle se pencha pour effleurer le sommet de mon crâne du bout des lèvres – un baiser rapide, comme ceux dont on se gratifiait chez les scouts –, elle ôta mes pieds de la table, fit mine de s'installer à côté de moi, changea d'avis, se déchaussa, fit tourbillonner sa jupe légère, imprimée de losanges bleu clair, se précipita à la cuisine, revint avec une bouteille d'eau gazeuse et deux grands verres, affirma qu'elle était morte de soif, but, s'essuya la bouche du revers de la main, comme une petite fille, et me demanda s'il y avait du nouveau. Puis elle bondit allumer la télévision avant de se poser enfin sur l'accoudoir de mon fauteuil, en s'appuyant à moitié sur moi, mais déjà elle rejetait de côté ses cheveux blonds qui lui tombaient dans les yeux, comme si elle rabattait un rideau, en disant : « Écoute un peu la journée dingue que j'ai eue aujourd'hui. »

Elle s'interrompit. Elle se frappa brusquement le front avec deux doigts et quitta son siège improvisé pour se laisser choir dans le fauteuil jumeau. « Tu m'excuses une minute, Théo, je dois d'abord donner deux coups de fil, je n'en ai pas pour longtemps, tu ne veux pas nous préparer une salade en attendant ? Je n'ai pratiquement rien mangé depuis ce matin, juste un *falafel*, je crève de faim, je termine et on discutera après. » Et elle coinça le téléphone entre ses genoux, au fond du vallon légèrement renflé que formait sa jupe cloche, et s'y colla une heure durant. Elle trouva le moyen de liquider le dîner que j'avais préparé tout en émettant, alternativement, force conseils, avis et jugements lapidaires, profitant des pauses où elle laissait son interlocuteur placer un mot pour avaler mécaniquement une bouchée après l'autre. Je notai qu'elle répéta plusieurs fois : « c'est pas tes oignons », « ma parole » ; et aussi : « ça ne va pas ! », « laisse tomber », « ne me fais pas rigoler » ; et encore : « super », « génial », « en deux coups de cuillère à pot ». Avec leurs doigts de travailleuse un peu flétris et leur peau ridée, ses mains sont beaucoup plus marquées que le reste de sa personne : un entrelacs de veines bleuâtres et de taches brunes sur un épiderme pareil à une motte de terre. On dirait que son âge réel a quitté son corps pour se concentrer dans ses mains où se sont rassemblées les puissances de la sénescence qui guettent patiemment le moindre instant d'inattention.

Ensuite, pendant vingt bonnes minutes, j'ai entendu à travers la porte de la salle de bains le clapotis de l'eau tandis qu'elle chantait de sa voix fraîche une vieille chanson où il était question d'un lis blanc et d'un lis noir, le ronronnement du séchoir à cheveux et le grincement du tiroir de la commode. Puis elle réapparut, toute propre et parfumée, dans une sortie-de-bain bleue : « Je suis morte, dit-elle. Vannée. On parlera demain matin. » Elle n'avait pourtant pas l'air fatiguée le moins du monde mais légère et bien dans sa peau, ses hanches vivantes soulevant en cadence le léger peignoir. « Bonne nuit, Théo ! lança-t-elle. Ne te fâche pas et ne te couche pas trop tard. Quelle journée ! » répéta-t-elle en fermant la porte derrière elle. Elle feuilleta un livre durant quelques minutes et dut tomber sur quelque chose de drôle car elle éclata d'un rire étouffé. Elle éteignit la lumière au bout d'un quart d'heure.

Comme d'habitude, elle n'avait pas bien refermé le robinet de la douche. Du couloir, j'entendais l'eau couler goutte à goutte. Je le refermai à fond, rebouchai le tube de dentifrice et éteignis la lumière des toilettes. Ensuite, je parcourus chaque pièce pour éteindre les lumières qu'elle avait laissées allumées.

Elle s'endort instantanément. On dirait une petite fille modèle qui aurait soigneusement fait ses devoirs et rangé sa chambre, sans oublier d'ôter ses épingles à cheveux, certaine que tout est en ordre, qu'on est fier d'elle et qu'il fera jour le lendemain. Elle est en parfait accord avec elle-même, avec l'obscurité, le désert au bout de la cour, derrière les deux cyprès touffus, le drap roulé en boule entre ses genoux, le coussin brodé qu'elle serre très fort contre sa poitrine en dormant. Je ressens son sommeil comme une injustice, ou peut-être est-ce tout simplement de l'envie, et, si je suis conscient que ma colère n'est absolument pas justifiée, cette certitude ne fait pourtant que l'exacerber.

Je m'installai en maillot de corps à mon bureau et me branchai sur Londres. Entre deux bulletins d'information, j'écoutai une émission sur Alma Mahler. La présentatrice affirma que le monde des hommes n'avait pas su la comprendre et s'en était fait une fausse idée, et elle entreprit d'en brosser un portrait véridique. Je la coupai au milieu de sa démonstration pour lui prouver que le monde des hommes n'avait pas radicalement changé, et m'en fus à la cuisine fourrager dans le réfrigérateur. En fait, j'avais seulement l'intention d'avaler trois ou quatre gorgées d'eau fraîche mais, telle une caresse, la veilleuse me prit au dépourvu. Pour ne pas la perdre ni demeurer dans le noir, je me versai un verre de vin glacé, me coupai un morceau de fromage et me surpris à mettre de l'ordre dans les compartiments. Je reniflai par deux fois une boîte de lait entamée, doutant de son contenu comme de mon odorat. Je jetai à la poubelle un saucisson dont la couleur me parut douteuse. J'alignai les yaourts d'après leur date de péremption et regroupai les œufs dans l'œufrier. J'hésitai un instant devant une assiette de thon que je finis par recouvrir de papier Cellophane. Je prélevai quelques bouteilles de jus de fruits et d'eau gazeuse dans un des placards et les disposai dans la porte du réfrigérateur pour combler les vides. J'effectuai un tri méthodique dans le bac à légumes puis dans la corbeille de fruits et réprimai à grand-peine la tentation de m'attaquer au congélateur. Je parcourus le couloir sur la pointe des pieds avant de m'arrêter devant sa porte, pour le cas où elle m'appellerait. J'essaierais au moins de capter quelques bribes de son sommeil et d'en récolter l'excédent.

Puis je gagnai le balcon et m'assis sur le fauteuil avachi qui ressemblait à celui de ma grand-mère.

La nuit était transparente. Une lueur argentée recouvrait le sol d'une fine pellicule glacée. La terre ne respirait plus. Les cyprès semblaient coulés dans du basalte. Les collines en forme de lune étaient recouvertes de cire blême. Des créatures de brume, quasi lunaires, se terraient ici et là. Au fond des vallées, ce n'étaient que ténèbres. Je perçus la stridulation d'un criquet à l'instant où elle s'interrompit. Qu'est-ce que les hommes n'avaient donc pas compris concernant la véritable personnalité d'Alma Mahler et qui était-elle réellement ? Si cette question avait reçu une réponse, elle m'avait sans doute échappé. Le problème était sûrement incongru, sa formulation était vide et, a priori, il était insoluble. La présence des collines désertes dans le noir invalidait des mots tels que « sûrement », « a priori » et infirmait aussi la question de savoir ce que j'avais bien pu te trouver, Noa, et ce que tu avais bien pu me trouver. Je m'arrête. Supposons que tu me trouves ce que, pour ma part, je trouve parfois dans la contemplation du désert. Et moi en toi ? Formulons-le autrement : une femme de quinze ans ma cadette, frémissante de vie, un frémissement protoplasmique, rythmique, d'avant les mots et le doute. En outre, sans le vouloir, elle est souvent attendrissante. Comme un jeune chiot. Un oisillon.

Autrefois, je savais à peu près déchiffrer la carte du ciel. J'avais appris à l'armée, voire avant, au Mouvement de jeunesse. Par nuit claire, j'arrive encore à identifier le Grand et le Petit Chariot et l'étoile Polaire. Si je sais toujours reconnaître les planètes, j'ai oublié lesquelles sont Jupiter, Vénus et Mars. Pour l'heure, dans le profond silence, tout paraît immobile, et on dirait que, épuisées, les planètes se sont arrêtées à leur tour. La nuit semble ne jamais devoir finir. Les étoiles ont l'air de minuscules fissures dans le plancher du dernier étage, de concrétions réfléchissant l'embrasement du ciel, de l'autre côté. Si le rideau se relevait, la Terre serait baignée de lumière, et tout s'éclairerait, ou flamboierait.

Nous avons un puissant télescope à la maison, rangé sous les draps de la deuxième étagère de gauche. Je pourrais aller le chercher et revenir pour mieux voir. C'est peut-être Néhémie qui lui a laissé cette lunette – elle a probablement appartenu à Gorovoi, le voyeur. Ou à Yoshko, son cousin. L'appartement recèle encore quatre ou cinq objets de cet acabit. Le reste a disparu. On s'en est débarrassé. Tu es encore plus capricieux que lui, genre homme de Neandertal, m'avait-elle assené lors d'une dispute. Elle n'en avait pas dit plus. Elle n'avait jamais recommencé. Elle garde une parfaite maîtrise de soi, et de moi aussi ; même quand elle est en colère, elle se contrôle, et ne décolle jamais le pied du frein. Je fais attention, moi aussi, je connais les limites : comme lorsqu'on entrechoque du verre et que l'on s'arrête à temps.

Des montagnes, à l'est, le vent du désert se lève, mordant comme la lame d'une faux, froide et acérée. Le désert respire en secret. La poussière et la pierre ressemblent, dans l'obscurité, à une nappe d'eau calme et lisse. Et fraîche à présent. Il est presque 2 heures. Je ne me sens pas du tout fatigué, mais je me dirige vers ma chambre sans allumer la lumière, je me déshabille et me mets au lit. La radio de Londres va m'apprendre quelque chose que nous ne savons pas encore ici. Que se passe-t-il dans le monde, la nuit ? Un conflit entre tribus namibiennes. Des inondations au Bangladesh. La recrudescence des suicides au Japon. Et maintenant ? Nous allons bien voir. Des rythmes punk. Une musique violente, discordante, stridente et avide de sang parvient de Londres à 2 h 15 du matin, un mercredi.

Je me suis levée à 6 heures pour rédiger le fameux mémoire. Muki Peleg va le revoir, et Linda a proposé de le taper à la machine. Je le ferai parvenir à Avraham Orvietto dans l'après-midi, avec les doubles destinés au maire et au trésorier. À qui d'autre dois-je l'envoyer ? Il faut que je trouve quelqu'un qui ait une idée. Je pourrais toujours me procurer un exemplaire du statut légal et le potasser à fond. Et si je demandais quand même conseil à Théo ? Il n'attend que cela, tel un chasseur à l'affût. Dès le départ, il était sûr que je ne ferais pas le poids pour mener ce projet à bien. Il était sûr qu'après tant de faux pas et d'échecs je l'appellerais au secours. Avec le tact qui le caractérise, il est resté à l'écart et s'est bien gardé d'intervenir. On pourrait qualifier cette attitude de perspicacité pédagogique. Comme un adulte qui laisse un bébé batifoler à son aise, mais qui, sans que l'enfant s'en aperçoive, le tient fermement là où il faut, les deux mains tendues autour de sa taille et derrière son dos, prêtes à intervenir pour l'empêcher de tomber.

L'introduction du mémoire consiste en un topo sur le projet, formulation qui ne me semble pas très convaincante, mais je n'en ai pas trouvé de meilleure. Un élève de seize ans est mort accidentellement – il se droguait. Des rumeurs contradictoires sur les causes du drame ont couru dans la salle des professeurs. Je me suis intéressée à cet adolescent à qui, en fait, je n'avais pratiquement jamais adressé la parole. Emmanuel Orvietto était un élève taciturne. L'un des trois seuls garçons du cours de littérature, qui compte trente filles. Ces dernières années, les élèves timides ont disparu, ils chahutent pendant les récréations et dorment en classe. Ils ont l'air ahuri, épuisé et détaché, et nous traitent, Flaubert et moi, avec un mépris obstiné et amusé, comme si nous voulions leur faire croire que les bébés naissent dans les choux. Emmanuel avait quelque chose qui me faisait songer à l'hiver. Un jour qu'il tardait à me rendre une dissertation sur Agnon, je l'avais retenu pendant la pause pour lui demander des explications. Les yeux baissés, comme s'il s'agissait d'une question licencieuse, il avait avancé d'une voix faible que le sujet ne l'inspirait pas. Je l'avais coupé sèchement, qu'est-ce que l'inspiration venait faire ici, il s'agissait d'un devoir obligatoire. Il n'avait rien trouvé à répondre malgré mon insistance. « D'accord, avais-je fini par lancer froidement. Tu as une semaine. »

Il m'avait remis son travail dix jours plus tard. C'était une composition fine, appliquée, on l'aurait crue rédigée à voix basse. Il avait ajouté une ligne entre guillemets après la conclusion : « J'ai finalement réussi à trouver un peu d'inspiration dans un travail obligatoire. »

Une autre fois, je lui avais demandé dans l'escalier pourquoi il ne se manifestait jamais en classe, il avait certainement quelque chose à dire que j'aimerais entendre, de loin en loin. Il avait de nouveau pris le temps de la réflexion avant de lâcher mollement, en hésitant, qu'il considérait les paroles comme un piège. Peu avant la pâque, j'avais avancé en cours l'idée que Yehoudah Amihaï voulait exprimer son hostilité à la guerre. Brusquement, sa voix retenue, léthargique, s'était élevée avec une note interrogative : « Ce qu'il voulait ou ne voulait pas dire, ça escamote le poème ? »

J'avais décidé de trouver un moment pour lui parler.

Mais je n'avais jamais eu le temps. J'avais oublié. Remis à plus tard. J'ai trois classes et deux modules de littérature, sans parler du cours de soutien pour les nouveaux immigrants. Chaque groupe compte près de quarante élèves qui semblent souffrir le martyre. Et puis je dois dire que j'en ai un peu assez, après toutes ces années. J'ai même renoncé à retenir les noms. Il n'y a pratiquement que des filles ; elles passent l'été en short clair, déchiré, qui leur arrive à la raie des fesses et elles se prénomment presque toutes Tali. D'ailleurs, dans chaque classe, il y en a toujours une qui ne cesse de me reprendre quand je me trompe – elle ne s'appelle pas Tali, mais Tal, ou l'inverse.

Jusqu'au drame, je l'avoue, je ne savais rien d'Emmanuel Orvietto, moins encore que son professeur principal et la conseillère d'orientation : depuis l'âge de dix ans, il vivait à Tel-Kedar chez une tante célibataire, une employée de banque. Sa mère avait trouvé la mort quelques années auparavant dans le détournement de l'avion de l'Olympic Airways. Son père était conseiller militaire au Nigeria. Dans la salle des professeurs, on racontait une sombre histoire selon laquelle il se serait amouraché d'une jeune fille plus âgée, originaire d'Eilat, toxicomane et dealer – on disait même qu'il trafiquait lui aussi. À l'époque, je n'avais guère prêté attention à ces ragots qui étaient monnaie courante dans la salle des professeurs, voire dans toute la ville.

On l'avait retrouvé non loin d'une mine de cuivre désaffectée, aux environs d'Eilat, après qu'il se fut enfui de chez sa tante et n'eut donné aucune nouvelle pendant dix jours : il était tombé d'une falaise. Ou il avait sauté. Il s'était rompu le cou et avait probablement agonisé au pied de la falaise, seul, une journée entière et une partie de la nuit. On espérait qu'il avait perdu connaissance sans souffrir, mais nul ne pouvait l'affirmer. On l'avait drogué avant l'accident, à moins qu'il ne se fût drogué lui-même ou laissé faire. Je m'étais efforcée de ne pas écouter ces racontars qu'on colportait sur un ton scandalisé, avec des grimaces de vertueuse indignation et une pointe d'excitation contenue, méfiez-vous de l'eau qui dort, notre petite ville est enfin sur le devant de la scène, le tourbillon de la vie nous a rattrapés, une célèbre journaliste et un photographe sont là depuis ce matin, mais le proviseur a interdit les interviews et nous a donné pour consigne de ne faire aucun commentaire.

On avait remis l'enterrement à deux reprises, le père ayant eu un empêchement de dernière minute. Deux jours plus tard, la tante, l'employée de banque, décédait à son tour. Dans la salle des professeurs, on parla d'apoplexie, de sentiment de culpabilité et de fatalité. Cancans que je voulais ignorer. À dire vrai, avant même sa venue, le père ne m'inspirait que du dégoût : un père indigne, un marchand d'armes, le Nigeria, il allait formuler des griefs, accuser tout le monde. Il n'était pas difficile de juger de loin, d'après deux ou trois points érigés en généralisation abusive. Je l'imaginais sous les traits d'un ancien du Palmach[1], prospère, autoritaire, sûr de lui. Je décidai de ne pas me mêler à la délégation des professeurs qui lui rendit visite à son hôtel avant l'enterrement. Il avait daigné quitter sa jungle africaine pour venir nous accuser du drame, nous avions été aveugles, nous

1. Troupes de choc de la Haganah (forces de défense du *yishouv*, la communauté juive de Palestine à l'époque du mandat britannique), constituées au cours de la Seconde Guerre mondiale. *(Toutes les notes sont de la traductrice.)*

avions failli à notre devoir, le corps enseignant tout entier allait être incriminé. Finalement, j'y allai quand même, peut-être à cause de la timidité de l'enfant, son mutisme embarrassant, effarouché, on aurait dit qu'il avait sombré en lui-même avant de remonter à la surface pour me chuchoter qu'il considérait les paroles comme un piège. Ces mots exprimaient une sorte de détresse voilée que je n'avais pas perçue ou pas voulu percevoir. Alors, me refusant à reconnaître que, si seulement j'avais parlé avec Emmanuel, si seulement j'avais tenté d'être un peu amicale..., je haussai les épaules, qu'est-ce que tu racontes, arrête un peu, tu es folle, je me joignis aux autres pour rencontrer Avraham Orvietto, quelques heures avant les obsèques du garçon et de sa tante. C'est là, dans la chambre d'hôtel du père, que commença cette affaire qui devait envahir toute mon existence.

Il y eut aussi l'histoire du chien. Emmanuel Orvietto en possédait un, dépressif, qui gardait toujours ses distances. Dès le matin, il se couchait au milieu des tamaris atrophiés qui poussaient devant la porte du lycée. Quand on lui jetait des pierres, il se levait poussivement et allait reprendre sa faction quelques mètres plus loin. Un matin, après le drame, indifférent au tumulte qui régnait dans les couloirs, il entra carrément dans la classe – son poil était rare, ses oreilles pendantes, et son museau disparaissait presque dans la poussière. Durant la semaine de deuil, personne n'osa le chasser, ni le tourmenter. Après non plus. Il restait couché là, toute la matinée, immobile, l'air abattu, sa tête triangulaire posée sur ses pattes de devant. Il avait élu domicile dans un coin, près de la corbeille. Si, pendant la récréation, on lui jetait la moitié d'un petit pain ou un bout de saucisse, il ne se dérangeait même pas pour aller les flairer. Il ne réagissait pas davantage quand on lui parlait. Il avait des yeux émouvants, marron, candides, qui vous obligeaient à détourner le regard. À la fin de la journée, il se traînait dehors, la queue entre les pattes, pour réapparaître le lendemain matin, à la sonnerie de 8 heures. C'était un chien de Bédouins, plus tout jeune, à la robe couleur de terre : gris passé. Poussiéreuse. Je crois même qu'il était muet car je ne me rappelle pas l'avoir jamais entendu aboyer ou gémir.

Je faillis le prendre à la maison, je l'aurais lavé, lui aurais donné à manger, je l'aurais dorloté ; sa fidélité envers le garçon qui n'allait plus jamais revenir me serrait le cœur. Si je lui donnais du lait à la petite cuillère, si je l'emmenais chez le vétérinaire et lui confectionnais une niche dans le couloir, il finirait peut-être par accepter les caresses. Théo déteste les chiens, mais il aurait cédé ; il cède toujours. Si seulement je savais comment lui faire comprendre à quel point je trouve ce comportement insupportable. Je le voyais déjà cligner de son œil gauche, sa moustache gris argent de chef de bataillon britannique en civil agitée d'un léger tremblement, écoute Noa, si tu y tiens, etc. J'ai donc renoncé à adopter le chien. Une créature plutôt repoussante, qui, à dire vrai, ne manifestait nul besoin de se créer de nouvelles attaches.

Un matin, il se fit écraser. Il apparut pourtant à la première sonnerie. Ses pattes arrière, brisées, ressemblaient à des branches cassées. Il se traîna sur le ventre à sa place habituelle, où il se coucha comme de coutume. Il n'émit pas le moindre gémissement. J'avais l'intention d'alerter la fourrière, mais, à la fin des cours, il avait disparu et ne se montra pas le lendemain. Nous songeâmes qu'il était allé se cacher quelque part pour mourir. Deux mois plus tard, en quittant la fête annuelle de l'école, à 1 heure, après les congratulations, le spectacle, la collation et le discours du proviseur, nous revîmes l'animal : il était devenu étique, tout tordu, un squelette de chien sautillant sur ses pattes de devant pour se déplacer – il avait la moitié du corps paralysé –, qui surgit dans la lumière du réverbère éclairant le bosquet de tamaris crasseux, devant la porte du lycée, et se mit à ramper dans l'obscurité. C'était peut-être un autre animal. Ou une ombre.

Avraham Orvietto nous reçut, debout, adossé à la porte de la terrasse derrière laquelle se profilaient, à l'est, les cimes des collines vacillant dans les brumes de chaleur. Une petite valise fermée se trouvait sur le grand lit et deux citrons sur la table. Une veste d'été de toile claire était posée sur le dossier d'une chaise, derrière lui. C'était un homme de petite taille, d'apparence fragile, étroit d'épaules, aux cheveux blancs et rares et aux traits burinés ; on aurait dit un ouvrier métallurgiste à la retraite. Ce n'était pas du tout ainsi que je me figurais un conseiller militaire ou un marchand d'armes international. Je fus abasourdie quand il prit la parole, sans nous laisser le temps de lui exprimer nos condoléances, pour dire qu'il fallait empêcher d'autres élèves de s'adonner à la drogue. Il s'exprimait d'une voix grise, avec une sorte de réserve hésitante, comme s'il craignait de déplaire. Il voulait savoir si Emmanuel était le seul élève concerné et depuis quand nous étions au courant.

Un silence embarrassé lui répondit ; en fait, nous ne savions rien avant le drame, mis à part les ragots de la salle des professeurs. Le proviseur adjoint, plein de tact – il en bafouillait –, avança qu'Emmanuel n'en était venu à se droguer qu'à la fin, après avoir fugué à Eilat, donc les derniers jours. La preuve : sa tante ne s'était aperçue de rien, bien que personne n'en fût tout à fait sûr. À quoi le père rétorqua que nul ne le saurait probablement jamais. Le silence retomba. Longuement. Avraham Orvietto posa sur ses joues ses mains aux veines saillantes, des mains de paysan brunâtres, aux doigts rêches, puis il les remit à plat sur ses genoux et reprit la parole en même temps que le directeur adjoint. Il voulait savoir lequel d'entre nous connaissait bien son fils, mieux que les autres en tout cas. Le proviseur adjoint marmonna quelque chose. Un ange passa. Un jeune Bédouin à la peau mate, gracieux et élancé comme une jeune fille, un nœud papillon blanc noué autour du cou, entra en poussant un chariot recouvert d'une nappe immaculée, chargé de fruits, de fromages et d'un assortiment de boissons. Avraham Orvietto signa la note en ajoutant un billet de banque plié en deux. Malgré son invite, qu'il réitéra par deux fois, personne ne toucha aux rafraîchissements. Il se tourna soudain vers moi : « C'est vous, Noa ? dit-il à voix basse. Vos cours l'intéressaient, il aimait bien la littérature. »

Sous le coup de la stupéfaction, je n'osai le contredire et bredouillai des banalités – Emmanuel était un garçon sensible, taciturne et renfermé. À la façon dont le père me sourit, on voyait bien qu'il n'était pas coutumier du fait : on aurait dit qu'on entrebâillait les volets d'une jolie chambre, le temps d'apercevoir une lampe, une bibliothèque et un feu de cheminée, pour les refermer aussitôt.

Environ six semaines plus tard, Avraham Orvietto fit une apparition dans la salle des professeurs à la récréation de 10 heures. Il avait besoin d'aide pour mener à bien un projet : il se proposait de financer chez nous la création d'un centre de désintoxication destiné à de jeunes drogués, des lycéens venus de tout le pays. Il voulait perpétuer ainsi la mémoire de son fils. Tel-Kedar était une petite ville tranquille, le désert pouvait aussi avoir une bonne influence : en contemplant cette immensité vide, toutes sortes de pensées vous assaillaient ; on pourrait peut-être sauver d'autres vies. Il n'allait certainement pas faire l'unanimité, il le comprenait parfaitement, mais on ne risquait rien à mettre sur pied un projet susceptible d'apaiser les esprits inquiets.

J'étais sidérée qu'il me priât moi, qui n'étais même pas le professeur principal d'Emmanuel, de constituer une équipe informelle pour élaborer un premier jet et mettre par écrit les points épineux propres à susciter l'opposition de nos concitoyens. Il ne revenait au pays que deux ou trois fois dans l'année, mais son avocat, Ron Arbel, était à ma disposition en cas de besoin. Il ne s'offusquerait pas d'un éventuel refus de ma part et s'adresserait alors à quelqu'un d'autre.

Mais pourquoi moi ?

« Écoutez, dit-il en souriant, comme s'il entrouvrait les fameuses persiennes, vous étiez la seule qu'il appréciait au lycée. Dans une de ses lettres, il m'a raconté que vous lui aviez offert un crayon. C'est d'ailleurs avec ce crayon qu'il m'avait écrit. »

Je ne me rappelais pas avoir jamais offert le moindre crayon à personne.

Néanmoins, j'acceptai. Peut-être voulais-je ainsi poursuivre une sorte de relation confuse avec Emmanuel et son père. Quelle relation ? Pourquoi ? Et comment ? Quand Avraham Orvietto évoqua le crayon imaginaire, j'entrevis fugitivement une lointaine ressemblance, non avec son fils mais avec un homme rencontré des années auparavant : son visage, ses épaules frêles et, surtout, sa voix douce et la manière dont il choisissait et assemblait les mots, « toutes sortes de pensées vous assaillent », par exemple, me rappelaient le poète Ezra Zussman, que j'avais connu autrefois dans une maison de repos de l'Assistance publique, sur le mont Canaan. En fin d'après-midi, mon père, Zussman, son épouse, tante Huma et moi nous installions sur la pelouse, à l'heure où le ciel crépusculaire se métamorphosait et où une brise diaphane franchissait les montagnes. Dans son fauteuil roulant, mon père, qui était paraplégique, ressemblait à un boxeur ou un à lutteur vieilli et empâté aux traits lourds, marqués ; il pesait de tout son poids sur son siège tendu à craquer en étreignant son transistor noir de sa grosse patte, comme s'il s'apprêtait à lancer une grenade, une couverture de laine sombre reposait sur ses jambes sans vie, et ses épaules tassées trahissaient une violente colère : on aurait dit qu'il s'était figé en assenant un coup. Nous l'entourions, étendus dans des chaises longues, face aux montagnes de Galilée et au ciel que domptaient les dernières lueurs du crépuscule. Ezra Zussman nous avait lu des poèmes manuscrits, très différents de la poésie conventionnelle, qui m'avaient émue comme un air de harpe. « La poésie ressemble à une étincelle prisonnière d'un morceau de verre, les mots eux-mêmes sont des morceaux de verre », avait-il affirmé un soir. Et il s'était empressé de sourire tristement comme s'il se rétractait. À la fin des vacances, les Zussman prirent congé discrètement, on aurait cru qu'ils s'excusaient de nous abandonner, et s'en allèrent. Le lendemain, dans un accès de colère contenue, mon père brisa sa radio portative, et tante Huma et moi la rapportâmes en taxi au village. Quelques semaines plus tard, apprenant par les journaux la mort du poète, je me rendis à Netanya pour me procurer son recueil. Je n'en connaissais pas le titre et le libraire n'en avait pas entendu parler. Tante Huma racheta à mon père une radio qui résista deux semaines environ.

J'imposai à Avraham Orvietto une condition : je n'accepterais aucune rétribution pour ma participation au comité d'études. Il m'écouta sans mot dire. Quelque trois semaines plus tard, le premier chèque arriva par la poste. Depuis, chaque mois, il m'envoie trois cents dollars par l'entremise de son avocat et me laisse seule juge quant à la répartition de cette somme entre les dépenses administratives, les frais de transport, et mon propre salaire. À quatre reprises, j'ai signifié à son avocat, Ron Arbel, que je n'en voulais pas, en vain.

Théo m'avait mise en garde : tu vas te mettre dans le pétrin, ma petite, des sommes pareilles ne vont t'attirer que des embêtements. Tu ne me feras pas croire qu'un homme d'affaires, un négociant de classe internationale, agit sans raison. Si tout ce qu'il veut, c'est donner de l'argent à la mémoire de son fils, pourquoi ne crée-t-il pas une association en bonne et due forme ? Avec un trésorier ? Un comptable ? En revanche, s'il a l'intention d'investir dans un institut privé, une clinique sélecte pour gosses de riches, genre top niveau, alors trois cents dollars par mois sont des clopinettes par rapport à ce que tu fais pour lui en lui gagnant l'opinion publique, tu ne comprends pas qu'il te manipule, Noa ? Ça se saurait si tu étais experte dans la création d'instituts ou d'hospices, non ? Il n'y a aucune chance que les gens acceptent ce genre de chose ici, qui voudrait s'attirer des ennuis chez soi ?

« Théo, je suis une grande fille ! » rétorquai-je.

Il ferma son œil gauche sans répondre.

Il retourna à son repassage dans le couloir.

Il avait naturellement raison. Toute la ville était contre. Dans le journal local, quelqu'un, qui était resté anonyme, avait écrit que nous ne deviendrions pas le dépotoir du pays. J'avais tant de choses à apprendre ! Des mots que j'avais entendus d'une oreille à la radio ou que j'avais lus distraitement dans les journaux – fonctionnement, expansion, capital, association, conseil administratif, budget, autant de notions encore confuses qui m'interpellaient déjà. Une femme de quarante-cinq ans découvre enfin le sens de sa vie, tel était le titre possible d'un article pittoresque pour le supplément du week-end. Un quotidien m'avait d'ailleurs demandé une interview que j'avais refusée. Je n'aurais su dire si cela m'aurait aidée ou pas dans mes démarches. J'ai encore tant de choses à apprendre, mais j'y arriverai.

« Parce que Noa en est capable, me répétais-je

souvent en employant la troisième personne. Parce que c'est une juste cause. »

À part moi, le comité d'études compte trois autres personnes : Malachie Peleg, que tout le monde appelle Muki, Ludmeer et Linda Danino. Linda, une divorcée asthmatique, passionnée d'art, s'est portée volontaire à cause de Muki. Sa tâche consiste à taper les rapports sur traitement de texte. Muki Peleg s'est engagé pour moi, il l'aurait fait même si j'avais voulu créer un institut spécialisé dans la domestication des corbeaux. Quant à Ludmeer, un employé de la compagnie de l'électricité à la retraite, c'est un homme bruyant, plein de pathos, membre de trois ou quatre commissions, pour la défense de la justice ou contre l'establishment, par exemple ; c'est un adversaire acharné des carrières à ciel ouvert et des discothèques, un dénonciateur des lacunes du pouvoir et l'auteur d'un éditorial virulent, publié chaque semaine dans le journal local sous le titre « Une voix clame dans le désert ». Il se promène tout l'été en ample short kaki, ses pieds fatigués et hâlés, aux veines saillantes, comprimés dans des sandales usées jusqu'à la corde. Chaque fois qu'il me voit, il me lance son slogan habituel : « Et pourtant elle tourne, Noa[1]. Ne vous fâchez pas, ma belle, ajoute-t-il en souriant. Je plaisante. »

En fait, c'est moi qui assume les responsabilités :

1. Allusion à la célèbre formule de Galilée, parlant de la Terre. *Noa*, en hébreu, signifie « mouvement ».

je cours d'une antenne du ministère de l'Environnement, de la Santé et de l'Éducation nationale à une autre, je tire la Ligue contre la drogue par la manche, j'assiège la Fondation pour la jeunesse en détresse, je m'efforce de convaincre l'association des parents d'élèves ainsi que le rectorat, je plaide ma cause auprès du ministère du Développement, je m'explique dans les colonnes du journal local et je relance madame le maire, Bat-Sheva, qui a même refusé, jusqu'à présent, de mettre la question à l'ordre du jour. Je me suis rendue à quatre reprises à Jérusalem et deux fois à Tel-Aviv. Une fois par semaine, je fais un pèlerinage à la préfecture de Beersheva. Ici, à Tel-Kedar, connaissances et amis ont commencé à me regarder avec une espèce d'inquiétude moqueuse. Dans la salle des professeurs, on me demande pourquoi je me donne tout ce mal, quelle mouche m'a piquée et on m'assure que je n'arriverai à rien. Ce à quoi je réponds que l'on verra bien.

Je n'en veux pas à mes amis. Si l'une de mes collègues s'était mis dans la tête de créer, disons, un laboratoire d'étude des maladies contagieuses, j'aurais été sans doute stupéfaite ou irritée. Le maire se contente de hausser les épaules, le syndicat des ouvriers est réservé, les parents sont hostiles, Muki Peleg ne perd pas une occasion de me soûler avec ses histoires de bonnes femmes et ses prouesses en la matière, et Ludmeer essaie de me persuader de militer également dans le comité pour la fermeture des carrières. À la bibliothèque municipale, la documentaliste a mis de côté, sur une petite étagère à mon usage exclusif, une pile d'ouvrages portant sur la désintoxication de la toxicomanie. Quelqu'un y a collé une étiquette : « Réservé à Noa, cette camée ».

Théo s'abstient de tout commentaire parce que je le lui ai demandé.

Quant à moi, je m'acharne : j'étudie.

C'est une petite ville nouvelle qui compte huit mille ou neuf mille âmes. Au départ, il n'y avait qu'un bâtiment rectangulaire, entouré d'une clôture, destiné aux familles de la base militaire. Dans les années soixante-dix, on effectua dans les environs des forages prometteurs et on décida de créer une ville. La prospection se révéla décevante, les espoirs s'envolèrent, et le projet urbain s'interrompit. Pour la rue principale, le boulevard Herzl, on a vu grand : on a déblayé six voies le long de la ligne de crête dénudée d'un plateau aride et caillouteux. Une bande de terre rouge, qu'on a fait venir de loin et plantée de palmiers malmenés par de violentes bourrasques, sépare les voies les unes des autres. De chaque côté de l'avenue, des plants de flamboyants, enfouis dans des bacs métalliques recouverts de toile de jute pour les protéger des tempêtes de sable, poussent grâce à des pipettes d'irrigation – on dirait qu'ils hésitent à persévérer. L'avenue se ramifie à l'est et à l'ouest en une quinzaine de rues identiques qui portent des noms de présidents ou de Premiers ministres. Chacune est bordée de lampadaires verts et de bancs publics, de la même nuance, disposés à intervalles réguliers. Et il y a aussi des boîtes aux lettres, une station d'autobus et des passages cloutés, malgré le faible trafic routier.

Les jardinets ont l'air triste à cause du vent du désert qui soulève la poussière par rafales. Pourtant, de maigres carrés de pelouse et quelques lauriers-roses croissent vaillamment devant les maisons. Rongés par le vent et la chaleur, les immeubles comptent quatre ou six étages et comportent des balcons fermés par des contrevents d'amiante ou des fenêtres à vantaux en aluminium. Le crépi blanc des façades s'est mué en gris sale : à la longue, il a fini par épouser les teintes du désert, comme s'il voulait s'y fondre pour modérer quelque peu la virulence de la lumière et de la poussière. Des capteurs solaires scintillent sur les toits, on dirait que la municipalité a tenté de se concilier les ardeurs du soleil en employant son propre langage.

De larges trouées séparent les blocs d'habitations – des années auparavant, est sans doute passé par là un planificateur hébété de chaleur, dont l'esprit embrumé a pondu le plan d'une cité-jardin avec des espaces libres pour des bosquets, des jardins potagers et des vergers, avec pour seule finalité de fleurir entre deux immeubles. Entre-temps, ce sont des terrains vagues, portions de désert qui servent de décharges publiques où s'égarent quelques buissons, à mi-chemin entre le végétal et le minéral.

Des eucalyptus et des tamaris, rongés par la chaleur et le sel, s'inclinent en direction de l'orient, tels des réfugiés, lourdement chargés, pétrifiés dans leur fuite.

Le quartier résidentiel se trouve au nord-ouest de la ville – une centaine de petits pavillons qui tirent parti de la déclivité du terrain pour jouer sur les volumes. Ici, les toits ne sont ni plats ni enduits d'une couche d'asphalte mais pentus et recouverts de tuiles rouges, qui, au fil des étés, sont devenues grisâtres. Des chalets de bois, imitant les chalets suisses, jouxtent des maisons de style italien ou espagnol, en pierre rouge, provenant des montagnes de Galilée, avec des corniches, des moulures, des berceaux, des fenêtres sphériques, et même des girouettes en forme de coqs qui, perchés au sommet des toits, semblent se languir de leurs forêts et prairies natales. C'est ici qu'habitent les gens aisés – des hommes d'affaires, des officiers d'état-major, des P.-D.G., des ingénieurs et des chercheurs.

En face, au sud-est, au fond d'une longue vallée étroite, s'étend une route défoncée que les dunes mouvantes grignotent chaque jour. Le long de cette route s'alignent une fabrique de céramique, une aciérie, une usine de machines à laver de moyenne dimension, de petits ateliers, des garages, des entrepôts, des baraquements en tôle, des hangars en plaques d'amiante, des bâtisses dénuées de fondations, faites de cubes de béton et de planches. Ici s'entassent des artisans de toutes sortes : serruriers, menuisiers, électriciens, tôliers, poseurs d'antennes, de capteurs solaires, dépanneurs de télévisions et plombiers. Des barbelés à moitié défoncés, rouillés et enfouis sous le sable séparent chacune des bicoques. La poussière adhère à l'entrée des hangars à cause du mazout et de l'huile de vidange. Durant l'été, les lieux sentent l'urine rance et le caoutchouc brûlé. Le soleil darde sur l'ensemble des rayons semblables à des tessons de verre acérés. En contrebas, se trouve la casse aux épaves et, plus loin, le cimetière. La route s'arrête là, devant une falaise au sommet de laquelle se dresse une double barrière ; on dit qu'une vallée close, remplie d'engins top secret, se cache derrière. Plus loin encore, s'étirent d'autres à-pics sombres, creusés de ravins et de cavernes. C'est le repaire des bouquetins, qui surgissent parfois à l'horizon avant de se fondre dans les draperies du crépuscule, la tanière du renard, le trou du scorpion et de la vipère ; plus loin encore, des collines crayeuses aux parois de schiste veinées de gorges et de plateaux rocheux et opaques s'étirent jusqu'aux montagnes arides qui ferment l'horizon – parfois, elles sont auréolées de brumes frémissantes et, d'autres fois, elles paraissent si bleues qu'on les dirait dessinées par des nuages éphémères, surgis d'une mer invisible.

L'autocar de Beersheva arrive six fois par jour : l'arrêt se trouve devant le centre commercial, lieu-dit « la place à côté du feu » – son nom réel est place Irving-Koshitsa. C'est là que descendent les voyageurs tandis que le chauffeur s'accorde dix minutes de pause au « California », le temps d'avaler un cappuccino et de griller une cigarette, et que les passagers qui se rendent en ville commencent à faire la queue. En face, se trouve un parking non pavé d'où s'élève en permanence une poussière grise et farineuse qui, tel un voile arachnéen, s'immisce dans les boutiques, les restaurants et les bureaux. Quatre grands immeubles, semblables à des marinas, ainsi que deux banques, le cinéma « À Paris », qui a été rénové, quelques cafés-restaurants et une académie de billard décrépie faisant également office de bureau de loterie bordent la place, autour d'un damier de dalles rouges et grises. Au centre, s'élève un monument aux morts – une colonne de béton nue, entourée de quatre cyprès, dont l'un est sec. Sur la colonne, est gravée en lettres métalliques noires l'inscription suivante : *L'élite, ô Israël, est tombée sur tes hauteu s*. L'avant-dernière lettre du dernier mot a disparu. Au-dessous, est fixée une plaque de marbre, pareille aux Tables de la Loi, portant vingt et un noms, d'Afflelou Joseph à Shumine Guiora-Georges. Dans le sens de la largeur, la plaque a une fêlure où s'enroule un liseron. Non loin, se dresse une fontaine en ciment où l'on peut lire, inscrit en hébreu et en anglais, un verset d'Isaïe : « *Ah ! vous tous qui êtes altérés, venez vers l'eau* – construction érigée à la mémoire de Dunia et Adelbert Tsesnik, en l'année cinq mille sept cent quarante-trois. » Trois robinets s'inclinent vers la fontaine. Deux d'entre eux fuient.

Le toit de la banque est hérissé de panneaux publicitaires dont l'un proclame en lettres géantes : « Je viens de remplir mon bulletin de loto, et vous ? » Le bureau de Théo se trouve dans l'immeuble qui fait face à la mairie et à la Sécurité sociale, au dernier étage. « Urbanisme » est la raison sociale inscrite sur la porte. Sur le même palier, se trouvent le cabinet dentaire des docteurs Dresdener et Nir ainsi que celui de Doubi Weitzman, qui cumule les fonctions de notaire et d'expert-comptable, et s'occupe accessoirement de travaux de reprographie et, plus généralement, de tous traitements de documents. À ses heures de loisir, il exécute des gouaches du désert – il a déjà présenté cinq de ses œuvres dans le cadre d'une exposition collective dans une galerie privée de Herzliya. Une photocopie agrandie d'une critique mentionnant son nom, parue dans le *Ha'aretz*, est accrochée au mur de son bureau dans un cadre quadrillé, incrusté de nacre. Le docteur Nir est un adepte de l'escalade, et l'épouse du docteur Dresdener est une lointaine parente d'une chanteuse qui s'est produite chez nous il y a deux hivers et, à cette occasion, elle a distribué ses photos dédicacées à ses admirateurs.

Deux Bédouins d'un certain âge sont assis, les genoux pressés l'un contre l'autre, sur les marches du syndicat des ouvriers – tous deux sont en jean. L'un arbore une chemise du

Béthar, et l'autre, un blouson militaire kaki râpé, comme ceux que l'on portait dans les années cinquante. Le bras du plus petit repose sur son genou, paume de la main ouverte ; entre quatre doigts fuselés, il tient une cigarette éteinte qu'il caresse inlassablement du pouce. Lentement. Son compagnon serre entre ses genoux un paquet enveloppé d'un vieux journal. Il a les yeux rivés vers le ciel, ou vers l'antenne qui scintille sur le toit de la gendarmerie. Ils attendent. Un vieux marchand ambulant, d'origine ashkénaze, passe devant eux ; dans une corbeille nouée autour de son cou, il transporte des grenouilles mécaniques qui sautent quand on presse une télécommande, des toupies, des savonnettes, des peignes, des bombes de mousse à raser et des tubes de shampooing importés de Taïwan. Il porte des lunettes, une kippa noire et il a les épaules tombantes ; il adresse un sourire pensif aux deux Bédouins, qui, dans l'incertitude, répondent poliment d'une inclinaison de tête.

Le « Studio Hollywood – développements et matériel photo » est cadenassé. À l'intérieur de la porte vitrée poussiéreuse, sous la photo de Menahem Begin gracieusement offerte par le *Ma'ariv* à ses lecteurs, est apposé un panneau : « Le magasin est fermé jusqu'au premier du mois prochain pour cause de périodes de réserve effectuées conjointement par Yéhoudah et Jackie. Notre aimable clientèle est priée de s'armer de patience. » À côté des pompes funèbres, trois jeunes gens – l'un est albinos –, assis sur des tabourets métalliques, parlent de choses et d'autres. Désireux de se mêler à la conversation, le vieux colporteur s'arrête près d'eux, tousse et pousse un soupir. « Un Juif et un goy, c'est comme l'huile et l'eau, observe-t-il tristement. C'est exactement la même chose, et les Juifs entre eux aussi, d'ailleurs. Tout le monde. Même deux frères. » L'un des garçons entre dans l'établissement et ressort avec un verre d'eau qu'il lui offre. Le vieil homme prononce une bénédiction, boit en grognant, rajuste autour de son cou les attaches de la corbeille de grenouilles et reprend sa route, en traînant les pieds, en direction de la place. Kushnir, le relieur, se trouve dans sa niche. Pour l'heure, il est plongé dans un livre qui tombe en lambeaux. Ses lunettes à monture dorée lui glissent sur le nez. À son mince sourire, on voit que le livre le réjouit ou lui rappelle quelque chose. Trois cassiers garnissent une plate-bande à l'extrémité de la place – leurs cimes clairsemées dispensent une ombre parcimonieuse.

« Ici, on ne vend pas à tempérament », annonce une affichette imprimée, apposée dans la pharmacie de Schazberg. « Qu'est-ce que le tempérament a à voir avec les médicaments ? grommelle un homme grand et corpulent avec un fort accent roumain. C'est une nouvelle expression en hébreu ou quoi ? — À tempérament, cela veut dire à crédit », lui explique obligeamment un jeune homme à la tignasse frisée, les pieds chaussés de sandales maculées de terre, sa mitraillette passée en bandoulière au moyen d'une corde en guise de bretelle.

« Au temple de l'ordinateur », on abat une cloison pour agrandir les lieux. Le salon des réseaux informatiques va prochainement s'y tenir. En attendant, on a recouvert les machines de sacs plastique pour les protéger de la poussière. Un poster est collé sur le mur en démolition : on y voit une superbe fille, assise devant un écran, genoux croisés – elle porte des lunettes et, le visage impénétrable, elle semble si absorbée par sa programmation qu'elle permet, comme par inadvertance, aux badauds de lorgner à loisir sous sa jupe. Un enfant blond, le visage grave, joue à la balle contre un des murs du cinéma « À Paris » : il la rattrape et la renvoie inlassablement contre le mur. Il poursuit longuement son manège, sans la moindre variation. Il a l'air très concentré, comme si une maladresse risquait d'entraîner une catastrophe. Un vieil homme en uniforme de milicien lui ordonne de s'arrêter : « Tu vas briser une vitrine ! » L'enfant obéit aussitôt, il fourre sa balle dans sa poche et reste là. Il attend. L'air est brûlant, chargé de poussière. La lumière est incandescente. Là-haut, pareil à un pendu, un cerf-volant de couleur sombre se balance sur une ligne de haute tension qui l'a pris dans ses rets. « Au falafel d'Entebbe », on vend à partir d'aujourd'hui des *chawarmas*[1]

1. Lanières de viande, de mouton le plus souvent, cuites sur une broche tournante.

servis dans une *pita*. Avram est allé s'approvisionner à Beersheva. Il brûle de savoir si son idée va marcher. Mais il n'a pas le choix, il faut le temps. On verra bien. D'ici là, il croise les doigts.

« Aujourd'hui, je retourne à Beersheva après la classe, annonçai-je pendant le petit déjeuner, à 7 h 15. J'ai un rendez-vous avec Benizri, à la succursale de la banque. S'il refuse de m'aider lui aussi, alors je ne sais plus à quel saint me vouer. Ne dis rien. Pas encore. Peut-être à mon retour, ce soir. On verra. »

Il leva le nez de son journal ; il était encore en maillot de corps – il a des épaules hâlées et un corps encore très ferme pour un homme de soixante ans. Il me considéra avec une curiosité amicale. Comme on regarde un enfant qui se plaint d'avoir mal au ventre et refuse d'aller à la garderie : faut-il le croire ? Ou faire preuve d'autorité ? Un léger soupçon ou une ombre d'ironie trembla sur sa moustache militaire soignée.

« Tu es une grande fille maintenant, dit-il soudain en posant sa large main sur la mienne. Tu trouveras certainement un moyen.

— Théo, je ne suis pas complètement idiote. Si tu veux que j'abandonne ce projet, dis-le carrément. Essaie au moins. Tu verras bien ce qui arrivera.

— Tu m'as demandé de ne pas m'en mêler. C'est ce que je fais. Un point c'est tout. Tu veux encore du café ? »

Je ne répondis pas pour éviter une dispute.

Avec ses cheveux blancs, son air compétent, sa moustache argentée, soigneusement taillée, son œil gauche à moitié clos, il me faisait parfois songer à un paysan aisé, propriétaire d'une exploitation louche, un homme auquel la vie aurait appris à composer avec l'adversité, les femmes ou ses voisins : avec une main de fer dans un gant de velours.

Entre-temps, il roulait une boulette de pain entre ses doigts, comme s'il goûtait un plaisir innocent.

« Si on allait au cinéma ce soir ? proposa-t-il. On donne un film érotique. Ça fait des lustres qu'on n'est pas sorti. Sois prudente sur la route, je pourrai me passer de la voiture sans problème. Fais attention aux nids-de-poule et aux poids lourds. Ne cherche pas à les doubler. Ça vaut mieux. Et n'oublie pas de faire le plein. Attends une minute : ce Benizri, j'ai formé ses professeurs. Tu veux que je lui passe un coup de fil maintenant ? »

Je le priai de n'en rien faire.

Il se replongea dans son journal. Il grommela quelque chose sur ces sacrés Japonais. J'attrapai mon cartable au pas de course – j'avais juste le temps d'arriver à l'heure à mon premier cours.

Sur le seuil de la porte, je revins sur mes pas pour recevoir et rendre un baiser amical, sur le sommet du crâne. Au revoir. Merci pour la voiture. Je n'avais toujours pas eu le temps de lui demander s'il y avait du nouveau à son bureau. En fait, la question était oiseuse, il y avait belle lurette que la nouveauté avait perdu tout attrait pour lui. À mon retour, ce soir, je l'accompagnerai au restaurant puis au cinéma pour voir son fameux film érotique. L'air de rien, il me surveille sans arrêt. Même si c'est pour les meilleures raisons du monde : par gentillesse et à cause du souci qu'il se fait pour moi. J'aurais été blessée de son indifférence. Je suis injuste envers lui. C'est sans doute pour cela que chacune de ses paroles m'irrite. Comme ses silences. Et ses fastidieuses attentions.

À la pause de 10 heures, je lui téléphonerai au bureau. Je prendrai des nouvelles de son travail. Je le remercierai d'avoir bien voulu me prêter sa Chevrolet pour la journée, je lui demanderai pardon et lui promettrai de ne pas oublier de faire le plein et de l'accompagner au cinéma ce soir, comme il l'a suggéré.

Mais pardon de quoi ?

De toute façon, à la récréation, il y a constamment la queue devant la cabine de la salle des professeurs et il y a toujours une oreille qui traîne – tout le monde saura que Noa a demandé pardon à Théo, et les langues iront bon train. C'est une petite ville. C'est d'ailleurs à cause de moi que nous sommes là : c'est moi qui ai choisi de venir habiter ici, et Théo s'est laissé faire. Si seulement il pouvait s'arrêter de faire des concessions et de les porter au débit de mon compte.

Quel compte ? Il n'y a pas de compte. Voilà que je recommence à être injuste.

Muki Peleg m'attendait devant la porte du lycée. « Il s'est passé quelque chose ? — Rien », répondit-il, comme la Vierge au charpentier qui voulait savoir d'où lui venait son ventre arrondi. Il voulait juste m'informer qu'il allait se mettre en quête d'un architecte bénévole pour tracer les plans du bâtiment. Théo l'aurait fait, si je le lui avais demandé ou si je l'avais laissé faire. Mais m'y étais-je jamais vraiment opposée ? Quand avait-on parlé d'un bâtiment à construire ? Avais-je réellement donné ce crayon à Emmanuel puis l'aurais-je oublié ? J'avais l'impression de rêver. Un garçon bizarre, solitaire, qui considérait les paroles comme un piège et baissait toujours les yeux comme s'il avait honte – on aurait dit qu'il sombrait en lui-même –, sans oublier que, tous les matins, sur le trottoir en face de l'école, son chien fantôme l'attendait patiemment. Il avait sans doute inventé cette histoire de crayon. Mais pour quelle raison ? Ma mémoire me jouerait-elle des tours ? Le lui aurais-je offert sans m'en rendre compte ?

Quand, six semaines après les obsèques, Avraham Orvietto était venu me demander d'accepter de constituer un comité pour étudier le projet d'un centre de désintoxication expérimental, nous nous étions installés au « California », devant deux cafés liégeois servis dans de grands verres et, de sa voix douce, il m'avait expliqué que la situation géographique du lieu pourrait peut-être favoriser le processus du sevrage : Tel-Kedar était une petite ville agréable, il n'y avait pas de quartiers déshérités, le désert ne pouvait avoir qu'un effet salutaire – en contemplant cette immensité vide, toutes sortes de pensées vous assaillaient. Rythmant son discours, ses mains calleuses paraissaient s'acharner à tordre un objet invisible et récalcitrant. J'étais fascinée. « Tenez, ma sœur, par exemple, la tante d'Emmanuel, elle a vécu ici près de dix ans et a trouvé la paix dans l'harmonie singulière qui règne ici, entre l'intensité de la lumière et le désert. Emmanuel aussi y était sensible – il aurait voulu écrire, il avait peut-être du talent, mais vous êtes certainement meilleur juge que moi, mais comment en suis-je revenu à lui ? Il est constamment présent dans mes pensées. Il se tient devant moi, très pâle, étreignant ses épaules de ses bras, comme s'il avait froid. On dirait que je ne l'ai pas perdu mais que, au contraire, il vient vers moi pour partager ma souffrance. Ce n'est ni un souvenir ni une idée, mais lui-même, en chair et en os. Vêtu de son vieux pull vert. Il se tient devant moi, tout pâle, sans sourire, sans rien dire, ses mains enlacent ses épaules, il s'adosse contre un mur, et le poids de son corps repose sur une seule jambe. Il est là, comprenez-vous ? »

Avraham Orvietto était venu plusieurs fois en

visite ces dernières années. Il se promenait dans les collines en compagnie de son fils, qui n'ouvrait que rarement la bouche, ils déambulaient une heure ou deux dans les rues, à la tombée du soir, observant le développement de la ville : un nouveau jardin, un nouveau chemin pavé, un nouveau banc, parfois, ils se promenaient la nuit ; entre deux visites, on avait installé d'autres réverbères au sommet de la colline, agrandi le boulevard, un quartier neuf s'était créé à l'est de la ville, peuplé de cette génération que l'urbanisation du désert enthousiasmait encore – Emmanuel, quant à lui, n'y était guère favorable. Ces pérégrinations nocturnes dans les rues désertes, durant lesquelles ils n'échangeaient que de rares paroles, leur faisaient grand bien. Ils avaient la même taille, à présent. Sans ses obligations professionnelles, il aurait certainement prolongé ses séjours : le désert lui convenait. Peut-être même ne serait-il plus jamais reparti. Il avait du mal à démêler la réalité du fantasme. À quoi bon remuer tout cela à présent ? Là-dessus, il leva les yeux de la nappe blanche et me décocha un sourire lumineux qui fusa de ses yeux bleus, entre les rides brunes de son visage, et s'éteignit dès qu'il baissa la tête. Je posai instinctivement ma main sur la sienne – j'eus l'impression de toucher un sol rugueux – et la retirai aussitôt en réprimant l'envie de m'excuser d'un geste que j'avais osé sans son consentement.

« Écoutez, dit-il, voilà… » Puis, se ravisant, il reprit : « Ça n'a pas d'importance.

— Y aurait-il pénurie de déserts en Afrique, là où vous habitez ? » questionnai-je sous le coup de l'émotion, en regrettant instantanément ma question qui me paraissait stupide, grossière, chargée d'une secrète réprobation que je n'avais pas le droit de formuler.

Avraham Orvietto commanda une bouteille d'eau minérale en guise de dessert, pour faire passer le goût, plutôt écœurant, de la glace au café.

« Les déserts africains, répéta-t-il. Il n'y a pas vraiment de déserts là où je suis. C'est plutôt la forêt vierge. Si vous avez encore une minute, je vais vous raconter une anecdote. Je vais essayer, en tout cas. Au début de notre séjour au Nigeria, nous avions loué une maison de style colonial qui appartenait à un médecin anglais. Pas à Lagos mais dans une bourgade, à la lisière de la forêt. Une petite ville misérable, à peine plus grande que Tel-Kedar : il y avait un bureau de poste britannique délabré, une génératrice, un poste de police, une église, une dizaine de boutiques minables et quelques centaines de cases de terre sèche et de paille. Emmanuel avait à peine trois ans, c'était un enfant rêveur, coiffé d'un béret écossais posé de biais sur son crâne, qui clignait toujours des yeux quand on lui adressait la parole. Er'elah, sa mère, ma femme, exerçait en qualité de pédiatre au dispensaire, une sorte de clinique fondée par la mission dans une des villes voisines, où elle travaillait toute la journée. Depuis l'enfance, elle rêvait d'être médecin dans un pays tropical. Albert Schweitzer était son idole. Moi, j'étais la plupart du temps en voyage. Des domestiques s'occupaient de la maison, l'une d'elles était italienne, et il y avait aussi un jeune jardinier indigène. Dans la cour, nous avions des chèvres, des chiens, des poules, une vraie ménagerie, sans oublier un perroquet schizoïde dont je vous parlerai peut-être une autre fois, quoiqu'il n'y ait pas grand-chose à dire à son sujet. Nous avions aussi un bébé chimpanzé que nous avions trouvé un dimanche, lors d'une promenade en forêt. Il s'était égaré ou il était orphelin – c'est Emmanuel qui l'avait aperçu le premier ; du vieux pneu, abandonné au bord de la route où il avait trouvé refuge, il nous regardait avec des yeux attendrissants et nous avait tout de suite adoptés. Je crois que ce phénomène s'appelle l'*imprégnation*, mais je ne suis pas spécialiste en la matière. Le petit animal avait fini par faire partie intégrante de la famille. Au point que nous nous disputions pour savoir avec qui il dormirait la nuit. Au début, Emmanuel le nourrissait au biberon, avec du lait condensé. Quand Er'elah chantait une berceuse à notre fils, le chimpanzé s'entortillait dans une couverture. Le temps passant, il avait appris à dresser la table, étendre la lessive, la décrocher et même caresser le chat qui en ronronnait de plaisir. Ce qu'il aimait par-dessus tout, c'était se blottir contre nous. Les baisers, les caresses, les étreintes, sa soif de câlins était insatiable. Bien plus qu'aucun d'entre nous, peut-être sentait-il qu'il lui fallait renforcer ainsi les liens de la famille. Comment savoir ? Un singe sensible, qui savait discerner, sentir, quand nous étions tristes, seuls ou blessés et qui se démenait alors pour nous dérider : il se livrait à des imitations – Er'elah devant la glace, Emmanuel clignant des yeux, l'air perplexe, moi-même m'escrimant avec le téléphone, le jardinier en train d'asticoter la cuisinière. Nous riions aux larmes. Emmanuel et lui étaient inséparables. Ils mangeaient dans la même assiette et s'amusaient avec les mêmes jouets. Un jour, il sauva l'enfant d'un serpent venimeux, mais c'est une autre histoire. Une autre fois, il offrit à Er'elah un superbe châle bigarré qu'il avait volé quelque part et dont nous ignorions qui pouvait être le propriétaire. Quand il nous arrivait de partir en Jeep rendre visite à des amis en le laissant à la maison, il courait après la voiture en gémissant à fendre l'âme, comme un petit enfant qui se serait fait mal en tombant. Si on lui faisait des reproches, il se vexait et disparaissait, il grimpait à un arbre, ou sur un toit, comme s'il avait décidé de nous présenter sa démission définitive, mais il revenait bien vite faire la paix et s'évertuait à regagner notre amitié et à se racheter par toutes sortes de gentillesses : il nettoyait les lunettes d'Er'elah et les posait sur la tête du chat si bien que nous ne pouvions faire autrement que lui pardonner d'une caresse. D'un autre côté, il savait très bien manifester son indignation quand il jugeait être victime d'une injustice. Par exemple, le jour où je l'avais frappé à cause de fruits qui avaient disparu du garde-manger. Il allait bouder dans un coin et nous regardait tristement d'un air accusateur, comment avez-vous pu vous abaisser à une telle ignominie, le monde en jugera, au point que nous nous sentions tous coupables et que le seul moyen de réparer nos torts – il nous le faisait comprendre très clairement – était d'ouvrir la boîte métallique, hermétiquement fermée, qui contenait le sucre. Quand Emmanuel eut la jaunisse, le singe apprit à lui apporter de l'eau du réfrigérateur et à lui tendre le thermomètre – lui-même ne cessait de prendre sa température, comme s'il craignait d'être contaminé à son tour. Parvenu à l'âge adulte – une toison blanche et fournie, pareille à la longue barbe d'un vénérable saint, lui recouvrait la face et le poitrail –, il tomba amoureux d'Er'elah. Il se colla à elle. Il ne la quittait pas d'une semelle. Il faut que je vous dise qu'il la courtisait avec une délicatesse touchante : il la coiffait, soufflait sur son café pour le refroidir, allait lui chercher ses bas – tout dans son comportement était ostensiblement sexuel, à tel point que cela en devenait insupportable. Il tripotait sa jupe, se frottait à elle, l'enlaçait par-derrière quand elle se penchait, etc. Je vous passe les détails. La nuit, quand nous fermions la porte de notre chambre à clef, il manifestait une jalousie féroce : il se postait à la fenêtre et poussait des plaintes déchirantes, comme s'il était grièvement blessé. Au début, c'était plutôt drôle, voire sympathique, il allait bientôt lui jouer la sérénade sous sa fenêtre, mais, très vite, nous comprîmes que le problème était sérieux. Il commença à nous mordre, Emmanuel et moi, quand nous nous risquions à la toucher en sa présence ou quand elle nous touchait. Effrayé, Emmanuel se mettait à ciller de plus belle. Pour comprendre la suite, vous devez savoir, Noa, qu'un chimpanzé est un animal puissant et rapide : il peut être très dangereux, quand il est en colère ou en rut. À deux reprises, il la serra dans ses bras si fort qu'elle ne put se libérer et que je dus l'arracher de force à son étreinte. Je me trouvais à la maison par pur hasard, que serait-il arrivé si je n'avais pas été là ? Le vétérinaire lui fit plusieurs piqûres d'œstrogènes qui ne refroidirent pas ses ardeurs. Nous étions dans une impasse : nous ne pouvions l'éloigner et nous ne voulions pas non plus le brutaliser car il faisait partie de la famille. Nous l'avions adopté bébé, comme je vous l'ai dit. Le jour où il avait avalé un débris de verre, nous l'avions transporté en avion à Lagos pour le faire opérer. Nous l'avions veillé à tour de rôle pendant quatre jours pour l'empêcher d'arracher son pansement. Après deux incidents similaires avec Er'elah, le vétérinaire nous conseilla de le castrer ; je réfléchis longuement à la question comme si j'étais moi-même concerné. Finalement, je décidai que la meilleure solution était de le ramener à son milieu d'origine. Le samedi précédant Noël, je le fis monter dans la Jeep – il était toujours surexcité quand il s'agissait de m'accompagner en voiture –, et, pour plus de sûreté, je m'éloignai de cent bons kilomètres au cœur de la forêt. Je n'avais rien dit à Er'elah, ni à Emmanuel : ils croiraient qu'il s'était échappé. Qu'il avait entendu une voix ancestrale, venue de la forêt, l'incitant à retourner à ses racines. Le phénomène existe, je crois, mais, n'étant pas un expert, je ne saurais vous l'affirmer avec certitude. En chemin, nous fîmes halte dans une station-service et, comme d'habitude, il introduisit le tuyau dans le réservoir et actionna lui-même la pompe, ensuite, nous nous arrêtâmes dans un restaurant au bord de la route ; après le repas, il se précipita à la voiture pour me rapporter des mouchoirs en papier – il avait dû percevoir mon chagrin ou sentir l'odeur de la trahison ; je ne saurais exprimer par des mots l'extrême gentillesse dont il fit preuve tout au long de ce dernier voyage. En l'observant, j'éprouvais un peu ce que doit ressentir une brebis que l'on va tondre. Il dut le comprendre car, durant le long trajet qui dura près de trois heures, il se pelotonna sur son siège à côté de moi, un bras passé autour de mes épaules ; nous devions ressembler à deux amis d'enfance en goguette. Au début, il n'arrêtait pas de babiller avec une sorte de fébrilité enfantine, comme s'il devinait ce qui l'attendait et qu'il demandait grâce. Puis, au fur et à mesure que nous avancions dans la forêt, il se calma. Il se recroquevilla sur son siège en tremblant de tous ses membres et en me fixant avec des yeux écarquillés, comme la première fois, quand nous l'avions découvert dans la forêt : un bébé abandonné qui nous regardait avec une naïve confiance du fond du vieux pneu où il avait trouvé refuge. Je conduisais d'une main en lui caressant la tête de l'autre. Je me sentais comme un assassin sur le point d'attaquer une innocente victime par-derrière. Je n'avais pas le choix. Moins d'une année plus tard, Er'elah devait mourir dans le détournement de l'avion de l'Olympic Airways, mais, lors de ce sinistre périple, je ne pouvais me douter qu'un drame en entraînerait un autre. Je finis par atteindre une petite clairière. J'arrêtai le moteur. Un silence irréel régnait. Il grimpa sur mes genoux et appuya sa joue sur mon épaule. Je lui demandai de descendre et d'aller me chercher quelques branchages. Quoique comprenant fort bien ce que je lui disais, il n'obtempéra pas. Il tremblait toujours, sans bouger de son siège. Il n'avait pas l'air convaincu. Il me lança un regard muet qu'aujourd'hui encore je suis incapable de qualifier. Je dus le rudoyer pour l'obliger à descendre. Dans le même temps, je priai intérieurement pour qu'il se rebiffât et refusât d'obéir. À peine avait-il fait vingt mètres que je tournais les talons, écrasais l'accélérateur et prenais la fuite. Ainsi, la dernière image qu'il emporta de moi fut de violents reproches au lieu de paroles de douceur. Il comprit sur-le-champ que, cette fois, je ne jouais pas à cache-cache. Que je le trompais. Que c'était la fin. Il s'élança éperdument derrière la voiture sur une centaine de mètres de sa démarche simiesque, on aurait dit un bossu, courbant l'échine avec de petits sauts désordonnés et poussant des hurlements perçants. De ma vie, je n'ai entendu des clameurs pareilles – j'ai pourtant transporté des blessés sur mon dos pendant la guerre –, qui continuèrent à résonner à mes oreilles longtemps après qu'il eut disparu de mon rétroviseur. Ses cris m'ont poursuivi pendant des semaines. Emmanuel affirma qu'il les entendait aussi, ce qui est évidemment impossible, à plus de cent kilomètres de distance. Mais le problème qu'il avait à l'œil, et que les médecins du dispensaire n'avaient pas su soigner, disparut peu de temps après et ne réapparut plus jamais, même pas à la mort de sa mère. Par la suite, nous continuâmes à le guetter à la porte de la cour – chacun séparément –, dans l'espoir, mitigé de crainte, que nous n'osions nous avouer, qu'il avait réussi à retrouver son chemin. S'il apparaissait brusquement, aurions-nous réussi à apaiser sa rancœur et nous aurait-il pardonné ? Nous évitâmes d'ouvrir la boîte à sucre pendant des semaines entières. Après la mort d'Er'elah, je proposai à Emmanuel d'adopter un autre singe mais il ne voulut rien entendre. “Laisse tomber”, se contenta-t-il de dire. Je me demande bien pourquoi je vous ai raconté cette histoire. Où est le rapport ? Vous rappelez-vous comment nous en sommes arrivés là ? De quoi parlions-nous juste avant ? »

Je répondis que je n'en avais pas la moindre idée. Nous étions certainement sur un autre sujet. Je posai machinalement un doigt sur sa main. « Pardon, Avraham », dis-je en le retirant aussitôt.

Il ajouta qu'il avait une faveur à me demander : il était désolé de s'être laissé aller à ces confidences. Il me pria d'oublier ce qu'il m'avait dit. Puis il me proposa une autre glace, que je refusai, et me demanda la permission de m'escorter – à condition, bien entendu, que je veuille bien de sa présence. Un sourire, vite réprimé, illumina ses traits, comme s'il connaissait d'avance ma réponse. Bouleversés, nous descendîmes en zigzaguant, sans mot dire, le boulevard désert, planté de tipuanas qui déversaient lentement sur le trottoir une ondée de fleurs jaunes et fanées. La nuit tombait. Nous ralentîmes involontairement le pas entre deux réverbères et, au bout de vingt minutes où nous n'avions pratiquement pas échangé trois paroles, nous nous séparâmes sur les marches du lycée car je venais de me rappeler que, ce soir-là, je devais participer à une réunion de professeurs. Laquelle était déjà terminée quand j'arrivai. Je me ruai dehors dans l'espoir de retrouver Avraham Orvietto en remarquant, à ma grande surprise, que je me mettais à cligner des yeux à mon tour de manière incoercible. Il n'était naturellement plus là. Il avait dû rentrer à son hôtel, ou se rendre ailleurs.

L'année scolaire s'achève la semaine prochaine. Les premiers temps, le mois d'avril était à peine entamé qu'elle ne tenait déjà plus en place et s'inscrivait à un séminaire d'été à Jérusalem ou réservait sa place pour le Festival de Galilée, une randonnée dans le Carmel avec l'Association de la protection de la nature, un stage de recyclage à Beersheva. Cette année, toute à sa nouvelle croisade, elle n'avait pas la tête à organiser la moindre expédition estivale. Samedi, je lui ai demandé incidemment ce qu'elle avait prévu pour les grandes vacances. « On verra », me répondit-elle ; je n'insistai pas.

Les gens passent leur vie à faire des projets, à prendre des dispositions ou à organiser leurs loisirs. Pour ma part, je me contente du désert et de mes quatre murs. Mon travail en devient même superflu. Je ne vais d'ailleurs pas tarder à arrêter. Ma retraite, mes économies et les revenus que me rapporte ma propriété de Herzliya nous suffiront amplement. À quoi passerai-je mes journées ? J'irai faire de longues promenades dans le désert, à l'aube, avant que l'air ne s'embrase. Je m'accorderai une sieste pendant les heures les plus chaudes. Le soir, je m'installerai sur le balcon ou irai jouer aux échecs au « California » avec Doubi Weitzman. La nuit, je me brancherai sur Londres. Les collines, la trouée du *wadi*, les nuages floconneux s'effilochant dans le ciel, les deux cyprès au fond de la cour, les lauriers-roses, le banc vide près de la tonnelle de bougainvillée. La nuit, on voit les étoiles – après minuit, certaines changent de place en fonction des saisons. Parallèlement aux saisons serait plus exact. Dans la plaine voisine, par-delà la barrière du jardin, on aperçoit un champ de chaume blond. Durant l'automne, un vieux Bédouin y a planté de l'orge qu'il a récoltée au printemps ; à présent les chèvres viennent grignoter la paille de leurs dents obstinées. Plus loin, de vastes espaces désertiques s'étendent jusqu'aux collines, jusqu'au bloc sombre des montagnes qui ressemblent parfois à un amas de brume. Des éboulis de roches brun-noir et des blocs de craie blanche, que les Bédouins appellent *hawar*, s'amoncellent sur leurs versants, entre deux couches sédimentaires. Le paysage est en noir et blanc. Les choses sont à leur place. Pour toujours. Présentes et silencieuses. Être en paix signifie leur ressembler, dans la mesure du possible : présent et silencieux. Disponible.

Au bulletin d'information de ce matin, on a diffusé un extrait du discours du ministre des

Affaires étrangères à propos de l'aspiration à la paix.

Le terme « aspiration » est mal choisi : c'est la paix ou l'espoir. Il faut choisir.

Elle m'a annoncé qu'elle devait retourner à Beersheva aujourd'hui. Elle a promis de faire le plein et de ne pas rentrer trop tard. Je ne lui ai pas demandé à quelle heure elle comptait revenir, ni de se dépêcher. On aurait dit qu'elle se trouvait par erreur dans une pièce inconnue et que, dans son trouble, elle ne trouvait pas la fenêtre. Qui était pourtant grande ouverte. Elle s'élançait d'un mur à l'autre avec force battements d'ailes, se heurtant à la lampe, au plafond, aux meubles, se débattant en tous sens. Surtout ne pas essayer de lui montrer l'issue : on ne peut rien pour elle. Le moindre geste ne pourrait qu'exacerber sa panique. Si l'on n'y prend garde, au lieu de la guider vers l'air libre, on risque de la faire fuir vers les pièces intérieures où elle se cognera de plus belle aux vitres. La seule manière de lui venir en aide est de ne rien faire. Se pétrifier. Se fondre dans le mur. Ne plus bouger. La fenêtre était-elle vraiment ouverte ? Est-ce que je veux vraiment qu'elle prenne son envol ? Ou bien est-ce que, immobile dans le noir, je la fixe de mes yeux fossilisés en attendant qu'elle s'écroule d'épuisement ?

Je pourrais alors me pencher sur elle et prendre soin d'elle comme au commencement. Depuis le commencement.

À Beersheva, il y avait eu un malentendu au sujet de mon entrevue avec Benizri. Une secrétaire désobligeante, dont les boucles d'oreilles ressemblaient à deux minuscules gouttes de sang, ne trouva pas mon nom dans l'agenda de son patron : celle avec qui j'avais fixé le rendez-vous était, selon elle, une simple dactylo, un peu attardée, qui ne venait que deux fois par semaine et n'était absolument pas compétente pour recevoir le public. M. Benizri était en réunion. Il en avait jusqu'au soir. « Bon, d'accord, j'ai compris que vous êtes venue de Tel-Kedar spécialement pour le voir. Je suis désolée. C'est vraiment dommage. »

Comme j'insistais, elle consentit, avec un petit geste dégoûté, à l'appeler sur la ligne intérieure pour voir s'il pouvait, malgré tout, se libérer un quart d'heure. Elle souleva le combiné de ses doigts carmin et déclara : « Pas aujourd'hui, madame. Essayez dans, disons, deux ou trois semaines, quand M. Benizri sera rentré de son congrès. Téléphonez-moi avant, je m'appelle Doris, et, si c'est quelqu'un d'autre qui vous répond, une certaine Tiki, n'y faites pas attention. La pauvre a eu un enfant avec un joueur de basket qui ne veut plus entendre parler d'elle et maintenant, elle a appris que le bébé est mongolien. Si j'étais religieuse, comme elle, jamais je ne pourrais rester cloîtrée le shabbat. Mais vous êtes qui, au fait ? Qu'est-ce que vous lui voulez, à M. Benizri ? Je pourrais peut-être vous aider ? »

Là-dessus, je craquai. Je la priai de déranger une nouvelle fois Benizri pour lui dire que c'était la Noa de Théo qui voulait lui parler.

Une minute plus tard, il jaillissait de son bureau, rayonnant, affable, les genoux et le ventre tout tremblotants, entrez donc, mais bien entendu, comment se porte notre cher ami ? La santé ? Le travail ? Il vous a envoyée au rapport. C'est merveilleux ! Quel sacré bonhomme.

Et ainsi de suite.

« Concernant votre affaire, madame Noa, écoutez, à parler franchement, disons que vous auriez intérêt à nous l'envoyer directement, votre philanthrope. Nous saurons le remettre dans le droit chemin. C'est la première fois que l'on entend parler de drogue à Tel-Kedar. C'est zéro comme idée. Nous sommes tombés sur la tête ou quoi ? On ne va tout de même pas se mettre à importer ici toute la..., excusez-moi, de la banlieue de Tel-Aviv ? Mieux vaut qu'il investisse dans une maison de retraite, par exemple. L'âge d'or, comme on dit. Justement, ça manque chez nous et ça pourrait donc très bien marcher. Mais de là à faire venir un contingent de drogués ! De nos jours, la drogue n'arrive pas toute seule, vous savez : ça entraîne le crime, le sida, la violence et toutes sortes de débordements. Je me demande comment une jolie femme comme vous a pu se mettre dans un tel pétrin. Et ça peut attirer des emmerdements à Théo aussi, Dieu nous en garde ! Vous savez bien comment fonctionne le système de nos jours, tout passe par la communication, le journal local, les enquêtes, les palabres. En tout cas, il ne faut pas perdre un donateur. Amenez-le-moi. Aujourd'hui, les mécènes ne tombent plus du ciel à cause de la mauvaise image du pays par la faute de ces maudits Arabes et du bordel qu'ils nous foutent dans les territoires. Que pense Théo de la situation ? Il doit se ronger les sangs. Le pays, c'est toute sa vie. Ça fait longtemps que vous êtes avec lui ? Huit ans, autant dire rien du tout. Zéro. Écoutez les conseils d'un homme qui a connu le Théo de la première époque, quand il n'y avait que du sable et des rêves ici. Qu'est-ce qu'on l'admirait quand il faisait sauter les postes de police et les radars des Anglais ! C'était un exemple pour nous tous. Un modèle. Si seulement il était encore au ministère du Développement, nous ne serions pas dans ce merdier. Dommage qu'il ait été grillé. Ses qualités lui avaient fait des ennemis. Rappelez-vous que vous avez là un monument national et veillez-y comme à la prunelle de vos yeux. N'oubliez surtout pas de lui transmettre toutes mes amitiés. Et laissez tomber vos drogués avant qu'ils ne vous attirent des emmerdements. Quant à votre mécène, envoyez-le-moi, je saurai bien lui faire entendre raison. Au revoir. »

Durant le chemin du retour, j'étais animée d'une fureur meurtrière en conduisant la vieille Chevrolet : je doublais en klaxonnant comme une forcenée, multipliais les queues de poisson, j'avais les nerfs à vif et bouillais d'une colère froide, teintée d'une nuance de triomphe. J'avais l'impression de prendre ma revanche. Et si, au lieu de rentrer directement à la maison, j'allais chez Muki Peleg – je m'installerais, jambes croisées, sur le lit, un disque, la lumière tamisée, mes chaussures, un verre de vin, mon chemisier, le soutien-gorge, sans passion ni émotion, sauf une pulsion destructrice. Les lèvres, les épaules, la poitrine, puis descendre progressivement plus bas, comme dans le livre, à peu près vingt minutes, il serait plutôt détaché, lui aussi, comme s'il cherchait à ajouter d'autres exploits à sa liste qui resterait éternellement incomplète. Je serais finalement obligée de lui donner son score, « j'ai été comment, ma petite chérie ? — Géant, sensationnel », savourant en moi-même l'indicible jouissance d'avoir mortifié la prunelle de mes yeux. Puis je prendrais une douche, me rhabillerais et, pendant que je boutonnerais mon chemisier, il ne résisterait pas à l'envie de me redemander comment c'était et, cette fois, je répondrais par la formule favorite de Benizri :

« Zéro, merci. » Ensuite, je mettrais le contact et rentrerais à la maison, ma fureur meurtrière apaisée. J'annoncerais à Théo que, ce soir, je préparerais le dîner. Comme ça. Ça m'était venu comme ça. Avec une nappe blanche et une bouteille de vin. En quel honneur ? En l'honneur de Noa, qui a réfléchi et décidé de descendre de son nuage parce qu'elle a enfin recouvré sa vraie nature. Et cette nuit il n'y aurait pas de vagabondages nocturnes dans le couloir, ni de BBC. Cette nuit, il s'endormirait dans mon lit, et je prendrais sa place sur son perchoir, sur le balcon. À mon tour de contempler un peu l'obscurité. Demain matin, avant d'aller enseigner « les zéphyrs » en parallèle avec « la splendeur », j'écrirai deux lignes à Avraham Orvietto pour lui dire de se trouver une autre poire. Le recueil posthume du poète Ezra Zussman s'intitule : *Traces de pas dans le sable* – j'avais fini par le dénicher à la bibliothèque de l'université de Haïfa. À la page soixante-trois, je tombai sur un poème dont la première partie me plut beaucoup. Au lieu d'ériger des instituts, je collecterai des vêtements chauds en prévision de l'hiver pour les nouveaux immigrants. Ou j'enverrai des colis aux soldats. Je trouverai bien quelque chose de simple à faire, à la mesure de mes moyens et où je n'aurai pas à remuer ciel et terre. Peut-être prendrai-je l'initiative de réaliser un album souvenir, hommage du lycée à la mémoire d'Emmanuel Orvietto ; je tâcherai de réunir des témoignages bien que je sois certaine de ne pas en trouver puisque personne ne le connaissait vraiment, pas même son professeur principal, ni la conseillère d'éducation.

Je trouve navrante la propension des âmes charitables à se dévouer à une noble cause avec un sentimentalisme excessif. Il faudrait plutôt adopter l'attitude d'un policier surmené, un homme d'âge mûr, au visage rond et fermé et à la bedaine d'un commerçant nanti – jusqu'à l'arrivée de l'ambulance, je l'avais vu ramper sur le ventre pour tenter de dégager des blessés, prisonniers d'une fourgonnette qui s'était renversée au carrefour d'Ashqelon. L'accident remonte à quelques années, mais je revois la scène dans tous ses détails : à travers la portière cabossée, couché dans la poussière, il pratiquait le bouche-à-bouche à une femme qui avait perdu connaissance. À l'arrivée des secours, quand un infirmier, ou un médecin, vint le remplacer, le policier se releva, tourna les talons – il n'avait plus rien à faire ici – et s'en fut régler la circulation : et voilà. Circulez, madame. Il n'y a rien à voir.

Sèchement. Presque grossièrement. D'une voix éraillée par le tabac. Sans se soucier de ses cheveux maculés de boue, de son képi froissé, ni du filet de sang, souillé de terre, qui lui coulait du nez. De larges auréoles de sueur aigre s'étalaient sous ses aisselles et des gouttes de transpiration poussiéreuse lui dégoulinaient dans le cou. Après toutes ces années, je n'ai pas oublié ce singulier amalgame de bonté et de froideur.

J'espère toujours pouvoir calquer mon comportement sur le sien : pas avec des sentiments mais avec une grande précision. Avec un professionnalisme à la limite de la brutalité. Avec une sûreté quasi chirurgicale. « Où devons-nous briller et pour qui ? » écrivait Zussman dans le premier poème de son recueil.

Le temps d'arriver au feu, sur la place de Tel-Kedar, j'avais réussi à digérer l'humiliation et à renoncer à ma vengeance grâce à ces quelques vers et au policier : Muki Peleg se trouverait quelqu'un d'autre. Il devrait se contenter de Linda Danino. Qu'est-ce que ça changerait d'ailleurs si une femme mortifiée de plus commettait, entre 19 heures et 19 h 20, par une chaude soirée brumeuse, dans une petite ville du désert, au son du *Boléro* de Ravel, sur un lit dont on n'aurait pas retiré la courtepointe poussiéreuse, un adultère avec un beau parleur, un peu racorni sur les bords, aspergé d'une lotion après-rasage entêtante, pour punir un homme qui ne lui avait pas fait de mal et qui n'aurait jamais connaissance de son acte ? En quoi cela la soulagerait-il ?

En rien. Zéro.

Un jour, après le déluge de compliments et de galanteries dont il était coutumier – à croire que c'était un devoir chez lui –, Muki Peleg m'avait dit qu'il nous aimait beaucoup tous les deux. Théo et moi. Aimer n'était pas le mot juste. Estimer ? non plus. Il n'arrivait jamais à exprimer exactement ses pensées. C'était vraiment un problème. Au fil du temps, dit-il, Théo et moi en étions venus à nous ressembler de manière indéfinissable. Ce n'était pas une question de caractère. Ni d'apparence. Il ne s'agissait pas d'attitude non plus. La ressemblance était ailleurs, si je voyais ce qu'il voulait dire. On observait souvent ce phénomène chez des couples sans enfants. C'était sans importance. Il était désolé. Il avait encore commis un impair. J'avais rougi, par sa faute, il avait trop parlé, sans discernement et sans le moindre tact. Pardon. Ses propos dépassaient toujours ses intentions. C'était peut-être une question de vibration. Non. C'était idiot. Ce n'était pas ça non plus.

Je dépassai à faible allure le bureau de Muki : Société immobilière et d'investissements, fis demi-tour au feu et repartis vers le boulevard du Président-Ben-Zvi. Je stoppai pour essayer de me rappeler quelque chose que j'avais oublié et décidai que Noa n'allait pas descendre de son nuage, mais continuer, au contraire, à œuvrer pour le projet de création d'un centre médical à la mémoire d'Emmanuel Orvietto. Au moins jusqu'à ce qu'on trouve quelqu'un de plus qualifié qui accepte de jouer le jeu. Voilà. Avancez, madame. Circulez. Il n'y a rien à voir.

Ce qui ne m'empêcha pas de garer la vaste Chevrolet, toute cabossée, devant le supermarché. J'achetai de la viande, un assortiment de salades, une bouteille de vin mousseux, un avocat, une aubergine, des olives piquantes et quatre sortes de fromage : si le péché n'avait pas été commis, le rite d'expiation était toujours actuel. Je trouvai Théo, couché sur le tapis blanc du salon, pieds nus, en tricot de corps et jogging. Il ne lisait pas. La télévision n'était pas allumée. Peut-être somnolait-il les yeux ouverts, comme hier et avant-hier ? Après la douche, j'enfilai une jupe à fleurs, un léger chemisier bleu et nouai un bandana autour de mon cou. Bien qu'ayant à régler un problème dont je ne parvenais pas à me souvenir, je débranchai le téléphone. Je défendis à Théo de m'aider dans la préparation du dîner et, quand il me demanda en quel honneur je me donnais tout ce mal, je répondis en riant que c'était en l'honneur de la prunelle de mes yeux.

Il s'assit à la table de la cuisine et, pendant que je découpais, réchauffais et touillais, il entreprit de plier soigneusement les serviettes en papier vert qu'il introduisit minutieusement, l'une après l'autre, dans la pochette qui leur était réservée. Quand il se livre à une activité manuelle, aussi simple soit-elle, comme ouvrir une enveloppe ou poser l'aiguille de l'électrophone sur le disque, l'agilité de ses doigts me remplit toujours de stupéfaction – il l'a probablement héritée de générations d'horlogers, d'abatteurs rituels, de violonistes et de copistes. Un jour, il m'avait pourtant confié que son grand-père maternel avait été le dernier rejeton d'une dynastie de croque-morts dans une quelconque bourgade ukrainienne. Il avait travaillé trente-deux ans au ministère du Développement en qualité d'urbaniste. On disait qu'il avait eu des idées géniales pour lesquelles il s'était battu et qu'il avait laissé son empreinte. Quand je le rencontrai au Venezuela, il était distant, presque froid. Il n'avait jamais voulu parler du différend qui l'avait opposé au ministre – renseignements que j'ai reconstitués par bribes –, de sa défaite, puis de son éviction, voire de la collusion, à la suite desquels il fut mis sur la touche. Il éludait mes questions par des formules comme « cette époque-là est révolue » ou « j'ai déjà donné ». Voilà tout. Il ne parlait jamais de son travail actuel. Il n'avait jamais voulu me présenter les amis qu'il avait à l'époque. Quand j'avais suggéré l'idée d'aller habiter à Tel-Kedar, il lui avait suffi de quarante-huit heures de réflexion pour se décider. Je trouvai un poste d'enseignante et il ouvrit un petit bureau sous la raison sociale suivante : Urbanisme, S.A.R.L. En trois, quatre mois, il avait coupé les ponts avec ses anciennes connaissances, en homme déterminé à se retirer de tout. De toute façon, avait-il avancé, il ne lui restait que quelques années jusqu'à la retraite. Quelquefois, en fin d'après-midi, il va passer une heure ou deux au « California » – il s'installe à une table d'angle, devant la fenêtre qui donne sur la place, pour lire le *Ma'ariv* ou disputer une partie d'échecs avec Doubi Weitzman. En règle générale, il rentre à la maison à 17 h 10 et n'en bouge plus jusqu'au lendemain. Comme s'il tournait le dos au monde. Il s'est mis progressivement à hiberner, hiver comme été – si on peut parler d'hibernation pour un homme qui souffre d'insomnies.

Tout en préparant des pommes de terre en robe de chambre, enveloppées dans du papier aluminium, je lui racontai mon entrevue avec Benizri et je faillis même lui confier ce que j'avais eu l'intention de faire sur le chemin du retour. Quant à l'anecdote du bon policier, je préférai la passer sous silence, même si j'étais certaine qu'il aurait compris. L'air concentré, comme s'il se livrait à un gros effort intellectuel, il plia lentement la dernière serviette qu'il rangea dans l'étui. On aurait dit qu'elle était plus importante, ou plus complexe, que les autres. « Ce Benizri, dit-il placidement, ce n'est pas une lumière. C'est dur, hein, Noa ? » ajouta-t-il. À ces mots, je ravalai mes larmes.

Après la glace et le café, je lui demandai ce qu'il avait envie de faire ce soir. On avait encore le temps d'arriver à la deuxième séance de son fameux film érotique. S'il avait une autre idée, qu'il le dise. Tout ce qu'il voulait. Il tourna la tête et me contempla de son œil mi-clos, sa large face de paysan exprimant un curieux mélange d'entrain, de sympathie et de méfiance, comme s'il venait de découvrir dans ma personne un détail qui lui avait échappé jusqu'alors et qui jouait en ma faveur. « Tiens, je serais bien allé t'acheter une robe maintenant, lança-t-il en consultant sa montre. Mais les magasins sont fermés. »

Nous laissâmes tout en plan pour ne pas rater

le film. La place à côté du feu était chichement éclairée et, au milieu des broussailles, le monument aux morts luisait d'un pâle éclat jaunâtre. Assis sur la balustrade métallique, un soldat efflanqué buvait une canette de bière. Il dévorait des yeux les jambes d'une fille en minijupe rouge qui lui tournait le dos. Quand nous passâmes devant lui, il tourna la tête vers moi. Son regard exprimait le désir, le découragement et un absolu désespoir. J'entourai la taille de Théo de mon bras. « Je suis là, dis-je. Et toi ? » Il posa sa main sur mes cheveux. Le repas que j'avais préparé était une œuvre d'art, affirma-t-il.

« Muki Peleg m'a dit un jour que nous nous ressemblions, toi et moi, repris-je. Qu'en penses-tu ? Moi, ça m'a fait rire, je ne vois vraiment pas où est la ressemblance.

— Muki Peleg, fit Théo. Qui est-ce ? Ton fameux agent immobilier ? Ce clown qui a six doigts à la main gauche. Un type plutôt tapageur, non ? Un Casanova version populaire, hein ? C'est lui qui se balade avec un tee-shirt imprimé de “La Larme du diable” ? À moins que je ne le confonde avec quelqu'un d'autre.

— Arrête de simplifier ! C'est tout ce que tu sais faire ! » coupai-je.

Le film était anglais, caustique et trop cérébral : l'histoire d'une femme, une intellectuelle, directrice de collection dans une maison d'édition, troublée par un Noir immigré du Ghana, auquel, la première fois, elle se donne par simple curiosité. Prise d'une folle passion, elle devient son esclave, exploitée pour son corps et son argent, avant de devenir celle des deux frères – de sales brutes – de son amant. L'effet comique résidait essentiellement dans les relations qui se nouaient entre la famille de l'éditrice d'une part – des radicaux, militants pour le tiers-monde et défenseurs des races opprimées – et l'amant et ses frères d'autre part : sous un vernis de grande tolérance perçaient les préjugés de la pire espèce. Il y avait aussi de subtils allers et retours entre d'élégants salons dans le style bohème éclairée, des cuisines délabrées au fond de misérables ruelles, des pièces remplies de livres et des vitrines pleines d'objets d'art africain. « Tu paries que l'amour va triompher », chuchotai-je à Théo, vers le milieu du film. Il passa son bras autour de mes épaules. « Mais qui parle d'amour ici ? C'est encore du Frantz Fanon et la revanche sexuelle des opprimés », reprit-il sur le même ton un quart d'heure plus tard.

De retour à la maison, il alla à la cuisine et revint, dix minutes plus tard, avec des verres et une carafe de punch chaud assaisonné de cannelle, de miel et de clous de girofle. Nous bûmes en silence. Son regard me força à croiser les genoux. « Théo, dis-je, tu devrais savoir qu'on ne met pas de miel dans le punch. C'est dans le thé qu'on en met. Dans le punch, on ajoute un peu de citron. Et pourquoi ces verres-là ? Ce sont des verres à limonade. Pour le punch, il y en a d'autres, plus petits. Tu mélanges tout. Zéro. »

Nous ne fûmes pas plus bavards au lit. J'enfilai

une chemise de nuit blanche toute simple. « Tu ressembles à une jeune interne de pensionnat religieux », avait-il remarqué un jour. Quand il vint me rejoindre, il était nu, excepté la genouillère qu'il portait pour calmer une vieille douleur. Subitement, je crus sentir, au bout de mes doigts, les poils de ses bras et de sa poitrine s'éclaircir et passer du noir profond au gris, cendré puis argenté ; cette nuit-là, son désir semblait indépendant de son corps, dur et attentif : on aurait dit qu'il voulait m'entourer ou m'envelopper tout entière, qu'il souhaitait m'englober, me recueillir, me porter en son sein, et sa quête de ma chair l'absorbait si fort qu'il se souciait peu d'être comblé en retour, une seule chose importait, m'enfouir dans son corps en position fœtale, tel un oisillon blotti sous l'aile de sa mère. Je fus tentée de m'abandonner, d'obéir, de le laisser se donner sans compter, mais j'échappai à son étreinte et à ses cajoleries et l'obligeai à s'allonger sur le dos pour l'empêcher d'intervenir, et il en fut ainsi jusqu'au point de complète égalité, comme si nous exécutions un morceau à quatre mains ou comme des parents dévoués, penchés sur le berceau de leur enfant : attentifs, tête contre tête, avec tout l'amour, toute la tendresse dont ils sont capables, ils s'ingénient à amuser le bébé qui le leur rend bien. Puis je le couvris d'un drap et caressai du doigt son large front de paysan et ses cheveux blancs coupés ras jusqu'à ce qu'il s'endormît, ensuite je me levai et, pieds nus, gagnai la cuisine où je débarrassai la table, lavai et essuyai la vaisselle du dîner, sans oublier les verres à punch qui étaient en réalité des verres à limonade, et qu'est-ce qui lui a pris d'ajouter du miel, bizarre, la prunelle de mes yeux, qu'avait-il voulu dire quand il avait affirmé qu'il ne s'agissait pas d'amour, mais de la révolte des races opprimées. Je remis chaque chose à sa place et posai sur la table une nappe brodée à la place de l'ancienne qui était sale. Théo ne se réveilla pas. On aurait dit que, cette nuit-là, je lui avais insufflé tout un stock de sommeil. Ensuite, j'allai prendre sa place sur le balcon, face au désert. Les paroles de Benizri me revinrent en mémoire : « Au début, il n'y avait que du sable et des rêves ici », et je me rappelai la dactylo religieuse, Tiki ou Riki, qui avait eu un enfant avec un basketteur qui ne voulait plus entendre parler d'elle – un bébé mongoloïde, « mongolien », pour citer la fille aux ongles rouges. Puis je repensai au chimpanzé amoureux, à la boîte à sucre et à l'adolescent qui clignait de l'œil quand il était petit et qui, en été, semblait parfois auréolé d'une aura hivernale, peut-être parce que je n'ai gardé en mémoire qu'une silhouette confuse, vêtue d'un pull vert et d'un pantalon de velours marron, dans une classe où filles et garçons étaient tous en short. J'eus soudain un doute au sujet du pantalon de velours. « Ce qu'il voulait ou ne voulait pas dire, ça réduit le poème ? » J'aurais dû trouver le temps de lui parler. L'inviter ici, à la maison. Essayer de l'amadouer. Mais je suis passée à côté de sa solitude sans la voir. Une autre fois, il m'avait avoué qu'il considérait les paroles comme un piège. Comment n'ai-je pas compris qu'il s'agissait d'un appel au secours ? « Partout plane un sourire fané, timide et douloureux », écrivait Ezra Zussman dans un poème sur les soirs d'automne.

Au-dessus des collines, un croissant de lune, pareil à l'emblème musulman, déversait une clarté blême sur les terrains vagues et les immeubles. Les fenêtres alentour étaient obscures. Les réverbères continuaient à éclairer inutilement les rues – l'un d'eux vacillait continuellement. Zéro. Un chat surgit au pied du balcon avant de s'évanouir dans les broussailles. Des coups de feu étouffés, répercutés par l'écho, retentirent du côté des collines, puis le silence glacé retomba. J'en eus la chair de poule. Je me souvins de la tante, l'employée de banque, qui était décédée deux jours après la mort de son neveu. C'était une femme laide, sèche, aux cheveux cuivrés, coupés court, qu'elle retenait par un serre-tête en plastique. Quand on s'installait en face d'elle, dans son bureau, pour lui parler, elle avait l'étrange habitude de dissimuler sa bouche et son nez de ses doigts couverts de taches de rousseur. On aurait dit qu'elle voulait se protéger de votre haleine, ou plutôt de la sienne. Elle terminait invariablement ses propos par : « Parfait, cent pour cent d'accord », qu'elle articulait d'une voix atone. Un bruissement agita le jardin obscur, comme si les souvenirs que je venais d'évoquer se détachaient de moi pour aller se perdre au milieu des lauriers-roses. Ou comme si une carcasse de chien difforme y rampait sur le ventre. L'idée m'effleura que le banc de la pergola s'était brisé : la lune brouillant les angles, les ombres des lattes du banc se confondaient avec les lattes elles-mêmes et le banc prenait l'aspect de son propre reflet, réfracté dans un plan d'eau frissonnante. Qu'avait voulu dire Avraham Orvietto quand, dans la salle des professeurs, il avait affirmé, comme une évidence que j'étais la seule à ignorer, que j'étais l'unique personne qu'Emmanuel appréciait ? J'aurais peut-être dû lui demander de me montrer les lettres de son fils, notamment celle où il lui parlait du crayon imaginaire.

Théo me réveilla à 6 h 45 : énergique, rasé de près, solide, vêtu d'une chemise bleu ciel impeccable, ornée d'épaulettes – avec sa large carrure et ses cheveux blancs coupés court, il ressemblait à un officier colonial en civil –, le journal sous le bras, il me tendit du café noir, fort et brûlant, fraîchement moulu – il avait l'habitude de le moudre chaque matin avant de le passer au percolateur : on aurait dit qu'il voulait me faire revivre une scène de cet horrible film anglais que nous avions vu la veille. Apparemment, au lieu de revenir me coucher, je m'étais endormie, au milieu de la nuit, sur le canapé du salon. Je ne me souvenais de rien, mais je ne voyais pas d'autre explication.

« Écoute, dis-je en prenant la tasse, ne te fâche pas, hier, j'ai promis de faire le plein en revenant de Beersheva et ça m'est complètement sorti de l'esprit.

— Ça ne fait rien, répondit-il, je le ferai en allant au bureau après t'avoir déposée à l'école. J'ai tout mon temps, Noa. »

L'agence de Théo, Urbanisme, S.A.R.L., se trouve au dernier étage d'un immeuble situé sur la place à côté du feu. Il comprend deux pièces en enfilade, une table à dessin, un bureau, quelques cartes accrochées au mur, une photo en couleurs de David Ben Gourion contemplant d'un air dur les méandres du Tsin dans le désert, deux meubles métalliques, quelques étagères chargées de classeurs de différentes couleurs et, dans un coin de l'autre pièce, une table basse flanquée de deux fauteuils très ordinaires.

Vendredi, 10 h 15. Ce jour-là, le bureau est fermé, mais, ce matin, Théo est venu pour attendre la femme de ménage, Natalia, bien qu'elle ait sa clef. Dans l'intervalle, il a décidé de rédiger son courrier. Il a branché le climatiseur et allumé le spot au-dessus de la table à dessin. Se ravisant, il l'a éteint et s'est posté à la fenêtre. Devant la librairie-papeteric Gilboa, il note un petit attroupement : on attend les journaux qui devaient arriver à 9 heures et qui sont en retard.

Le bruit court que la police a établi des barrages partout parce qu'un hold-up vient d'être commis dans une banque de Beersheva. À côté du monument aux morts, deux jardiniers, coiffés de chapeaux de paille à larges bords, repiquent dans le parterre de nouveaux plants de romarin pour remplacer les précédents, qui sont morts. Théo se demande s'il ne va pas se mettre au travail malgré tout. Au moins jusqu'à l'arrivée de Natalia. Il pourrait commencer, par exemple, à jeter sur le papier quelques idées concernant le projet de Mizpe Ramon : pour le moment, il s'agit d'un schéma, une ébauche, accompagnée peut-être de quelques croquis sommaires, sans indication d'échelle. Le budget n'ayant toujours pas été défini et la décision finale restant pendante, on ne lui a pas demandé de soumettre une étude détaillée. Il médite un peu, sans trouver le déclic nécessaire à l'inspiration. Que se passe-t-il avec Natalia, aujourd'hui ? Il devrait peut-être l'appeler pour voir si rien de grave n'est arrivé ; il croit savoir qu'elle habite dans une caravane où il n'y a sans doute pas le téléphone. En outre, un jour, dans un sabir d'anglais et d'hébreu, elle lui avait expliqué que son mari, qui était affreusement jaloux, suspectait tous les hommes qui l'approchaient, même son propre père, un vieillard. Natalia : une femme-enfant qui, à dix-sept ans à peine, était déjà mariée et opprimée, une jeune personne soumise, désorientée, elle semblait toujours au bord des larmes entre deux sourires et, quand on lui posait une question, elle se mettait à trembler et à pâlir ; elle avait des formes épanouies et un visage de collégienne. La vague de désir qui le submergea soudain fut si violente qu'il se mit à crisper convulsivement les poings.

Vendredi. Noa est au lycée jusqu'à 12 h 30. Ils sont convenus ensuite de se retrouver à son bureau pour aller lui choisir une jupe. Ce matin, il a renoncé à la douche pour conserver, quelques heures encore, l'odeur féminine qu'il sent non par les narines, mais par tous les pores de sa peau. Ses rires, ses caprices, son corps, l'étincelle qui fulgure dans ses prunelles, ses mains flétries, parsemées d'îlots bruns, qui paraissent beaucoup plus vieilles que le reste de sa personne – on dirait qu'elles guettent le moindre signe de relâchement pour s'emparer de son être –, lui semblent exprimer l'essence même de la vie. Tel un conducteur d'électricité, elles le font revivre. Et même si Natalia a ranimé son désir, c'est de Noa que vient la petite flamme et c'est vers elle qu'elle retourne. Il n'a aucun moyen de lui expliquer ce phénomène. Faute de mieux, il lui offrira une jupe et peut-être aussi une robe. Natalia n'étant toujours pas arrivée, il peut observer à loisir ce qui se passe sur la place à côté du feu. Quelle erreur le monde masculin a-t-il commise à l'égard d'Alma Mahler ? Et qui était-elle en réalité ? Questions stériles. Lors d'un séjour à Mexico, il avait eu l'occasion, deux soirs de suite, d'écouter deux interprétations différentes des « chants de la mort des enfants », la première par un baryton avec accompagnement de piano et la seconde par ce qu'il pensait être une contralto, une voix nostalgique, pure et paisible, comme après que la sentence eut été rendue. Il en avait ressenti une si vive douleur qu'il avait dû quitter la salle. La deuxième pièce du programme s'intitulait : *Maintenant, je comprends pourquoi*..., et la quatrième : *Souvent je pense qu'ils sont juste sortis*... Ces mots lui avaient serré le cœur, comme un accord de violoncelle. Quant aux autres pièces, il eut beau faire, impossible d'en retrouver les titres. Il poserait la question à Noa ce soir.

Une femme, coiffée d'un foulard, deux poulets égorgés à la main en prévision du shabbat, passe sous sa fenêtre. Comme elle est de petite taille, les crêtes des volatiles forment des rigoles sur les dalles poussiéreuses de la place. Théo esquissa un bref sourire sous sa moustache et faillit même lancer un clin d'œil ironique, tel un paysan gaulois avare qui, pressentant une entourloupe de la part d'un concurrent, échafaude un stratagème subtil pour esquiver le piège. Elle a déjà tourné le dos.

Devant la synagogue de rite sépharade, on a dressé une table improvisée : une porte de bois posée sur deux tonneaux. Elle est couverte de livres grands ouverts – probablement des livres saints que l'on a sortis des armoires pour les aérer et leur faire prendre un peu de soleil, après l'humidité et les mites. 10 h 30, et toujours pas de Natalia ; elle ne viendra plus aujourd'hui. Son mari l'aurait-il une fois de plus enfermée à clef ? L'aurait-il frappée avec sa ceinture ? Il faudrait qu'il retrouve leur adresse. Il devrait aller voir s'il peut faire quelque chose : forcer la porte, peut-être, pour éviter le pire. Il a le temps ; Noa ne sera là que dans deux heures. Tiens, voilà le taxi qui arrive enfin de Beersheva avec les journaux. Limor Gilboa, la jolie fille du libraire, s'empresse de les empiler, sans oublier d'y glisser les suppléments du shabbat, parvenus la veille par le même biais. Son père, un homme rondouillard, plein d'énergie, le syndicaliste type qui, avec sa chevelure blanche déployée et son ventre proéminent, semble toujours sur le point de prononcer un discours, se met à vendre le *Yediot* et le *Ma'ariv* aux personnes qui se pressent devant lui en tendant la main. Théo note sur un morceau de papier les fournitures dont il a besoin et décide, une fois la foule dispersée, d'aller acheter les articles qui figurent sur sa liste ainsi que le *Ma'ariv* avant qu'il n'en reste plus. Quant au projet concernant Mizpe Ramon, rien ne presse, l'illumination lui viendra probablement la semaine prochaine. Ça attendra. Ce n'est sûrement pas demain qu'on commencera à construire ce fameux village de vacances, si on le construit jamais. Si seulement il était possible d'effacer ce qui existe là-bas et de tout recommencer, en oubliant ces horribles immeubles, à un rythme architectonique mesuré, en harmonie avec le silence du cirque et la ligne des crêtes. Il verrouille la porte du bureau et descend dans la rue.

Pini Bozo, le marchand de chaussures, a décoré sa boutique d'une panoplie de portraits : Maimonide, le rabbi de Lubavitch et le saint rabbi Baba Barouch. Ça ne peut pas faire de mal. Il n'est pas pratiquant, mais il croit en l'existence de Dieu et respecte la religion qui, durant deux mille ans, nous a protégés du mal. Bozo a accroché aussi le portrait de l'ancien président de l'État, Itzhak Navon, très populaire. Navon est entouré de Shamir et de Peres qui, à son avis, doivent faire la paix pour le bien du pays et lutter main dans la main contre la guerre civile : nous devons nous unir contre le monde qui menace de nous exterminer. La femme et le bébé de Bozo ont trouvé la mort lors d'un drame survenu quatre années auparavant : un jeune soldat, malheureux en amour, s'était barricadé dans le magasin et avait tiré à l'aveugle, blessant neuf personnes. C'était par le plus grand des hasards que Bozo en était sorti indemne : ce matin-là, il s'était rendu à la Sécurité sociale pour contester un point litigieux. Il avait offert à la synagogue un tabernacle en bois blanc à la mémoire de son épouse et de son enfant, et il s'apprête à faire don d'un climatiseur destiné aux vestiaires du stade de football pour que les joueurs puissent se rafraîchir à la mi-temps.

Jouxtant les « Chaussures Bozo », la rue donne sur un square avec des bancs, un toboggan en plastique pour les enfants et un bac à sable. Quelques pétunias poussent péniblement dans des jardinières ouvragées disséminées entre les troncs des cassiers. Lupo, l'aveugle, somnole sur l'un des bancs publics, offrant son visage au soleil. Il est entouré de pigeons – certains sont même perchés sur ses épaules. Pareille à une ancre, sa canne est fichée dans un interstice entre deux dalles. On raconte qu'il avait un grade élevé dans les services secrets bulgares. Ici, à Tel-Kedar, il travaille de nuit au central téléphonique – il reconnaît les touches et les commutateurs du bout des doigts. Tous les matins, attaché à son chien gris, il s'installe dans le square pour jouir du soleil en distribuant du millet aux oiseaux qui l'entourent avant même qu'il ne gagne son banc. Parfois, l'un d'eux, plus aventureux, se pose sur ses genoux et se laisse caresser. Si, en se relevant, il lui arrive de bousculer son chien, il lui demande poliment pardon.

Anat et Ohad, un couple de jeunes fiancés, se trouvent dans le magasin de meubles de M. Bialkin : ils sont venus choisir un tissu, pour recouvrir le canapé et les fauteuils, qui aille avec les rideaux. Ils ne parviennent pas à se mettre d'accord : elle juge affreux ce qui plaît à son compagnon qui, lui, compare ce qu'elle trouve à son goût à un bordel fréquenté par des officiers polonais. Elle s'enquiert perfidement de l'origine de son savoir, et il se hâte de reculer : regarde où nous en sommes arrivés, on se dispute pour des bêtises. Anat réplique qu'il ne s'agit pas de dispute, mais d'un simple désaccord, chose tout à fait normale. Ohad avance alors un compromis : aller, après shabbat, à Beersheva où ils auront un choix dix fois plus grand. Mais, claironne-t-elle d'une voix triomphante, c'est exactement ce qu'elle a suggéré depuis le début et qu'il a refusé d'entendre. M. Bialkin intervient avec tact : si madame veut bien se donner la peine de feuilleter le catalogue, nous pourrons faire venir ce qu'elle aura sélectionné de Tel-Aviv, et sa commande sera à sa disposition mercredi, si Dieu veut.

« Je ne nie pas que c'est ce que tu as proposé, corrige Ohad, mais tu avais dit que nous irions d'abord voir chez Bialkin et que si nous ne trouvons pas…

— Je ne nie pas que c'est ce que j'ai dit, l'interrompt sa fiancée, mais ne dis pas que tu étais d'accord. »

Le jeune homme acquiesce, mais la prie de se rappeler qu'il avait fait une réserve.

« Une réserve, reprend-elle, c'est quoi, tu te prends pour un avocat ? Et maintenant, tu vas émettre aussi une objection ? »

« Ça se passe comme ça à notre époque, soupire M. Bialkin, une fois le jeune couple parti. On passe son temps à se détruire. Que désirez-vous, monsieur Théo ? Un rocking-chair ? En bois ? Non. Je n'ai pas ça. Un fauteuil de télévision, oui. Il peut se convertir en rocking-chair. Des berceuses comme autrefois, ça ne se fait plus. » Théo remercie et s'en va. Il croit se rappeler que l'ouverture du cycle sur la mort des enfants s'intitule « Et le soleil continue de briller », mais il n'en est pas sûr. Il pourrait demander à Noa de le vérifier à la bibliothèque du lycée où elle passe son temps de toute façon.

« Au falafel d'Entebbe », un Bédouin, la cinquantaine, achète un *chawarma* dans une *pita*. C'est une nouveauté, et Avram est tout heureux de confier à son client que c'est encore expérimental. Si ça marche, il essaiera aussi les brochettes grillées au feu de bois. Entre-temps, un chat blanc s'engage d'une démarche altière, la queue dressée, devant la chienne de Kushnir qui a mis bas avant-hier. La chienne feint de dormir, tout en gardant les yeux très légèrement ouverts pour voir jusqu'où l'autre va aller. Par leur attitude, tous deux manifestent qu'ils jugent la situation indigne d'eux. « Où étiez-vous passé ? demande le vieux Kushnir à Théo. On ne vous voyait plus ? » Et Théo, plissant son œil gauche, comme s'il examinait un cotylédon au microscope, réplique que c'est la routine habituelle.

« Vous voulez un chiot ? propose Kushnir.

— Non merci, répond vivement Théo derrière sa moustache militaire. Ce n'est pas vraiment indispensable. »

À 11 h 15, un modeste cortège funéraire – une dizaine de personnes, des ashkénazes d'un certain âge pour la plupart – traverse la place à côté du feu. Assis sur son tabouret, à l'entrée de sa boutique, Pini Bozo cherche à savoir qui est mort et dans quelles circonstances. Kushnir, le relieur, le renseigne : il s'agit d'un certain Eliahou, Eliahou le sénile, le vieil oncle de Schazberg, le pharmacien. Il n'avait plus toute sa tête, il se sauvait de la maison et passait ses journées à la poste où il refaisait sans arrêt la queue pour demander au préposé quand Eliahou allait arriver ; on avait beau le chasser, il ne désarmait pas et revenait à la charge, le pauvre homme !

Le convoi se hâte. Les porteurs du cercueil avancent au pas de course à cause du shabbat qui approche et des préparatifs de dernière minute avant le coucher du soleil. Les vieillards s'essoufflent pour ne pas se laisser distancer, et, malgré tout, l'écart se creuse de plus en plus entre la bière et le cortège ainsi qu'entre ceux qui ouvrent la marche et les autres. Le cadavre est enveloppé dans un châle jaunâtre et il est tellement secoué qu'on dirait qu'il se tord de douleur. Un jeune homme blondasse, à la barbe rare, se démène en tête de la procession, il agite une boîte en fer-blanc en proclamant que la charité sauve de la mort. Théo médite un instant avant de conclure que la question reste ouverte.

Une violente querelle éclate entre les deux coiffeuses, Violette et Madeleine – elles sont belles-sœurs –, dans leur salon « Aux Champs-Élysées ». Leurs hurlements résonnent jusque sur la place.

« Tu ne te rends même plus compte quand tu dis la vérité et un sale mensonge, explose l'une d'elles.

— Espèce de vieux Tampax, à propos de saleté, tu peux parler ! » se défend l'autre.

Toutes deux ont couché avec Muki Peleg et tel est probablement toujours le cas. Ce dernier est attablé devant un bock de bière au café-restaurant le « California » en compagnie de quelques routiers. En entendant les clameurs, il se lance dans une comparaison détaillée : les rires gras fusent de partout. Il serre son verre maculé de mousse entre les six doigts de sa main gauche. Après quoi, ils se mettent à parler d'indices boursiers en allumant une cigarette. Dans l'intervalle, le cortège a disparu derrière l'hôtel de ville, la foule rassemblée devant la boutique de Gilboa s'est dispersée, et des piles de journaux restent encore à vendre. Debout derrière l'éventaire, la jolie Limor Gilboa suit du regard Anat et Ohad, qui, en sortant du magasin de meubles, viennent d'entrer dans celui d'électroménager.

« Elle se prend vraiment pour la princesse Diana, celle-là, commente Kushnir à l'adresse de Bozo en désignant la jeune fille du menton.

— Avant l'arrivée des Russes, on estimait que c'était une violoncelliste hors pair, remarque tristement Bozo. Mais maintenant, elle est noyée dans la masse. La notoriété, c'est comme l'eau. Hier, rien, aujourd'hui, ça déborde, demain, plus rien. Tu te souviens de Yoram Meridor, le ministre ? Il était jeune, brillant, célèbre dans tout le pays. On ne voyait que lui à la télé. On dit qu'il a ouvert un centre commercial à la jonction de Netanya. C'est ça la notoriété. »

Théo achète le *Ma'ariv* avec le supplément régional et va s'installer au « California ». Il commande un jus de pamplemousse. Muki Peleg l'invite à sa table, « le conseil des docteurs de la Torah », comme il l'appelle.

« Merci, peut-être un peu plus tard, répond Théo après une seconde d'hésitation.

— C'est la réplique du condamné au bourreau qui lui propose une dernière cigarette tandis qu'on prépare la potence », achève Muki.

Théo survole les grands titres : « Nouveau danger d'embrasement dans les territoires » ; « À Saint-Jean-d'Acre, une divorcée sourde-muette assassine par le feu la maîtresse de son ex-mari » ; « Le ministre de la Communication a quitté la cérémonie en signe de protestation » ; « Le prix de l'essence va augmenter samedi soir » ; « Les forces de sécurité ne sont pas intervenues ». Ses pensées accompagnent le cortège funéraire qui était si pressé en cette veille de shabbat, il a dû dépasser la casse aux épaves et atteindre le cimetière. Ils déposeront le cercueil sur l'allée de gravier et devront attendre les retardataires. Ils se seront hâtés pour rien : on ne pourra commencer que lorsque tout le monde sera là. Le mélancolique officiant hongrois prendra une longue inspiration – il va devenir cramoisi, tel un homme en colère –, il se mettra à psalmodier : « Dieu de miséricorde… », en s'attardant sur « Il trouvera le repos au jardin d'Éden », il fléchira le genou en récitant : « Il le relèvera à la fin des temps », et l'assistance répondra : « Amen. » Ensuite, on poussera en avant Schazberg, le pharmacien, en lui chuchotant de répéter les paroles de l'officiant qui récitera en araméen, avec un fort accent ashkénaze : « Que son grand nom soit grandi et sanctifié… bientôt et dans un temps proche. » Il disparaissait quotidiennement, mais on ne s'en souciait guère, sachant qu'on le retrouverait à la poste à 8 heures tapantes : ses yeux bleu clair rayonnaient de plaisir, on aurait dit le sourire d'un timide heureux qui aurait oublié la raison de sa gaieté. Le chantre demandera pardon au défunt au cas où on l'aurait offensé durant la cérémonie et le déliera de tout engagement contracté au cours de sa vie. Il lui arrivait de vous aborder dans la rue avec une courbette polie, ses yeux bleus emplis d'une chaude nostalgie : « Veuillez me pardonner, disait-il de sa voix douce, auriez-vous l'obligeance de me dire quand Eliahou doit arriver ? » C'est de là que lui était venu le surnom d'Eliahou, mais on l'appelait parfois aussi l'Eliahou de Schazberg, le pharmacien.

Ensuite les fossoyeurs rabattront la toile en biais, geste requérant une dextérité et une coordination parfaites, à l'instar d'une équipe chirurgicale. Le jeune homme à la barbe clairsemée saisira doucement les pieds du mort et, sans heurt, telle une sage-femme experte, il fera glisser le corps enveloppé de son suaire dans le trou béant. Ensuite, on retirera le châle avec la célérité dont on use pour couper le cordon ombilical. On posera cinq plaques de béton. On se précipitera aussitôt sur les bêches et on élèvera un monticule de terre qu'on entourera de briques de ciment gris disposées en rectangle.

Au sommet, à peu près à l'emplacement du front mince du défunt, on fixera un panneau de tôle où sera inscrit non pas *Eliahou* mais *Gustave Marmorek, de bienheureuse mémoire*. L'assistance patientera encore deux ou trois minutes dans un silence gêné comme si elle ne savait pas ce qui allait se passer ou comme si elle guettait un signal essentiel. Puis quelqu'un se penchera pour déposer une petite pierre, bientôt imité par tous les autres, et quelqu'un d'autre se dirigera vers la sortie, brûlant de l'envie de fumer une cigarette, et le cortège se précipitera à sa suite : c'est vendredi après-midi et il est tard. Le gardien verrouillera le portail de fer recourbé surmonté d'un rouleau de barbelés rouillés. Deux ou trois voitures démarreront et disparaîtront dans le virage derrière la colline. La femme et l'enfant de Bozo, le chausseur, sont enterrés ici, dans la partie supérieure du cimetière, à quatre rangées de distance d'Albert Yeshua, le soldat qui, consumé par sa malheureuse passion, les a tués à la mitraillette ainsi que d'autres clients qui se trouvaient dans le magasin, avant d'être abattu à son tour, une dizaine de minutes plus tard, touché en plein front, entre les deux yeux, par un tireur d'élite de la police. Aujourd'hui, le défunt a été enseveli à côté d'Emmanuel Orvietto, élève de la terminale 3, et de sa tante, décédée deux jours plus tard d'une hémorragie cérébrale. La mère du jeune homme repose depuis neuf ans dans un cimetière d'Amsterdam. Un profond silence enveloppe les lieux, le calme d'un vendredi après-midi dans le désert, au pied de la colline. Des guêpes bourdonnent sans discontinuer autour d'un robinet rouillé qui fuit. Le chant de deux ou trois oiseaux invisibles parvient d'entre les branches des pins dont un léger vent d'est agite faiblement les aiguilles. Les dernières tombes s'adossent à une falaise escarpée – l'accès en est interdit par une clôture posée par l'armée : il paraît que, derrière, se trouve une mystérieuse vallée bourrée de dispositifs secrets. Théo règle sa consommation et s'apprête à retourner à son bureau. Il se mettra à la recherche de sa femme de ménage russe une autre fois, à condition que, d'ici là, son mari jaloux ne lui tombe pas dessus, une hache à la main. Noa va arriver dans quelques minutes. « À la mode de Dizengoff » est ouvert jusqu'à 13 heures, le vendredi, il s'est renseigné par téléphone. L'aveugle et son chien sont toujours dans le square, au milieu des oiseaux. D'une gourde militaire, Lupo est en train de verser de l'eau, à leur intention, dans une petite soucoupe en plastique. Il a oublié d'acheter les fournitures de bureau et le matériel de dessin dont il avait noté la liste sur un morceau de papier. Il y pensera la semaine prochaine. Rien ne presse. Il a laissé le journal, dont il n'a lu que les gros titres, sur la table du café. Le magazine aussi. Voici une réponse simple : « Désolé, monsieur, je ne sais absolument pas quand Eliahou sera là, si jamais il arrive un jour. À mon avis, il ne viendra pas. Mais ce n'est pas la question. »

Elle finit par se décider pour une robe, style paysanne des Balkans, de couleur claire, décorée de rubans en forme de papillon sous la poitrine. Au début, elle rayonnait d'une joie enfantine. Elle se mit à onduler des épaules et des hanches devant la glace, comme si elle réprimait un pas de danse. Puis le doute suivit l'euphorie : elle n'est pas un peu folklorique, un peu trop voyante ? Et puis quand vais-je pouvoir la porter ? Dites-moi la vérité, Paula, ne dirait-on pas un costume de danse régionale ? Elle déambula environ dix minutes entre le miroir et la vendeuse qui affirmait que toutes deux, la robe et sa cliente, étaient faites l'une pour l'autre, comme la musique et un bon vin. Dans la foulée, elle conseilla à Noa d'ôter les épaulettes pour mettre en valeur le dos et peut-être aussi de raccourcir les rubans de deux ou trois centimètres.

Je me tenais dans un coin, près de la caisse, en silence. J'avais l'impression que, derrière ses débordements d'enthousiasme, la vendeuse se moquait tout bas. Mais je me gardai bien d'intervenir. Je restai à l'écart, une main dans ma poche, essayant de deviner du bout des doigts, sous mon mouchoir, quelles étaient les clefs de la voiture, celles de l'appartement, du bureau et de la boîte aux lettres, puis de compter les pièces que contenait mon porte-monnaie : 8 shekels et 85 agorot, mais si 5 agorot étaient en fait une pièce de 1 shekel – ce n'était pas facile de s'en assurer au toucher –, j'avais donc 9,80 shekels.

Près d'un quart d'heure passa avant qu'elle ne se résignât à ce qu'elle voulait éviter : me demander mon avis.

Je me retournai.

« Tiens-toi droite, lui dis-je. Recule un peu. Bon.

— Elle te plaît, Théo ?

— Elle a bien quelque chose, fis-je, après un temps de réflexion, si tu sens que ça te va, naturellement. Mais, si tu as un doute, alors ne l'achète pas.

— Je croyais que c'était un cadeau.

— Elle peut très bien se porter avec cette ceinture, s'empressa d'ajouter Paula Orlev. Avec celle-ci. Essayez-la comme ça, nouée sur le côté, ou sur le devant ; de l'une ou de l'autre façon, l'effet est sensationnel. »

Noa me jeta un regard qui signifiait « ne m'abandonne pas », comme si elle m'envoyait de la sorte un fragment brûlant de sa substance vitale. Je frissonnai.

« Théo ? »

Je lui répétai que, si elle avait un doute, la robe

serait encore là le dimanche suivant puisqu'on était vendredi après-midi. Rien ne pressait.

« C'est dommage, commenta-t-elle une fois dehors. J'aurais voulu la mettre pour le shabbat. Mais ton époustouflante logique a encore fait des ravages. »

J'avançai que, si dimanche elle n'était toujours pas convaincue, elle pourrait en chercher une qui lui plaise mieux à Beersheva ou à Tel-Aviv, où elle se rendait souvent. Noa me pria de cesser de lui rappeler ses déplacements. Elle y allait quand c'était nécessaire et elle n'avait pas à me demander la permission. Et qui avait décidé qu'elle avait besoin d'une robe ? Qu'avait-elle à faire d'une robe d'ailleurs ?

« C'était ton idée à toi, Théo, mais comme toujours, tu as tout gâché avec tes réflexions, tes "rien ne presse", tes "d'un côté... mais de l'autre...", ta manie de me faire passer pour une enfant capricieuse et tes constantes allusions à mes allées et venues. Tu n'es pas facile à vivre. »

Je me défendis de faire la moindre allusion.

« Peut-être, mais tu le penses, répliqua Noa. Ne dis pas le contraire. Tu as décidé une bonne fois pour toutes que je me suis attelée à une tâche, ou plutôt que je me livre à un passe-temps inutile, stupide et, qui plus est, qui me dépasse.

— Ce n'est pas tout à fait exact, dis-je.

— Mais je la veux maintenant, s'écria Noa, au bord des larmes. J'ai envie de la mettre pour le shabbat. On y retourne, d'accord ? »

Nous rebroussâmes chemin devant l'hôtel

Kedar et arrivâmes « À la mode de Dizengoff » au moment précis où Paula Orlev verrouillait la porte de sa boutique. Elle la rouvrit pour nous, et Noa essaya de nouveau la robe paysanne des Balkans. Paula affirma qu'elle n'était pas étonnée de nous revoir, elle avait immédiatement compris que la robe avait jeté son dévolu sur Noa avant même que celle-ci ne s'en rende compte et quelle allure elle avait avec : jeune, espiègle, elle en jetait, comme dirait sa fille. « Vous la connaissez, Noa, Tal Orlev, elle était votre élève en quatrième. »

Au moment où je sortais ma carte de crédit, Noa annonça timidement qu'elle avait un doute. Elle me demanda de lui donner mon avis une bonne fois pour toutes.

« Réfléchis une seconde, dis-je. La vraie question est de savoir si cette robe folklorique te plaît ou pas.

— Monsieur ne va-t-il pas un peu vite ? » émit Paula Orlev.

Et Noa me pria d'arrêter de la harceler et de l'aider à se décider.

« Tu es vraiment compliqué, Théo, s'indigna-t-elle. C'est très désagréable. Et quand tu as dit "folklorique", tu avais certainement une arrière-pensée. Auriez-vous quelque chose du même genre avec un peu moins de broderies ? demanda-t-elle à Paula. Ou plutôt non, les mêmes broderies mais un peu plus discrètes. »

Nous ressortîmes à 14 h 15. Sans la robe. L'élan de tendresse qui nous animait en entrant et qui durait depuis la nuit dernière, la veille au soir, avait disparu. Folklorique. Il n'aurait servi à rien de lui signaler que c'était elle, et non moi, qui avait employé ce qualificatif la première. Sur le chemin du retour, nous mangeâmes une pizza sur le pouce au « Palerme » pour éviter de préparer le déjeuner en rentrant et nous eûmes même le temps – il n'était pas encore 15 heures – de faire des courses au supermarché en prévision du shabbat et d'aller chercher le linge au pressing. Ensemble, nous rangeâmes les provisions dans le réfrigérateur et les placards de la cuisine, et les vêtements, dans les armoires. Noa dit qu'à son avis Paula appartenait à la catégorie des personnes qui se mettent en quatre pour vous faire plaisir. Les gens de cette espèce se comptent sur les doigts de la main. On aurait dit qu'elle choisissait une robe pour elle-même et non qu'elle essayait de la vendre.

« J'ai bien aimé quand elle a dit que la robe avait jeté son dévolu sur moi. Je suis sûre que tu n'as pas fait attention, Théo. On voyait bien que tu n'étais pas à l'aise. Que tu sois désagréable envers moi, passe encore, mais Paula méritait mieux de ta part que ton air glacial.

— Un air glacial par un jour de canicule comme aujourd'hui, ce n'est pas si mal, non ? » répliquai-je.

J'ajoutai que je ne partageais pas du tout son opinion concernant Mme Orlev. Pour moi, cette femme était intéressée. Elle n'avait pas plus de lumière que de cœur[1]. Je pouvais bien sûr me tromper et être injuste. Noa formula une remarque acerbe à propos de « mon caractère », j'avais constamment l'impression d'être roulé, je me montrais toujours négatif, d'entrée de jeu et quelle que soit la situation, j'étais soupçonneux, sur la défensive, je voyais des ennemis partout. Le monde entier était contre moi. Le monde selon Théo, en tout cas.

« Mon père était un homme irascible, agressif même, quand il perdait son sang-froid, il s'emportait, hurlait, me jetait sa radio à la tête ou la lançait contre le mur, mais il n'était pas hargneux. Ni amer. Tu es encore plus insupportable que lui. Genre homme de Neandertal, on ne fait pas mieux.

— Chez toi, c'est blanc ou c'est noir, tu ne crois pas que tu as des jugements un peu à l'emporte-pièce, Noa ?

— Chez toi, par contre, tout est noir et noir. »

Elle quitta la pièce comme une furie, les joues en feu, en refermant la porte à la volée, mais, à la dernière minute, elle la retint et la tira doucement derrière elle, sans le moindre bruit.

Elle prit une longue douche, apparemment à l'eau froide, puis s'enferma dans sa chambre pour se reposer, alléguant que, la nuit dernière, elle n'avait réussi à s'endormir qu'à 3 heures, quand elle s'était écroulée sur le canapé du

1. En hébreu, *or* signifie « lumière » et *lev*, « cœur ».

salon : la tension qui émane de toi, Théo, envahit toute la maison, comme une odeur.

Bien qu'ayant une réponse toute prête, je me contrôlai. Après une rapide introspection, je décidai qu'il ne s'agissait pas de tension mais d'une profonde lassitude. Je verrouillai la porte d'entrée et gagnai ma chambre, sans le *Ma'ariv*, ni le magazine du shabbat, oubliés au « California ». La BBC World Service, relayée de Londres *via* Gibraltar, Malte et Chypre, me fit une description détaillée, impitoyable, de la destruction de la forêt amazonienne en Amérique du Sud, dans le cadre d'un programme intitulé : « La mort de la nature ». Si la forêt amazonienne me rappelait quelque chose, « la mort de la nature » me laissa froid, bien que l'expression fût censée ébranler les auditeurs. Au contraire, elle me procura une sorte d'apaisement, je m'assoupis une vingtaine de minutes pour me réveiller à la fin de l'émission et au début de la suivante, consacrée à la modification des voies navigables. La seule manière de la réconforter était de ne rien tenter. Je devais prendre sur moi et me taire. À plusieurs reprises, j'avais bien failli la faire pleurer en essayant de l'aider. Un jour, en son absence, j'avais ramassé ses papiers éparpillés dans toute la maison : sur la table de la cuisine, celle du salon, à côté du téléphone, sur les étagères de sa chambre, sur celles du couloir, derrière les aimants collés sur la porte du réfrigérateur, sur sa table de chevet et au pied de son lit. Je rapportai mon butin dans ma chambre, le déposai sur mon bureau et passai près de trois heures à le classer : je fis une pile des lettres, une autre des brouillons et des fiches : réflexions, passages recopiés de son écriture enfantine d'ouvrages en hébreu et en anglais que la bibliothécaire avait, à sa demande, mis de côté pour elle sur la drogue – recrudescence, propagation, toxicomanie et sevrage –, et une troisième des brochures, des réponses, réservées, négatives, polies ou non, qu'elle avait reçues de différentes institutions, organisations ou ministères, et d'une multitude d'autocollants où elle avait noté des numéros de téléphone et des dates de conférences et de réunions.

Après un premier tri, je regroupai dans un coin, à gauche du bureau, les documents qui étaient datés. Je les classai par ordre chronologique, par sujets et en fonction des destinataires. J'inscrivis les numéros de téléphone sur un petit répertoire. Je vidai un de mes classeurs et répartis l'ensemble en huit rubriques, séparées par un intercalaire cartonné de couleur sur lequel je notai le contenu précis.

« Très bien, dit-elle à son retour. Génial. Très rationnel. Merci. »

Et aussitôt après, au bord des larmes :

« De quel droit, Théo ? Ce n'est pas à toi. C'est à moi. »

Je promis de ne plus y toucher et ne fis aucun commentaire quand les feuillets du classeur, tel un fin duvet, s'éparpillèrent de nouveau dans la maison.

Une autre fois, je quittai le bureau un matin et fis un saut chez l'imprimeur, de l'autre côté de la place, pour commander du papier à lettres ainsi qu'un livre de comptes à l'en-tête de son association, où, de ma propre initiative, je fis figurer notre adresse et numéro de téléphone. Cette fois, elle ne me remercia pas et ne ravala pas ses larmes.

« Théo. Ça va mal aller, se contenta-t-elle de dire très calmement, comme si elle refrénait un élève turbulent.

— Tâche de comprendre, Noa, répliquai-je. Concentre-toi trois secondes. J'ai remarqué qu'à l'exception de votre mécène africain, le père du gamin qui se droguait, deux personnes seulement ont répondu à votre appel. Des sommes dérisoires, d'ailleurs. Sache que pour chaque don, même insignifiant, l'État exige un justificatif. Autrement, c'est une infraction à la loi. Tu ne veux pas nous créer d'ennuis, n'est-ce pas ? »

Elle se leva en faisant virevolter sa jupe légère et en chassant d'un geste brusque le rideau de ses cheveux clairs qui masquaient sa joue gauche, comme si elle se dévoilait devant moi : « Nous n'aurons pas d'ennuis, Théo. Ou alors je serai la seule à en avoir. Tu continueras d'être la prunelle de mes yeux. Tu n'es pas concerné. »

Si j'avais été du genre obstiné, je lui aurais facilement démontré que, quoique lui ayant promis de ne pas intervenir et n'ayant pas l'intention de revenir sur ma parole, légalement parlant, j'étais embarqué dans la même galère puisque nous avions un compte commun. Sans parler des trois cents dollars mensuels que lui adressait le père de l'enfant pour financer son association et dont nul ne savait, et elle moins que les autres, ce qu'elle en faisait. Pourtant, je n'insistai pas.

« Regarde, me contentai-je de dire. Les reçus sont imprimés, de toute façon. Ils sont là, sur la table, fais-en ce que tu veux.

— Benizri, s'écria-t-elle soudain, ce lèche-cul, cette espèce de Levantin gominé, tu es un ange pour lui. Tu sais ce que tu es en fait, Théo ? Un monument. Laisse tomber. J'ai mal à la tête. »

Je retournai à mon repassage dans le couloir. Au fond de moi, j'étais d'accord avec elle : la cause était perdue. Un centre de désintoxication ne verrait jamais le jour à Tel-Kedar. Et si tel était le cas, il fermerait au bout d'un mois. Elle devrait s'en rendre compte toute seule, sans moi. Il me fallait devenir transparent. Ou peut-être que, au contraire, il était de mon devoir de localiser ce salaud d'Orvietto et de lui asséner quelques bonnes paroles qui l'éloigneraient de Noa une fois pour toutes. Je ferais en sorte qu'elle n'apprenne jamais comment j'avais réussi à mettre la main sur ce charlatan, ce que je lui avais dit et ce à quoi, grâce à moi, elle avait échappé. Et puis non. J'attendrai.

Shabbat. 15 heures. Théo est allongé en maillot de corps sur le tapis de sa chambre, en face du ventilateur. Assise à la table de la cuisine devant une tasse de café et une grappe de raisin, je lis un essai américain qui s'intitule : *La Chimie de la toxicomanie*. Depuis quelques années, deux écoles s'affrontent sur la question de savoir si la toxicomanie est une maladie ou le besoin congénital de substances dites « psychoactives », incluant le tabac, l'alcool, le café, les aphrodisiaques, de sorte qu'on pourrait presque affirmer que les substances entraînant la dépendance se trouvent pratiquement partout. Ensuite, on établissait, avec quelques réserves, une comparaison entre la toxicomanie et des pathologies bien connues, comme le diabète, où l'hérédité et l'environnement jouent un rôle quant au développement ou à l'enraiement de la maladie. Après une cure de désintoxication, un toxicomane traîne derrière lui un problème à l'état latent et chronique, en d'autres termes, plus qu'un autre, il risque un phénomène qu'on appelle « relaps » et dont la définition, figurant entre parenthèses : « susceptible de récidiver », me parut incongrue ; tel fut le commentaire que je notai sur la feuille de papier destinée aux questions et réflexions suscitées par mes lectures. C'est le moment que choisit Muki Peleg pour faire son apparition : agité, essoufflé, troublé, avec son abondante chevelure bouclée de penseur tout droit sorti d'une publicité pour une marque de cognac, vêtu d'un ample pantalon à la dernière mode, un mouchoir de soie négligemment noué autour de l'encolure d'une chemise rouge impeccable, la cinquantaine bien sonnée, d'étonnantes chaussures bleu clair dotées de petits trous d'aération en forme de B aux pieds, il se confondit en excuses mais c'était très urgent. Pour une raison ou pour une autre, il y avait toujours urgence avec lui, et l'affaire ne souffrait jamais aucun retard. J'appréciais parfois cette fébrilité que rien au monde ne pouvait tempérer. En aucune manière.

Tendant la main pour boutonner mon peignoir, je constatai que c'était déjà fait et installai Muki en face de moi, à la table de la cuisine. Je fermai mon livre en marquant la page avec la fiche où je prenais mes notes. Malgré son refus, je lui servis un Coca-Cola glacé et approchai la coupe de raisins. Où est Théo ? Il est fatigué ? Il fait la sieste ? Mille excuses de venir vous déranger à une heure indue, pour moi, le samedi après-midi, c'est sacré ! Mais il s'est passé quelque chose qui nous oblige à prendre une décision aujourd'hui même. Au fait, avec ce peignoir vert, je ressemble à une fleur sur sa tige. Une fleur ? C'est une ronce comparée à moi. Bref, sans ce problème pressant, il quémanderait une caresse à genoux, séance tenante, tel l'éclopé transi suppliant sa belle estropiée. Pour plaisanter, il leva sa main gauche aux six doigts et pointa l'index sur son front pour mimer les affres de la passion déçue. Sans doute voulait-il me faire rire. « Tant pis, dit-il, voyant que ses facéties tombaient à plat. Et cette histoire avec Linda en plus », ajouta-t-il. Mais ce n'était pas l'objet de sa visite. À son avis, il fallait réveiller Théo sans tarder car ils avaient une occasion unique à ne laisser passer à aucun prix. En résumé, il nous avait déniché une maison. Et quelle maison ! Un château. Pour quatre-vingt-cinq mille dollars, et sans frais d'agence, puisque c'était lui-même qui négociait l'affaire, à condition qu'on signe demain, le bail, l'argent et l'acte de propriété, tout était fin prêt, net et sans bavure, si l'on traitait mercredi matin au plus tard.

Je le priai de reprendre depuis le début.

« Certainement, madame le professeur. Pardonne-moi. Eh bien, voilà : c'est une bâtisse isolée, avec un toit de tuile, elle se trouve au virage, à l'entrée de la zone industrielle, ça te dit quelque chose ? Tout le monde la connaît. Cette maison appartient à un certain Alharizi. Elle est située juste avant le garage de Ben-Lulu. Ça fait près d'un an qu'elle est inoccupée. Voilà la situation, en résumé : la villa date pratiquement de la fondation de la ville. Alharizi, le propriétaire, vient de Netanya, où il importait des télévisions, et il a eu l'idée de créer ici une industrie de l'isolement. En d'autres termes, une maison qu'il louait à des artistes désireux de goûter la solitude du désert, etc. Ou à des gens qui voulaient prendre un peu de bon temps en galante compagnie, si tu vois ce que je veux dire. Très vite, il est apparu que la combine n'était pas fameuse : pour ça, il y a Eilat, Arad, Mizpe Ramon, ce ne sont pas les distractions qui manquent dans le Néguev. Alharizi a donc loué sa maison à une compagnie pétrolière qui s'en est servie pour loger ses techniciens. Tu connais la suite, on a foré fiévreusement, mais on a fait chou blanc, et la maison est restée vide, à louer – notre gentleman n'a pas trouvé acquéreur et il éprouve à présent le besoin urgent de la vendre, vite et bien, l'essentiel est de partir à temps, comme disait Blanche-Neige aux sept nains, la nuit. Bref, il en voulait cent mille, et je l'ai fait baisser à quatre-vingt-cinq avec l'assurance de le payer cash dans la semaine : notre héros est sous pression, c'est toute une histoire, il est menacé de séquestre, ne me demande pas comment je le sais, Noa. J'ai mes méthodes. Le problème est que cette enflure, excuse-moi, a mis en même temps sur l'affaire l'agence Peleg, c'est-à-dire ton serviteur, et les frères Barjaluni, les nouveaux, ces fils de putes, que les putes me pardonnent la comparaison. Et ils ont déjà un client, un dentiste avec son laboratoire, un

Argentin, un nouveau lui aussi, un concurrent de Nir et de Dresdener. Ne me demande pas comment je le sais. J'ai mes méthodes. Je peux avoir un autre Coca ? J'ai soif rien qu'à te voir te lever et te rasseoir, et ce peignoir, on dirait du papier Cellophane sur une tige. Bref, voilà la situation : nous avons heureusement une avance d'un ou deux jours car notre dentiste argentin effectue sa période de réserve où il pose des plombages. Nous devons nous décider aujourd'hui même et prendre contact avec Ron Arbel pour qu'il se mette cette nuit en rapport avec le Nigeria. Si l'argent est disponible, il faut se précipiter dès demain pour signer le procès-verbal et payer lundi ou mardi, au plus tard. Comment me trouves-tu ? Dis-moi un mot gentil. Non ? Un baiser alors ? Je me suis renseigné sur ce bien. L'affaire est saine. Il n'y a ni emprunt, ni tiers, ni hypothèque. Inutile d'entrer dans les détails pour le moment. Laisse tomber, Noa. Je me charge du mauvais côté des choses, contente-toi d'être belle. Tu ne veux pas réveiller Théo pour que nous allions voir tous les trois ce Buckingham Palace ? En fait, c'est le contraire que je devrais te dire, laisse-le dormir pendant que toi et moi continuerons à prendre du bon temps dans la cuisine, au moins en théorie, comme disait le pain au beurre qui s'étalait sur lui. Bon, d'accord. Pardon. Ça m'a échappé. Bref, madame le professeur, je t'apporte ton local sur un plateau d'argent. La somme est considérable, mais toi qui avais peur de mettre six mois au moins pour trouver un lieu convenable ou d'être obligée de construire, ce qui aurait coûté le double et pris au moins quatre ou cinq ans, le temps d'avoir les différentes autorisations. Avec le risque de ne jamais les obtenir. Tu ne me dis pas que je suis fantastique ? Ce que tu peux être mesquine alors ! Devine qui m'a dit que j'étais un dieu, cette semaine ? Tu ne le croiras jamais : une Éthiopienne. Divorcée. Une fleur. Tu ne savais pas que le divorce existait chez eux aussi, hein ? C'est la deuxième fois que je sors avec une Noire. C'est la classe, tu sais ! La grande classe, même. Finalement, à 3 heures, elle a poussé une de ces clameurs, un ululement de sirène qui a dû réveiller tous les voisins. Ne va surtout pas le dire à Linda, elle n'apprécierait pas vraiment. Bref, c'est le moment de vérité. Il faut que Théo nous donne son avis sur la construction et tout ça, et nous devons décider très vite si nous concluons l'affaire ou si nous la laissons au dentiste. À mon avis, il n'y a pas à hésiter. C'est le membre de l'association qui parle, pas l'agent immobilier, sur ce plan, je t'ai déjà dit que je ne prendrai pas de commission. Je pense qu'il faut faire très vite, comme disait le cosaque à la bohémienne. Même si la paperasse n'est pas encore prête. Qu'avons-nous à perdre ? Au pire des cas, nous risquons de ne pas obtenir de licence et de voir notre projet de centre échouer. Mais nous pourrons toujours dire à Me Arbel et à notre mystérieux Orvietto que leur argent est bien placé : si l'affaire tombe à l'eau, je me fais fort de vendre la propriété à quatre-vingt-dix, quatre-vingt-quinze, dans six mois. Je suis même prêt à en prendre l'engagement écrit. Alors, comment me trouves-tu ? Dis-moi un mot aimable.

— Génial », approuvai-je.

Au dégoût avaient succédé la tendresse et la pitié pour ce bouc vieillissant, aux chaussures bleu clair, qui se donnait beaucoup de mal pour avoir l'air d'un loup. Un loup refoulé, vulnérable, ou plutôt une tortue sans carapace – n'importe quelle femme aurait pu anéantir d'une chiquenaude l'édifice qu'il s'était ingénié à construire après trente années de marathon de séduction. Je voyais l'enfant de douze ans qu'il avait dû être : potelé, mal-aimé, remuant, s'associant allègrement aux plaisanteries cruelles que lui attirait son sixième doigt, un gamin empoisonnant, hypocrite, collant, qui s'acharnait à amuser la galerie et qui, quand il échouait, se mettait à faire le pitre. Les silences, lors d'une discussion, lui étaient insupportables, comme s'ils mettaient son existence en péril. Il se posait en gardien éternel du feu collectif qu'il alimentait à grand renfort de bavardages extravagants et, s'il n'avait plus de combustible, il était prêt à lancer son cœur dans le brasier de la raillerie. Un petit larbin.

Il y a bientôt vingt ans qu'il est divorcé et court les jupons ou plutôt, pour reprendre sa plaisanterie favorite, ce qu'il y a dedans. Il considère la gent féminine comme un tribunal répressif qui l'a unanimement condamné à se démener comme un beau diable avec toutes sortes de grimaces pour se concilier ses bonnes grâces sans y parvenir jamais. Il sait confusément que les femmes n'auront aucune indulgence à son égard et que, malgré ses innombrables conquêtes, son tableau de chasse sera toujours incomplet. Pourtant, loin de s'avouer vaincu, tel Sisyphe, il galope à perdre haleine d'un lit à un autre dans l'espoir d'obtenir enfin la bonne note tant attendue, une dérogation, un certificat de dispense, avec mention, de la fin de la course. Quand il esquisse à mon égard un geste passionné, à peine déguisé, j'y vois moins l'expression de sa flamme éternelle qu'une supplication envers une sorte de magie féminine dont il n'a pas la moindre idée. Et, jusqu'à son dernier souffle, il s'épuisera de flirt en flirt, de plaisanterie en plaisanterie, de lit en lit, sans jamais cesser ses fanfaronnades, hanté par l'idée que les femmes se moquent de lui derrière son dos – triste héros d'une odyssée peuplée de divorcées esseulées, d'épouses trompées, assoiffées de vengeance, de ménagères vieillissantes et acariâtres.

« Muki, tu es génial, affirmai-je. J'envie tes Éthiopiennes. Pourquoi n'ai-je pas d'Éthiopien, moi ? Tu voudrais m'éclairer un peu sur cette maison ? Elle est inoccupée, c'est bien ça ? »

En fait, il fallait effectuer quelques réparations. Refaire le dallage, par exemple. Les W.-C. et les lavabos étaient cassés, et le toit ne valait guère mieux. Sans parler des travaux de réfection, auxquels il n'entendait absolument rien.

« Le plus simple est que Théo nous y accompagne tout de suite – cela ne lui prendra pas plus d'une demi-heure, une heure au maximum – pour nous donner un avis de professionnel. Il jugera du gros œuvre et de l'éventuelle possibilité de casser les murs, d'ajouter un étage, etc. En plus, les toxicos, tu sais, on doit les enfermer, et on a vu que la clôture qui entoure la maison n'est pas bien haute. Bref, il faudra certainement compter quelques milliers de plus, comme disait le photographe à son modèle nu. En fait, tout dépend de combien on veut investir. Bref, soyons efficaces pour une fois : on emmène Théo, on prend au passage Linda et Ludmeer, le comité au complet, et on va voir cette merveille de près, comme disait l'autre obsédé, l'Italien, à Cléopâtre. On doit se décider aujourd'hui, à cause du dentiste. Oui, j'ai les clefs. Le problème est que les frères Barjaluni les ont eux aussi. Quoique ce ne soit pas vraiment nécessaire, vu l'état de délabrement des lieux. Pourquoi est-ce que tu me regardes comme ça ? J'ai dit un gros mot ? Ou bien tu vois enfin clair ? Tu t'es aperçue que je suis l'homme de ta vie ? Bon. Ne te fâche pas. Ça m'a échappé. Je n'arrive jamais à exprimer ce que je ressens réellement. C'est mon grand problème. Tiens, voilà Théo. Salut ! Vous êtes sûrement jaloux de nous surprendre à faire des messes basses dans la cuisine, hein ? Si seulement c'était vrai ! Vous faisiez la sieste ? Vous vous êtes réveillé ? Venez un peu qu'on vous mette au parfum.

— Pas la peine, dis-je. Théo n'est pas concerné.

— Je me sers un peu de café et je me sauve, renchérit Théo.

— Mais pourquoi ? fit Muki. Quelqu'un est mort ? Restez, au contraire, que je vous raconte ce qui se passe. Ensuite vous nous accompagnerez pour vous rendre compte sur place et prendre une décision.

— Ce n'est pas Théo qui décide, corrigeai-je d'une voix unie. C'est le comité. »

Entre-temps, l'eau avait bouilli. Théo nous prépara du café instantané. Il proposa du lait et du sucre, sortit du raisin du réfrigérateur, le rinça, et nous servit dans deux assiettes.

« Alors ? dit-il. Je reste ou je m'en vais ? Que décide la majorité ? »

Et, sans attendre la réponse, il tourna les talons – son maillot de corps laissait voir sa peau hâlée et ses omoplates dures et charnues – et, tranchant à notre place, il saisit sa tasse et s'en alla. La tristesse qui stagnait dans son sillage s'enroula autour de mes épaules. Je l'imaginais derrière la porte de sa chambre, qu'il avait refermée sans bruit : accoudé sur son bureau, il ressemblait, de dos, à un bœuf, puissant et fourbu, guettant une voix intérieure qui mettrait fin à son attente. Je me souvins que, lors d'une de nos premières expéditions en Jeep au Venezuela, sur des pistes longeant une vallée abrupte et embrumée, il avait soudain déclaré que, si notre aventure se métamorphosait en amour, il espérait que notre amitié n'en souffrirait pas. Consciente de commettre une grave erreur, j'allai frapper à sa porte pour lui dire de revenir avec nous. Assis à sa place habituelle dans la cuisine, confortablement adossé au réfrigérateur, il écouta en silence la description de la maison d'Alharizi et posa à deux reprises quelques brèves questions, tout en nettoyant méthodiquement, à l'aide d'un cure-dent, les trous de la salière puis de la poivrière.

« N'importe comment, nous n'avons rien à perdre, conclut Muki.

— Cette affaire me semble louche, coupa Théo.

— Sous quel rapport ?

— Sous tous les rapports.

— Que risque-t-on d'y aller maintenant ? Quelques minutes ? Pour se rendre compte.

— Pas la peine, c'est tout vu.

— Vous êtes contre le projet ou contre notre démarche ?

— Les deux.

— Vous ne trouvez pas dommage de laisser passer cette occasion ?

— Il n'y a pas d'occasion.

— Que voulez-vous dire ?

— Je vous répète que cette affaire me paraît louche. »

Pour ma part, j'estimais qu'il était prématuré d'acheter. Je trouvais que Muki Peleg était trop enthousiaste ; on n'acquiert pas une maison pour la simple raison qu'on a déniché une bonne occasion, ce qui restait d'ailleurs à prouver, sans parler du fait qu'il était insensé de se décider parce qu'on avait le couteau sous la gorge. Mais les persiflages de Théo, son mépris, sa grossièreté voilée, sa posture – étalé sur sa chaise, en maillot de corps, les jambes largement écartées, il prélevait soigneusement les grains de raisin au milieu de la grappe – m'exaspérèrent. La violence paternelle me submergea comme de l'huile brûlante. Je résolus aussitôt de tenir bon, à condition, toutefois, que la maison convienne. Exactement comme dans ma classe, quand une jeune péronnelle, à moitié endormie, déclarait d'une voix affectée : « Bof ! Agnon, c'est du rabâché » et que, tremblante de rage, je collais à tout le monde un devoir très difficile sur : « Le genre lyrique comme digression ».

« Théo, fis-je, Muki et moi ne prétendons pas être des experts internationaux en études de projets, ni de remarquables novateurs. Tu devrais nous expliquer le plus simplement possible pourquoi on ne prendrait pas une option qui, à première vue, nous semble sensée.

— À première vue, répéta Théo. Tu ne pouvais pas mieux dire. Tu viens de répondre à ta question.

— Ce n'est pas ma question. C'est notre question. D'ailleurs Muki et moi te demandons, pour la troisième fois au moins, pour quelles raisons tu es contre l'acquisition de la villa d'Alharizi et pourquoi nous n'irions pas voir tout de suite si la maison nous convient ou non. Nous serions heureux d'avoir une réponse circonstanciée au lieu de cette grimace.

— Il y a onze raisons pour lesquelles les canons de Napoléon ont épargné Smolensk, proféra Théo en esquissant un léger sourire narquois, vite réprimé, sous sa moustache grisonnante. La première raison était que les munitions étaient épuisées, quant aux autres, il refusa, à juste titre, de les entendre. La somme que vous avez mentionnée est, sans compter les travaux, bien supérieure à celle que votre gentleman africain est prêt à lâcher. Les autres raisons vous intéressent ? »

Il y avait deux autres contributions, minimes, dont je savais que Théo connaissait l'existence. Mais je pris le parti de me taire.

« En outre, ajouta Théo, je crois avoir lu dans le journal local que vous vous êtes engagés à étudier les différentes solutions envisageables, pas à acheter des propriétés. De plus, il n'y a pas encore eu le début d'un commencement de mouvement d'opinion en votre faveur. Par-dessus le marché, avez-vous déterminé le nombre de toxicomanes que vous avez l'intention d'accueillir par rapport à la capacité de la maison en question ? Non ?

— Théo, dis-je, attends un peu.

— Et puis, l'argent, si jamais il y en a un jour, ne t'appartient pas, Noa. Une grande fille ne s'achète pas des jouets avec de l'argent qui n'est pas à elle. Et il faudra passer par quatre ou cinq commissions avant d'obtenir l'autorisation de reconversion d'une habitation privée, et je vous préviens que les avis seront tous défavorables.

Et il faudra aussi l'autorisation de la préfecture, sans parler de…

— Bon, on a compris. Mais pourquoi ne pas aller jeter un coup d'œil quand même ?

— Et puis il y a la mairie. Le conseil municipal. Le conseil régional. Les dépôts de garantie. Les résistances. Les objections. L'hostilité du public. Les enjeux politiques. Il faudra compter au moins trois ans. Et vous aurez besoin aussi de l'accord du ministère de la Santé, du ministère de l'Environnement et du ministère de l'Éducation nationale. Deux années de plus. Et puis à qui appartient le terrain ? Sans parler de l'hostilité des voisins qui se retourneront certainement vers les tribunaux. Il faudra encore compter au moins cinq ou six ans pour les procès. Et qui sera l'acquéreur ? Au nom de qui la propriété sera-t-elle enregistrée ? Et comment rédigera-t-on la promesse de vente ? Et puis… je continue ? Non ? Pourquoi pas ?

— Mais il n'y a pratiquement pas de voisins, là-bas, murmura Muki Peleg.

— Ah ! bonjour, monsieur Peleg. Vous êtes là, vous aussi. De qui êtes-vous le parent ? Du marié ou de la mariée ? Pourriez-vous me donner la définition d'un voisin ? Légalement parlant, si ce n'est pas trop vous demander ? Alors, c'est quoi, un voisin ? Pas une voisine, un voisin.

— Merci, Théo, dis-je, je crois que ça suffit.

— Comme tu veux, ricana-t-il, l'œil à demi fermé, comme s'il examinait un insecte au microscope, ou comme s'il nous regardait à travers l'objectif d'un appareil photo, et puis – je me répète, non ? –, et puis, Noa, je t'avais promis de ne pas m'en mêler, non ? J'avais oublié. Rayez-moi du procès-verbal. Je suis désolé. Au revoir. Bonne continuation. »

Mais il resta tranquillement assis, le dos appuyé de biais à la paroi du réfrigérateur, contemplant d'un air concentré sa tasse de café tout en picorant méthodiquement sa grappe de raisin, un grain après l'autre ; son œil gauche à moitié fermé lui donnait l'air d'un paysan français avaricieux qui aurait réussi à rouler ses créanciers.

« Viens, Malachie, dis-je. Théo est libre de faire ce qu'il veut. Allons jeter un coup d'œil, ensuite on réunira le comité et on prendra une décision.

— Vous ne voulez vraiment pas nous accompagner, Théo ? demanda Muki. C'est l'affaire de dix minutes.

— Pour faire quoi ? »

Vers 21 heures, nous téléphonâmes du bureau de Muki à Me Arbel, qui arriva de Tel-Aviv le lendemain après-midi avec un ingénieur et un expert. Le dimanche suivant, nous retournâmes voir la propriété à quatre reprises, respectivement avec des entrepreneurs, des couvreurs, des maçons et des plombiers, pour comparer les devis. J'étais en transe.

« Bon, dit Théo après le journal télévisé. Je suis allé voir. Ce n'est pas mal. L'Africain peut conclure l'affaire si ça lui chante. C'est à lui de voir. À condition que tu l'empêches de signer quoi que ce soit. Rappelle-toi. Pas de signature. »

Dans la nuit de dimanche à lundi, un entretien téléphonique eut lieu entre Me Arbel, à l'hôtel de Tel-Kedar, et Avraham Orvietto, à l'hôtel Ramada de Lagos : confiant en l'équipe qui se trouvait sur place, il était prêt à se porter acquéreur de la propriété, mais n'avait pas la possibilité de réunir la somme à temps, en raison des délais trop courts. Lundi – le dernier jour d'école – une petite cérémonie précédant la remise des prix eut lieu dans la salle de réception du lycée. Mes élèves de terminale m'offrirent un bonsaï d'oranger du Japon dans une jardinière de bois sombre. Le mercredi suivant, la maison d'Alharizi, qui, avec son toit de tuiles brisées, se dressait à l'entrée de la zone industrielle, juste avant le garage de Ben-Lulu, fut vendue pour quatre-vingt-un mille dollars et enregistrée au nom de l'association pour la mémoire d'Emmanuel Orvietto dont le statut fut déposé ce même jour au cabinet de Mes Czerniak, Refidim et Arbel, au 90, boulevard Rothschild, Tel-Aviv. Théo nous prêta la majeure partie de cette somme, avec la garantie de Me Arbel, au nom d'Avraham Orvietto, à la condition expresse que ni son nom ni le mien ne figurent dans les actes de vente et de propriété. Et, profitant de ce que, ce jour-là, nous étions à Tel-Aviv pour signer les papiers, nous fîmes du lèche-vitrines tout à loisir. Rue Ben-Yehoudah, nous finîmes par dénicher une très jolie robe d'été qui nous emballa tous les deux : bleu-vert, avec des motifs abstraits rappelant de larges feuilles tropicales, elle dénudait presque entièrement les épaules. Il faisait encore jour quand nous rentrâmes à la maison et, du balcon, nous constatâmes que la lune était sur son déclin.

Noa m'avait un jour parlé de sa mère, enfuie avec un soldat néo-zélandais alors qu'elle avait quatre ans. En Malaisie, une panthère, dont un chasseur anglais avait tué les petits, les avait mis en pièces, à ce que lui racontait sa tante quand elle était petite, les nuits d'hiver, une fois la lumière éteinte, juste avant de dormir. Cette tante, Huma Bat-Am, végétarienne, adepte de Tolstoï et hostile à toutes formes de violence, était une femme brusque qui portait des chaussures orthopédiques et jeûnait une fois par semaine, le mercredi, pour rappeler à son corps qu'il n'était qu'un vil subalterne, un serviteur paresseux qu'on ne pouvait laisser seul une minute. Le père de Noa, Néhémie Doubnov, était retraité de la Compagnie générale des eaux ; c'était un homme épais, velu, atrabilaire et toujours mal rasé, qui s'enferma chez lui du jour où sa femme partit. Quand il rentrait du travail, au crépuscule, il refermait le portail de la cour, verrouillait la porte d'entrée et se retirait dans sa chambre où il passait ses soirées avec sa collection de cartes postales. Il gardait un silence obstiné que rompaient de loin en loin de terribles accès de colère. Chaque soir, été comme hiver, après avoir dîné d'une omelette et d'une salade, il écrivait des cartes postales représentant la tour de David ou Bethléem qu'il expédiait à des collectionneurs à travers le monde. En échange, il recevait des cartes d'Haïti, du Surinam, de Nouvelle-Calédonie et d'autres pays où le ciel était bleu turquoise et la mer, au lever de jour, couleur d'or fondu. Jusqu'à minuit, il triait et classait sa collection d'après un ordre logique qui changeait tous les mois ou tous les deux mois. Au fil des années, il s'alourdit, tel un sumo vieillissant, des bourrelets de chair flasque apparurent, ses yeux se noyèrent dans des replis graisseux, et ses crises de colère se muèrent en une longue apathie hargneuse. Noa se chargea des cartes postales en double : elle devait réunir entre les pages de l'annuaire du téléphone une sorte de simulacre d'album, analogue à la collection maîtresse et soumise aux mêmes lois fluctuantes. Outre la tante et son excentrique de fils, personne ne venait leur rendre visite, et les volets restaient clos en permanence, à cause du vent l'hiver et de la poussière l'été. La maison était petite, isolée à l'extrémité d'un village perdu, à l'est de la vallée de Hefer, en face d'une synagogue en ruine qui datait de l'époque des pionniers. Elle était entourée d'un poulailler abandonné, d'une plantation en friche, d'une voie ferrée rouillée et des barbelés de la ligne de cessez-le-feu derrière laquelle, du côté jordanien, s'étendaient rocailles et oliviers. Nous y sommes retournés il y a deux ans : la maison avait été rasée et remplacée par un parc d'attractions, avec une boutique de souvenirs et une buvette. La ligne de cessez-le-feu n'existait plus. En 1959 – Noa avait quinze ans –, Néhémie Doubnov était tombé au fond d'un puits désaffecté et, après une fracture de la colonne vertébrale, il resta cloué dans un fauteuil roulant. Elle l'avait pris en charge jusqu'à sa mort. Elle avait refusé de se marier, ne voyant pas comment il se débrouillerait sans elle et aussi parce qu'il ne s'était pas remarié lui non plus. Pendant son service militaire, ce fut sa sœur aînée, la tante Huma, qui assista l'invalide : elle refusa catégoriquement de chauffer la maison en hiver et s'insurgea d'emblée contre les fritures ou n'importe quel autre mode de cuisson. Elle régimenta la maisonnée à qui elle imposa une discipline draconienne et qu'elle assujettit à des tâches journalières dont la liste était affichée en trois endroits différents de la maison. De fortes senteurs de menthe, de sarriette et d'ail régnaient en permanence dans les pièces. Les odeurs de poussière et de condiments ne s'atténuaient pas, même quand la tante, avec ses grosses chaussures compensées, s'en allait chercher de mystérieuses racines sur le mont Carmel pendant une journée ou deux. Des plantes médicinales, digestives ou fortifiantes, poussaient dans des pots et dans des jardinières sur le toit et sur le rebord des fenêtres. Son service achevé, Noa se battit trois années durant pour récupérer l'infirme qui gonflait comme une éponge saturée d'eau. Un jour de canicule, au crépuscule, la tante mordit le secrétaire du conseil municipal au cours d'une dispute concernant un citronnier. Le lendemain, elle le guetta et lui lança à la tête de l'huile brûlante ; elle s'apprêtait à faire subir le même sort à Noa quand Gorovoi le voyeur, leur voisin, qui se vantait d'avoir été champion d'haltérophilie à Lodz dans les années vingt, sortit de chez lui en courant et réussit à la maîtriser au terme d'une courte lutte. Après divers traitements, la tante fut hospitalisée dans une fondation privée, due à la générosité d'une famille de pacifistes néerlandais et destinée en premier lieu à des naturistes souffrant de troubles psychiques. Noa retrouva son père et les tâches ménagères, y compris la gestion des cartes postales et de l'abondante correspondance avec des collectionneurs du monde entier. Elle arracha les plantes médicinales de leurs pots et les remplaça par des fleurs. Les mercredis, elle allait rendre visite à la tante au sanatorium Mahatma-Gandhi et lui apportait des fruits et des légumes biologiques. À la fin de sa vie, la tante Huma avait pris en aversion les frites, la moutarde et les tripes, et elle condamnait voluptueusement toutes les viandes rôties. Elle mourut après avoir été attaquée avec une aiguille à tricoter par une malade qui la lui avait plantée dans l'œil droit, dans le jardin de la clinique, pendant le thé de 10 heures servi avec trois biscottes et une mandarine. Vieillissant et empâté, tel un boxeur impotent, Néhémie Doubnov était d'humeur de plus en plus charmante ; on aurait dit que sa colère était passée ou que sa période de pénitence était achevée. Il chantait d'une grosse voix enjouée, imitait des harangues enflammées ou, pour l'amuser, il racontait à Noa des potins sur les leaders de la troisième *alya* et les fondateurs de la Compagnie générale des eaux. Il commença à se lasser de ses cartes postales. La vie, les grandes idées, les discours, les réalisations humaines lui paraissaient de plus en plus grotesques, contradictoires, hypocrites et stupides. Tous les matins, Noa hissait son fauteuil roulant sur le toit, d'où, muni d'une puissante longue-vue, il passait des heures à contempler la rue : un tracteur, une fillette juchée sur un âne, un groupe d'Arabes revenant des champs. À l'instar de Gorovoi, le voyeur, Néhémie Doubnov se mit à épier ses voisins à travers les fenêtres qui restaient ouvertes l'été durant : spectateur solitaire d'une farce où chacun jouait son rôle. Dix-sept ans après sa chute, survint un autre accident : Noa était allée acheter des oignons et une bouteille d'huile à la coopérative. À son retour – il faisait presque nuit –, elle avait trouvé son père gisant au pied de la terrasse ; il avait actionné les roues de son fauteuil à la force des bras et, à son habitude, tel un char d'assaut, il avait tracté son corps massif d'un bout à l'autre du toit, la balustrade s'était brisée, et le fauteuil s'était renversé. La maison étant couchée sur le testament de son père au nom de Yoshko, son cousin, elle y vit le signe qu'il était temps de briser ses chaînes et de vivre sa vie ; elle décida avant tout de s'inscrire à l'université. Ce Yoshko, son unique parent, était né des amours de sa tante, Huma Bat-Am, et d'un luthier de Leipzig, qui devint commandant de la brigade des sapeurs-pompiers de Hadera. D'après son père, leurs relations durèrent trois semaines et demie. À la naissance de Yoshko, le pompier-fabricant de violons vivait à Bruxelles où il s'était marié avec une cantatrice bruxelloise, membre de la Philharmonie flamande. La tante et l'enfant vécurent plusieurs années dans un meublé, à Haïfa, entre deux lits de fer, un coffre à linge et un évier dissimulé derrière un rideau en plastique. La moisissure dessinait sur le fond bleu du rideau une carte où îles et continents gagnaient peu à peu du terrain. Deux journées par semaine, la tante s'occupait du secrétariat de la Ligue pacifiste et, le reste de la semaine, de celui de la Société naturiste. Le soir, la mine dure et revêche, telle une frégate qui se serait usée à forcer un port fortifié, elle se rendait aux réunions de l'association pour le rapprochement entre les races et les croyances. Yoshko étudia quelques années au lycée agricole Tolstoï, d'où il s'enfuit pour retrouver sa mère ; de temps à autre, il s'éclipsait pour aller rendre visite à son oncle ronchon et infirme et à sa cousine – en sa présence, il était bavard comme une pie ou, au contraire, n'ouvrait pas la bouche de la journée. Puis il quitta la ville, séjourna trois mois dans un village arabe en Galilée, d'où il expédia à Noa une lettre passionnée de vingt-huit pages, participa à des meetings et à diverses manifestations, et publia deux poèmes dans une revue ; à dix-sept ans, les journaux firent paraître de larges extraits d'un récit qui narrait l'histoire d'un jeune garçon, issu d'un foyer pacifiste, qui décidait de se convertir à l'islam pour échapper au service militaire – un des éditoriaux appelait même la gauche à faire son bilan. Il finit par atterrir dans un groupuscule hassidique, à moins qu'on ne fût venu le chercher. Les fidèles l'envoyèrent à Bruxelles après qu'il eut été réformé pour fragilité nerveuse. C'était en 1962, alors que Noa effectuait son service dans la formation des recrues. Restée seule, tante Huma quitta son meublé de Haïfa et vint s'occuper de son frère malade dans la dernière maison du village, à l'est de la vallée de Hefer. Jusqu'à son décès, des suites d'une attaque à l'aiguille à tricoter dans une clinique privée. À la mort du père, il apparut qu'il avait légué sa maison non à sa fille mais à Yoshko, « dans l'espoir qu'il reviendrait de son dur exil et planterait de nouvelles racines dans la plaine de Sharon ». Yoshko ne revint pas d'exil et ne planta pas de nouvelles racines dans la plaine de Sharon mais, de Bruxelles, il engagea un avocat, un homme pieux et lugubre qui ressemblait à un marchand de cercueils courtois : de son agréable voix de ténor, il expliqua tristement à Noa que, si elle voulait contester le testament, elle n'avait qu'à se rendre au tribunal et déclarer publiquement que son défunt père n'était pas sain d'esprit quand il avait rédigé le document, ou bien qu'il voulait plaisanter, ou qu'il avait subi des pressions, en clair de la part de sa sœur, Huma Zamoscz Bat-Am, de mémoire bénie, et que, par conséquent, le testament était vraisemblablement nul. « Mais, avait ajouté l'homme de loi, vous aurez beaucoup de mal à avancer des preuves convaincantes concernant les deux derniers arguments et, en fin de compte, vous pourriez bien vous retrouver assise entre deux chaises, les mains vides et mortifiée, tout le monde vous montrera du doigt comme la fille qui a inutilement bafoué la mémoire de son père, qu'il repose en paix, ainsi que celle de sa tante, Dieu ait son âme, et, qui plus est, vous aurez désavoué votre seul parent, qui ne vous a rien fait, bien au contraire. En résumé, la famille sera couverte de boue de la tête aux pieds et vous ne récolterez pas le moindre sou. En revanche, si vous évitez de vous fourrer dans ce guêpier, je vous signe séance tenante, voilà ma procuration au nom de mon mandant, Yoshiahou Sar-Shalom Zamoscz, la promesse qu'il vous versera, par pure bonté d'âme, en cadeau désintéressé, le quart de la valeur du bien, par esprit de conciliation et en vertu du commandement : "Tu ne te déroberas pas devant celui qui est ta chair." » Ainsi, à trente-deux ans, elle quitta la maison où elle avait vécu durant toutes ces années, emballa ses affaires dans trois valises, elle fit don de la collection de cartes postales au sanatorium Mahatma-Gandhi et s'en alla étudier la littérature à l'université de Tel-Aviv, en compagnie d'étudiantes de dix ans ses cadettes. Puis elle enseigna dans un lycée de Bat-Yam. Elle vécut avec deux ou trois hommes plus âgés, subit un avortement avec complications et enfin, six mois durant, elle cohabita avec un célèbre professeur, natif de Prague, qui prit sa retraite pour se consacrer à la rédaction d'une nouvelle version de *L'Essence du judaïsme* en six gros volumes. C'était un homme amer, sarcastique, ironique, dont le passe-temps favori, depuis son jeune âge, était d'accorder des pianos. Quelle que fût l'heure et par tous les temps, il était prêt à aller n'importe où, un petit sac contenant ses délicats instruments coincé sous l'aisselle. Plus tout jeune, de santé fragile, il accordait gratuitement les pianos dont les cordes avaient lâché. À condition qu'il s'agît d'un instrument authentique, datant d'avant la guerre. Un jour, le professeur répondit par l'affirmative à l'Université catholique de Strasbourg qui l'invitait à venir passer ses années de retraite dans ses murs – il espérait pouvoir ainsi jeter un regard neuf sur l'essence du judaïsme. Noa jugea bon de prendre un peu de recul à son tour, pendant deux ou trois ans, pour voir si une autre vie valait la peine. Des amis lui trouvèrent un travail à mi-temps au Venezuela. C'est là, à Caracas, grâce à des billets de concert, que nous nous sommes rencontrés. Pour ne plus nous quitter.

« On éteint et on va faire un tour ? » proposa Théo après le journal et le bulletin météo. Je troquai ma robe de chambre contre un jean et un tee-shirt rouge et chaussai des baskets. Théo portait lui aussi des baskets et un jean avec une large ceinture. Dans l'ascenseur, nous nous enlaçâmes, et j'enfouis ma tête dans le creux de son épaule. Sa peau était chaude, et sa ceinture exhalait une odeur de vieux cuir et de sueur.

« Tu as toujours la peau chaude, dis-je.

— Les grandes vacances ont commencé hier. Que vas-tu faire, Noa ?

— Le centre. Neve Emmanuel. Si seulement nous ne t'avions pas emprunté cet argent. Ce n'était pas une bonne idée. À mon avis, en tout cas. Avraham te le rendra la semaine prochaine.

— Avraham ? Qui est-ce ? demanda Théo. Ah oui ! ajouta-t-il après réflexion. L'Africain. Rien ne presse. »

La rue était déserte : des voitures garées le long du trottoir et une rangée de réverbères dont quelques-uns étaient cassés. Quelques arbres miteux – un cassier, un eucalyptus, un tipuana – semblaient avoir du mal à respirer. On aurait dit que les arbres, la rue entière appartenaient au décor d'un théâtre amateur. Par les fenêtres grandes ouvertes, on entendait la voix du ministre du Logement, Ariel Sharon, vitupérer les journalistes. Une brise sèche soufflait des collines, à l'est. Un chat craintif, qui déboula brusquement des poubelles, faillit se jeter dans nos jambes. Je passai un bras autour de la taille de Théo, par-dessus la large ceinture rugueuse. La boucle métallique renvoyait une agréable fraîcheur au bout de mes doigts. Les halls des immeubles laissaient voir des paliers délabrés, chichement éclairés par une lumière sale que les boîtes aux lettres paraissaient réfléchir à leur tour.

« Le maire, Bat-Sheva, cette espèce de dinosaure, vous auriez peut-être intérêt à lui parler de votre projet, dit Théo. Pas dans son bureau, ailleurs. Tu n'accepteras évidemment pas que je le fasse à ta place, n'est-ce pas ?

— Mieux vaut que tu restes à l'écart de cette histoire !

— Toi aussi, Noa !

— Tu veux tout me prendre ?

— Tout ? De quoi parles-tu ? Il n'y a rien. »

Au coin de la rue, plongé dans l'ombre, un couple s'étreignait, immobile – on aurait dit une statue, lèvres soudées dans un baiser de pierre que l'ombre muait en un bouche-à-bouche qui s'éternisait. Quand nous les dépassâmes, j'eus l'impression qu'ils ne formaient plus qu'un. La jeune fille devait être une de mes élèves de terminale, Tali ou Tal, songeai-je en espérant me tromper sans trop savoir pourquoi. Je ne pouvais pas m'arrêter pour les dévisager comme lors d'une confrontation. Je rougis dans l'ombre.

Des sanglots nous parvinrent d'une fenêtre du deuxième étage : quelqu'un pleurait calmement, paisiblement, sans doute un bébé repu qui allait grandir et devenir un enfant sage. Théo me caressa l'épaule. Brusquement, je me figurai que son œil gauche, à demi fermé, manigançait quelque chose dans l'obscurité. Deux rues plus loin, la ville prenait fin, comme un bateau échoué sur la plage. Le désert commençait. Nous descendîmes, Théo me précédant, le long du sentier qui menait au *wadi*. Je me tenais si près de lui que son ombre dissimulait la mienne. Des blocs noirs, de forme conique, qui se profilaient dans l'ombre, semblaient découpés au couteau dans la lueur argentée de la lune. Çà et là, des ossements blanchissaient entre les pierres. Une odeur de ronces brûlées montait du *wadi*, en contrebas. On aurait dit que les rochers blêmes, le talus, les collines, voire le vif éclat des étoiles, guettaient un changement. Qui allait survenir d'une minute à l'autre et clarifier la situation. Quant à la nature du changement imminent et ce qu'il était censé éclairer, je n'en avais pas la moindre idée.

« Ici aussi, il fait nuit », commenta Théo.

Je crus déceler dans sa voix profonde et calme une légère hésitation, comme s'il doutait de son pouvoir de persuasion ou de ma capacité de compréhension.

« Nous verrons ce qui se passera à la fin de l'été, dis-je.

— Et que se passera-t-il ? demanda Théo.

— Je ne sais pas, on verra bien. »

Au détour du chemin, une tache d'ombre apparut devant nous : un rocher qui avait dégringolé ? Un morceau de ferraille ? Une voiture abandonnée ?

Non, une Jeep. Moteur arrêté. Lumières éteintes. De plus près, nous distinguâmes la silhouette d'un homme : il était seul, incliné en avant, la tête appuyée contre le volant, il était emmitouflé dans une sorte de manteau au col relevé et, à intervalles irréguliers, on entendait des rires étouffés. Théo étendit la main devant moi pour m'empêcher d'avancer. En trois enjambées, il s'approcha de la Jeep et se pencha au-dessus de l'homme plié en deux. Peut-être lui demanda-t-il s'il pouvait faire quelque chose. L'homme releva la tête et me lança un regard ahuri avant de replonger lentement en avant. Théo s'attarda encore un moment, son dos sombre me cachait ses paroles ou ses gestes, puis il me prit la main et m'entraîna plus loin, vers le flamboyant solitaire. « Qu'y a-t-il ? » lui demandai-je. Il ne répondit pas.

« Rien, dit-il enfin, une fois que nous eûmes dépassé l'arbre, comme s'il avait longuement cherché ses mots. Il pleurait.

— On aurait peut-être dû rester un peu ou…
— On a le droit de pleurer, non ? »

Nous parvînmes au sommet de la hauteur qu'on surnommait la « colline de l'hyène ». Disséminées entre deux trous d'ombre, les lumières jaunâtres de la ville scintillaient faiblement comme si elles tentaient vainement de répondre aux étoiles dans leur propre langue. Un éclair aveuglant s'éleva à l'horizon, vers le sud, avant de s'éteindre dans une explosion assourdie.

« Regarde, dis-je, un feu d'artifice. Il va peut-être même y avoir de la musique.

— C'est une fusée éclairante, Noa, pas un feu d'artifice. Tirée d'un avion. Ce sont des manœuvres de nuit. Ils visent des leurres. »

Mon cœur se serra : cette phrase venait de me rappeler le poète Ezra Zussman et le père endeuillé, Avraham, l'éclat de son sourire timide, qui s'éteignait à peine esquissé, un fin sourire, mélancolique, perçant au milieu de nuages d'automne. Je revoyais les yeux baissés du garçon derrière ses longs cils et le visage de son père, marqué de rides de tendresse contenue, tel un métallurgiste fatigué à la retraite. Qu'attendait-il à présent à Lagos ? Espérait-il le retour du chimpanzé qu'il avait abandonné au cœur de la forêt ? Qu'est-ce qui le retenait encore là-bas et que me voulait-il réellement ? Quel pouvoir ce pauvre homme possédait-il pour me transmettre ses volontés secrètes par une nuit d'été, brillante comme du vif-argent, reliant Tel-Kedar à Lagos à travers des déserts, des plaines, des milliers de collines nimbées de lune, des crêtes, des vallées et des dunes mouvantes ?

Nous restâmes au sommet de la colline de l'hyène près d'un quart d'heure – sans que je m'en rende compte, il avait pris ma main dans la sienne et la caressait de l'autre main. Nous observâmes des lambeaux de brume blanchâtre s'amasser lentement au pied du *wadi* puis rouler en direction de la Jeep aux lumières éteintes. La tristesse du lieu, désert et sombre, l'homme plié en deux sur son volant là-bas, dans le brouillard, le policier au carrefour d'Ashqelon qui saignait du nez et dont le visage et le cou ruisselaient de sueur poussiéreuse s'abattirent soudain sur moi. Mais pourquoi moi ? Qu'avais-je à voir avec les drames des autres, des étrangers rencontrés par hasard ou de parfaits inconnus ? Et où allais-je puiser le mélange de bonté et de dureté nécessaire pour faire face, comme le policier : pas de la compassion mais une précision chirurgicale ? « Où devons-nous briller et pour qui ? »

« Noa ?

— Quoi ?

— Viens.

— Où ça ? Je suis là.

— Approche.

— D'accord. Qu'y a-t-il ?

— Écoute. Vendredi après-midi, pendant que je t'attendais au “California”, j'ai vu un enterrement qui traversait la place, il y avait le cercueil recouvert d'un châle et des jeunes gens pieux avec des boîtes en fer-blanc. “La charité vous délivrera de la mort." C'est le vieil oncle de Schazberg, le pharmacien, qui est mort. Eliahou. Ce n'est pas son vrai nom. Je l'ai oublié. Ça ne fait rien. On l'a enterré en face de la femme et du bébé de Bozo, au milieu des pins, juste à côté de ton élève et de sa tante. On continue ? Tu n'as pas froid ?

— Je ne comprends pas ce que tu essaies de me dire.

— Rien. Et si on partait en voyage ? Si on se mariait ? On pourrait repeindre l'appartement ? Ou acheter un lecteur de disques compacts ? Dis-moi une bonne fois pour toutes ce que tu as vraiment envie de faire.

— Ça servirait à quoi de se marier ?

— À quoi ? Mais c'est pour toi. Ce serait mieux, non ? En fait, je ne sais pas, ajouta-t-il très vite.

— On rentre ? J'ai un peu froid. Je ne sais pas comment je me suis embarquée dans toute cette histoire : l'enfant qui est mort, ce projet de centre, le père… Quelque chose va se passer, Théo. Tu n'as pas l'impression que les préliminaires sont terminés ? »

Nous reprîmes le chemin du retour. Abandonnant la route de la Jeep et du *wadi*, nous fîmes un détour par le cimetière, au pied de la falaise masquant la vallée interdite. Il n'y avait que le chant des grillons, l'obscurité et l'odeur de bois brûlé, portée par le vent. L'idée me traversa de tourner le dos aux lumières, là-haut sur la colline, de quitter le sentier et de pousser plus au sud, vers le véritable désert, puis de franchir une frontière invisible et de prendre le large. Que voulait dire le poète ? Les paroles étaient-elles un piège ? Pourquoi alors n'avait-il pas gardé le silence ? Brusquement, comme un coup de tonnerre, je me souvins du crayon que j'avais effectivement donné à Emmanuel : c'était un jour d'hiver, il y avait eu une coupure de courant et j'étais allée chercher de l'aspirine à l'infirmerie ; l'infirmière n'était pas là et, telle une ombre, il était assis devant la table de soins et me regardait derrière l'écran de ses longs cils baissés. On aurait dit qu'il s'apitoyait sur mon sort. Bizarrement, je m'adressai à lui comme s'il était devant le conseil de discipline. D'une voix soupçonneuse, je lui demandai abruptement ce qu'il était venu chercher ici et qui lui avait permis d'entrer en l'absence de l'infirmière. J'étais froide, implacable et agressive, comme mon père qui, dans son fauteuil roulant, perché sur le toit de sa maison, passait ses journées à observer les gens à travers son télescope. Le garçon hocha tristement la tête – on aurait dit qu'il me comprenait et tentait d'atténuer, autant que possible, la confusion dans laquelle je me trouvais par sa faute –, et me demanda si par hasard j'avais sur moi de quoi écrire. S'était-il mis à cligner des yeux ? Ou était-ce simplement une impression ? Brusquement, le dos tourné, je me mis à ouvrir l'un après l'autre les tiroirs de l'armoire à pharmacie blanche où je finis par dénicher un vague bout de crayon. « J'ai bien peur que tu sois obligé de trouver le taille-crayon toi-même », lui lançai-je aigrement avant de sortir. Il aimait la littérature, avait affirmé Avraham Orvietto, peut-être songeait-il à écrire. « S'il avait du talent ou pas, vous êtes beaucoup mieux qualifiée que moi pour en juger, vos cours étaient les seuls qui l'intéressaient et, dans une de ses lettres, il m'a raconté que vous lui aviez donné un crayon avec lequel il était précisément en train de m'écrire. » Je ne l'avais pas cru. Telle une femme recevant une déclaration d'amour qui ne lui est pas destinée. Si, au lieu de faire ce détour, nous avions suivi le *wadi* jusqu'à la Jeep aux lumières éteintes et découvert que l'inconnu avait disparu, j'aurais pu prendre sa place, appuyer la tête sur le volant et pleurer l'enfant qui n'était plus et que je ne pourrais jamais remplacer. Il avait sombré en lui-même. De retour à la maison, nous verrouillâmes la porte d'entrée et le balcon, bûmes une tisane et allumâmes la télévision dans l'espoir de trouver quelque chose de valable : c'était le cas, des extraits du dernier concert d'Artur Rubinstein, deux semaines avant sa mort. Puis je pris une douche, et Théo s'enferma dans sa chambre pour écouter le bulletin d'information de la BBC World Service.

« Dieu existe ! » s'esclaffa Muki Peleg – il était vêtu d'un large pantalon bordeaux, d'une chemise couleur de firmament et d'un foulard de soie mauve, noué autour du cou –, en ouvrant à Noa la portière de sa nouvelle Fiat. « Viens voir un peu ce qui nous est tombé du ciel, comme disait le charpentier à sa vierge épousée. » Noa posa son sac de paille à ses pieds puis, se ravisant, elle le coinça sur ses genoux. Ils prirent la direction de la cité Yosephtal où habitait la feue tante d'Emmanuel Orvietto. Me Arbel, du cabinet Czerniak, Refidim et Arbel, s'était vu prier, par un télégramme expédié de Lagos, de s'occuper des biens de la défunte. Ce matin-là, il avait annoncé par téléphone que son client mandatait l'agence Peleg pour vendre l'appartement de la tante et son contenu – la somme serait utilisée pour rembourser à Théo une partie du prêt qu'il avait accordé à l'association pour la mémoire d'Emmanuel Orvietto, à l'époque où l'on avait failli rater l'occasion d'acquérir la fameuse villa.

Durant le trajet, il lui parla d'une esthéticienne rousse qui, il en était cent pour cent sûr, était très attirée par lui, folle de lui serait plus juste, et il demanda conseil à Noa : quelle était, d'après elle, la meilleure façon – il y en avait quatre – de la mettre dans son lit. Noa lui suggéra d'essayer la troisième solution. Pourquoi pas ? La recette marcherait-elle avec elle-même ? Certainement, affirma Noa. Et, tandis qu'il se lançait dans la définition exhaustive de ce qu'il qualifiait de « scénario tactique » puis passait aux onze mille dollars qu'il avait placés ce matin-là dans une nouvelle affaire d'importation de cravates de Taïwan, des cravates sexy, fluo, brillantes comme des yeux de chat la nuit, elle décrocha et se prit à songer à la mort : un non-être obscur où des yeux inexistants ne voient pas et ne peuvent voir la nuit épaisse parce qu'ils n'existent pas et où la peau qui n'existe pas ne peut sentir le froid et l'humidité puisqu'elle n'existe pas non plus. La seule chose qu'elle réussit à se figurer fut une sensation de froid et de silence dans l'obscurité, des impressions, donc encore de la vie. Cela aussi disparut. Sombra en lui-même.

La maison d'Elazara Orvietto était restée fermée depuis le drame. Une odeur de poussière et de moisi les accueillit dès l'entrée. Ils durent allumer la lumière à cause des volets tirés. Le salon était meublé d'un canapé, d'une table rectangulaire et de deux chaises de paille datant de l'époque des restrictions ; une reproduction d'un paysage de Galilée de Reuven ornait l'un des murs. Un bouquet de lauriers-roses fanés se décomposait dans un vase de verre bleu à côté d'un livre ouvert, reposant à l'envers, qui traitait des dix derniers jours de la Bialystok juive. Une paire de lunettes marron était posée dessus, près d'un verre vide, de la même nuance. Sur une étagère, s'alignaient une bible commentée, quelques romans, des recueils de poésie et divers albums au milieu desquels se trouvait une statuette de porcelaine représentant un jeune pionnier jouant d'un instrument à cordes minuscule que Noa fut incapable de distinguer : peut-être une harpe ? À la banque, son bureau était situé derrière le guichet des comptes d'épargne, sur la gauche ; c'était une femme efficace, la cinquantaine, maigre, couverte de taches de rousseur, chaussée de mocassins à talons plats, elle avait une chevelure cuivrée, coupée court, plaquée sur son crâne par un serre-tête en plastique. Quand elle parlait, ou quand on lui parlait, elle dissimulait son nez et sa bouche derrière ses doigts criblés de taches de son, comme pour se protéger de la mauvaise haleine. Elle terminait invariablement ses propos par : « Parfait. Cent pour cent d'accord. » Noa avait l'impression d'entendre encore la voix unie proférer ces mots.

La chambre à coucher, basse de plafond, comprenait un lit de fer recouvert d'un édredon tout simple et une armoire noire que, Noa s'en souvenait, on appelait autrefois « commode ». Des fleurs séchées blanchissaient dans un pot en terre cuite posé dans un coin, à même le sol. Un autre verre vide, un petit flacon de cachets et un fascicule sur le bahaïsme illustré d'une photo du temple de Haïfa et d'une vue partielle de la baie se trouvaient sur un tabouret, au chevet du lit.

De la chambre à coucher, on accédait à un balcon fermé, transformé en une minuscule alcôve. Le réduit contenait en tout et pour tout un lit métallique, une étagère, une carte du sud du pays, punaisée sur le mur, et un coffre ouvert renfermant les vêtements d'Emmanuel, pliés avec le plus grand soin : quatre chemises, deux pantalons, un en velours et l'autre kaki, des mouchoirs et des chaussettes. Et un blouson d'aviateur neuf, en cuir, avec des poches zippées et une profusion de boucles qu'elle ne lui avait jamais vu porter. Sur la partie supérieure du coffre, qui faisait apparemment aussi fonction de bureau, se trouvaient ses livres de classe, ses cahiers, un stylo à bille et une petite lampe électrique, munie d'un abat-jour bleu. Il y avait aussi quelques romans étrangers, traduits en hébreu, en édition de poche, un dictionnaire, une branche de pin fanée dans un verre dont l'eau s'était évaporée et quelques recueils de poésie. Le pull vert qu'il mettait l'hiver était posé sur le lit au pied duquel était jetée une vieille couverture trouée qu'elle considéra avec étonnement avant de finir par comprendre que c'était celle de l'étrange animal qui le suivait partout. C'était là qu'ils dormaient tous les deux. C'était là qu'ils s'enfermaient l'hiver. Elle ouvrit les volets : la fenêtre donnait sur un pan de béton gris, déprimant, qui bouchait tout l'horizon – le mur de l'immeuble voisin. Les larmes lui montèrent aux yeux. Muki Peleg lui caressa timidement la nuque, ses narines frémissantes humant le léger parfum de forêt. « Noa ? » dit-il tendrement.

Tendant le bras pour retirer sa main, elle suspendit son geste, se contenta de saisir ses doigts et s'appuya légèrement contre lui, les yeux fermés.

« Bon, on a tout le temps, murmura Muki Peleg, comme s'il cessait de réprimer sa délicatesse naturelle. Je t'attends à côté. »

Il lui effleura les cheveux et s'en fut.

Elle se pencha, saisit le pull étalé devant elle et le plaqua contre sa poitrine pour le plier. N'y parvenant pas, elle le replaça sur le couvre-lit et recommença – on aurait dit qu'elle emmaillotait un bébé dans sa couche –, puis elle se dirigea lentement vers le coffre et le glissa entre deux chemises. Elle referma les volets et la fenêtre mais, au lieu de sortir, elle se laissa tomber sur lit, vidée. Elle ferma les yeux et attendit les larmes, qui ne vinrent pas. Elle sentit qu'il était trop tard. Elle se leva, essuya le couvercle du coffre d'un revers de main, lissa le couvre-lit, redressa l'oreiller, tira le rideau et quitta la pièce. Muki l'attendait dans un fauteuil de paille, des lunettes sur le nez, il lisait l'ouvrage traitant de la fin des Juifs de Bialystok. Il se leva et alla lui chercher un demi-verre d'eau à la cuisine. Dans la Fiat, il lui confia à quel prix il pensait vendre l'appartement – là encore, il ne toucherait pas de commission –, mais la somme ne suffirait probablement pas à rembourser Théo.

« Sans parler des travaux de la villa d'Alharizi, d'après nos estimations qui, en fait, sont plutôt floues vu que nous n'en avons pas encore vraiment parlé, comme disait la tsarine Catherine à son cosaque privé.

— Bon, dit Noa. Écoute, voilà, si ça ne suffit pas, j'avais une tante, moi aussi, et il est possible qu'il y ait quelque chose à glaner de ce côté, son héritage, le mien, qui, par ma faute, est revenu à un cousin très religieux, à Bruxelles ; je n'aurais jamais dû me laisser faire, c'était une grossière erreur. Je peux peut-être encore la réparer. Tu m'invites à prendre un café et une glace au "California" ? Un café et une glace, Muki, c'est exactement ce dont j'ai besoin maintenant. »

À la fin de 1971 ou au début de 1972, on nomma Finkel à la tête du département. À titre de compensation ou par égard pour lui, on proposa à Théo de se rendre au Mexique, envoyé par le bureau d'urbanisme en qualité de conseiller spécial en matière d'environnement : tu vis seul et tu es donc beaucoup plus mobile qu'un père de famille. C'est l'occasion rêvée de prendre un peu l'air, de voir le monde, pendant, disons, deux ou trois ans, tu as entendu parler des femmes latino-américaines, les Noires, les créoles, les mulâtres, les Indiennes. Du point de vue professionnel, il est très probable que tu trouves là-bas un vaste champ d'action, comme on dit. Tu auras carte blanche pour tout bouleverser, innover. Et, quand tu en auras assez, tu n'auras qu'à revenir ici, entre-temps, les choses auront sans doute changé. Ça peut bouger, rien n'est impossible, en principe.

Il liquida sa garçonnière, rue Hyrcan, près du Yarkon, en moins de deux semaines. Le *vaste champ d'action* ne laissait pas de l'exciter. Sa *mobilité* aussi. C'est peut-être ce qui le poussa à ne prendre qu'une valise et un sac de voyage. Son contrat se prolongea d'année en année ; outre la région de Veracruz, son travail l'appelait à présent à Sonora, à Tabasco et, plus tard, dans d'autres pays. Les liens superficiels qu'il entretenait avec ses amis de Tel-Aviv se distendirent en quelques mois. Deux ou trois femmes lui écrivirent des lettres qui lui parvinrent par le courrier intérieur et auxquelles il ne se donna pas la peine de répondre, ne fût-ce qu'une simple carte postale. Il renonça au congé bisannuel auquel il avait droit pour rentrer au pays. Il n'ouvrit plus un seul journal en hébreu. Au bout de quelque temps, il ne savait même plus qui était le ministre de l'Intérieur actuel ou quand tombait la fête de Souccot. De loin, les guerres et les palabres intermédiaires entre deux conflits prenaient l'apparence d'un cercle vicieux découlant du piège de l'autosatisfaction et de l'histoire : on écartait violemment ce qui faisait obstacle tout en implorant l'indulgence d'autrui et en réclamant de l'amour. Un amalgame malsain d'esprit missionnaire, d'arrogance et de misère, c'est ainsi qu'il voyait son pays du fond d'un hamac, dans un village de pêcheurs perdu du Pacifique. Il continuait pourtant à se demander si l'explication était à chercher dans le fait que ce raté de Nimrod Finkel était devenu président du département. C'était la goutte qui avait fait déborder le vase, se disait-il.

Il caressa l'idée de ne plus jamais revenir. Il s'investit dans son travail avec un zèle silencieux. Il réalisa des environnements ruraux expérimentaux, adaptés au climat tropical et au mode de vie indigène. Après le tremblement de terre survenu au Nicaragua, deux régions furent reconstruites d'après ses projets. D'autres contrats suivirent. En 1974, il réclama un congé illimité au directeur du bureau que Nimrod Finkel lui accorda sur-le-champ.

Au fil des ans, il passait d'un hôtel à une auberge campagnarde, de bureaux climatisés à des bourgs écrasés de chaleur, dormait dans des villages indiens, un petit sac en bandoulière pour tout bagage, et il apprit l'espagnol et six dialectes. Se gardant de prendre jamais parti, il passait sans coup férir au travers des gouvernements successifs. Quand il rencontrait la cruauté, la corruption, la violence, la pauvreté et la saleté, il évitait de porter des jugements, se contentant de faire son travail : il n'était pas là pour jouer les redresseurs de torts mais pour atteindre la plus grande perfection professionnelle possible et, ainsi, tenter de limiter les dégâts, fût-ce imperceptiblement. Le sens de l'honneur, les imbroglios et la mort laissaient partout leur marque dans ces contrées, la vie y brûlait comme un feu d'artifice ou un tir nourri d'artillerie : cruelle. Incisive, bruyante, vulgaire.

Il trouvait des femmes aussi facilement que de la nourriture ou un hamac où passer la nuit, elles s'offraient à lui par curiosité ou par hospitalité.

Ses invités s'attendaient à ce qu'il se mêlât à la conversation, jusqu'à une heure avancée de la nuit, à la belle étoile, dans des auberges en pleine campagne, une tente de la Compagnie du développement, dans la cour d'une ferme isolée, avec des étrangers ou des rencontres de passage. De nouveau, comme à l'époque de sa jeunesse autour des feux de camp scout ou de l'instruction militaire, il écoutait en fixant les flammes. Ici aussi on passait la moitié de la nuit à parler de choses et d'autres : le temps qui passe, la famille, l'honneur, le destin, l'hypocrisie, les horreurs que les hommes se font à eux-mêmes et aux autres à cause de leurs exigences exorbitantes ou, au contraire, par indifférence.

Théo buvait peu et participait à peine à la conversation. De loin en loin, il lui arrivait de raconter une anecdote survenue lors d'une des guerres d'Israël ou de réciter un verset de la Bible qu'il jugeait opportun. Au petit matin, quand tout le monde se dispersait et qu'il s'apprêtait à se fondre dans l'obscurité, il y avait presque toujours une femme qui lui proposait de l'accompagner.

Il se mêlait parfois à la cohue pour observer la foule en liesse : à l'occasion de la fête de la Vierge de Guadalupe, de la fête du général Saragossa ou de la fête des clameurs – les gens dansaient une grande partie de la nuit, buvaient, se cachaient derrière d'horribles masques grimaçants et aguicheurs, dans le crépitement des feux d'artifice et des salves tirés dans l'air moite, au son des tambours rythmant des airs tristes qui se tordaient d'une passion terrible et violente jusqu'au petit matin.

N'ayant pas de grands besoins, il virait tous les mois la plus grande partie de son salaire à une banque de Toronto. Tel un artisan itinérant, il allait, ces années-là, d'un village perdu à un autre, plus isolé encore. Il passait la nuit dans des villages misérables, au pied de volcans éteints ; un jour, il assista à une éruption. Lors de ses voyages, il lui arrivait de traverser des forêts grouillantes, sous des voûtes épaisses de fougère et de lierre. Ici et là, il s'entichait d'une rivière solitaire ou de collines escarpées où la forêt semblait avoir sauvagement planté ses racines griffues. Parfois, il se posait quelque part une quinzaine de jours et, couché dans son hamac à longueur de journée, il observait les rapaces tournoyer dans le ciel vide. La nuit, une adolescente, ou une jeune femme, venait partager son hamac en apportant, il ne savait d'où, du café brûlant dans deux immenses mazagrans. Ces nuits-là, il avait l'impression que le passé et le futur étaient des maladies contagieuses, lents fléaux destructeurs plongeant l'humanité dans la démence. Tout heureux de découvrir qu'il n'avait pas été contaminé, il se croyait immunisé.

L'instant présent – le moment où il voyageait, dormait, faisait l'amour ou, tandis que, bien réveillé, recroquevillé dans un manteau de cuir râpé, il était assis en silence sur le siège, près de la fenêtre d'un long-courrier pratiquement vide effectuant un vol de nuit – ne lui réclamait apparemment que la conscience de son existence et de ce qui se passait autour de lui. Comme de l'eau perlant lentement à travers des paupières qui se ferment de fatigue.

Parfois, il était saisi de la peur, ou plutôt de la crainte diffuse que, faute de souffrances, il risquait de passer définitivement à côté de quelque chose. Il n'avait pas la moindre idée de ce dont il était question, ni du bien-fondé de ses angoisses. Il lui semblait aussi qu'il oubliait quelque chose d'important et que plus il s'acharnait, plus sa mémoire défaillait. À Trujillo, au Pérou, il nota sur une feuille de papier à lettres à en-tête de l'hôtel cinq ou six questions qu'il rédigea en hébreu : « S'agit-il de l'amenuisement des forces vitales ? de sécheresse ? de sclérose ? d'exil ? » Deux ou trois heures plus tard, il inscrivait la réponse : « À supposer que tel soit le cas, pourquoi pas ? Quel mal y aurait-il ? »

Là-dessus, il reprit son hibernation tropicale.

Sur le plan professionnel, en revanche, il était aussi vigilant qu'un cambrioleur dans la salle des coffres. Quand, par exemple, il s'enfermait trois ou quatre jours d'affilée dans le grenier d'une auberge ou, en ville, dans l'élégant bureau mis à sa disposition par la compagnie, il dessinait, écrivait, remaniait, il se livrait à de multiples calculs et, électrisé, survolté, il ne dormait plus et se coupait du monde, ne prenant même pas la peine de relever la tête quand une jeune beauté se glissait dans son antre pour lui apporter du café ou le plateau de son déjeuner et que, tendue, elle le fixait du regard dans l'expectative, comme si, du bout de ses seins, elle absorbait l'énergie qui irradiait de sa personne, avant de tourner les talons, son attente déçue. De temps à autre, lors d'une réunion où il exposait un projet devant les instances décisionnaires, il rayonnait d'une sorte de flamme intérieure, froide et acérée, qui lui ralliait tous les suffrages. Il éprouvait dans ces moments-là un bonheur parfait : son génie inventif s'enflammait, tels les filaments incandescents d'une ampoule de forte intensité. Comme si, en un lieu reculé et secret, au cœur de la forêt, coulait une source sur laquelle il n'avait aucun contrôle, elle jaillissait, s'évanouissait, pour réapparaître plus loin en creusant un sillon définitif, indélébile, obéissant à des lois incompréhensibles qui vous gouvernent et sur lesquelles vous n'avez aucune prise.

Au cours de ses expéditions dans de lointaines régions montagneuses ou sur la côte caraïbe où il étudiait le terrain, surveillait l'avancée des travaux, improvisait çà et là une modification, selon l'inspiration du moment, épuisé, il lui arrivait de passer plusieurs jours et plusieurs nuits au fond d'un hamac, derrière une cabane. Parfois, vers minuit, il se relevait et s'en allait, pieds nus, rejoindre des inconnus qui discouraient de l'amour, du mensonge et des aléas de la vie autour d'un feu de bois. C'est là que, dans la cour d'une misérable auberge, en buvant des sodas en compagnie d'ouvriers, de techniciens, de colporteurs et de filles, sous un étrange ciel nocturne prêt à s'embraser brusquement dans un feu d'artifice d'étoiles filantes dans une extase aussi intense qu'éphémère, il fut abreuvé d'histoires où il n'était question que de passion et de désespoir. Ces deux entités, le désir et le désespoir, ressemblaient à un couple d'acteurs ambulants interprétant chaque soir, infatigablement, devant un public improvisé dans des tavernes ou les cours d'auberges isolées, la même pièce, que Théo regardait sans jamais se lasser, ni manifester non plus la moindre émotion.

Quand, dans un lit ou au fond d'un hamac, il faisait l'amour avec une femme qui lui avait fait des avances et qui, la plupart du temps, avait vingt ou trente ans de moins que lui – prenant son temps et ne laissant rien au hasard, il savait prolonger le plaisir et guidait habilement sa partenaire par des sentiers détournés, à travers bois –, il lui arrivait parfois, au sommet de l'ivresse, d'éprouver un violent désir de paternité. Il manifestait alors à la jeune fille étendue à ses côtés un amour très éloigné de l'acte charnel et inattendu chez de parfaits étrangers : une affection quasi paternelle. La jeune personne avec laquelle il se comportait de la sorte ressentait tout d'abord une crainte mêlée d'étonnement, puis elle paniquait, violemment troublée, comme si l'on venait de pénétrer le secret de sa moelle épinière. Leurs deux corps atteignaient des sommets que la seule passion ne pouvait atteindre, il leur semblait que la rivière ne coulait plus au pied de la cabane mais y prenait sa source. Au matin, il redevenait lui-même : un étranger courtois. Aimable, attentionné, distant. Il devait repartir.

En février 1981, je me rendis à l'ambassade d'Israël à Caracas pour récupérer une enveloppe contenant des informations expédiées par le bureau de Tel-Aviv. « Votre lettre est dans le coffre du chef de la sécurité qui n'arrivera pas avant une demi-heure ou une heure », m'apprit très gentiment la nouvelle secrétaire – on aurait dit qu'elle voulait rassurer un malade après les mauvais résultats de ses examens. Pour patienter, elle m'invita à m'asseoir sur une chaise en osier tressé, m'offrit, sans que je lui eusse rien demandé, un café si fort qu'on l'aurait cru alcoolisé, et réussit très vite à me faire comprendre que je l'intéressais. « Restez encore un peu. Je vous trouve passionnant », me dit-elle sans la moindre gêne, de sa voix juvénile, dix minutes après mon arrivée.

Elle n'était pas très grande, ses gestes étaient harmonieux, sa longue chevelure blonde, tel un rideau, dansait légèrement sur son front et elle portait une robe imprimée de couleurs vives.

Quand elle se leva pour servir le café, sa robe virevolta autour de ses chevilles et je remarquai qu'elle se tenait très droite, mais sans ostentation ni raideur. M'ayant discrètement fait comprendre que je stimulais sa féminité – vous me plaisez, je suis sous le charme, pourquoi le nierais-je ? –, je découvris à ma grande surprise que je rentrais dans son jeu presque à mon insu. Dire que, durant toutes ces années, j'avais soigneusement évité les Israéliennes, surtout les Telaviviennes cultivées, dynamiques, qui exprimaient des opinions tranchées sur tout et n'importe quoi. Au cours de mes pérégrinations, j'avais été séduit par les filles des tropiques à la féminité hypnotique, parfois larvée, telle une sombre flamme empêtrée dans la fière nature hispanique. Et voilà que cette femme énergique, aux cheveux clairs, aux yeux verts, à la voix cristalline, au regard rayonnant d'une joie non déguisée dont j'étais la cause, à la vitalité débordante, cette femme généreuse qui bougeait les épaules et les hanches comme pour me dire : « Regarde mon corps », éveillait en moi quelque chose, pareil à l'élan tranquille qui vous anime en retrouvant un ami d'enfance. Et aussi le brusque désir de l'impressionner. Et pourtant, durant toutes ces années, je n'avais jamais fait d'effort, et je n'avais jamais eu à en faire, pour plaire à une femme.

Il me fallut à peine dix minutes pour apprendre qu'elle enseignait la littérature, qu'elle était née et avait vécu, jusque tout récemment, dans un village, à l'est de la vallée de Hefer, qu'elle avait mis un temps fou avant de commencer vraiment à vivre, je la cite, parce qu'elle s'était occupée d'un père infirme, violent et infantile, qu'elle n'avait pratiquement pas de famille et qu'elle s'appelait Noa. « Vous, c'est Théo, j'ai entendu parler de vous, on raconte toutes sortes d'histoires à votre sujet. » En bref, les choses s'étaient assez mal passées pour elle à Tel-Aviv, inutile d'entrer dans les détails, et, grâce à des amis, elle avait trouvé un travail à mi-temps à l'ambassade, ainsi qu'un emploi d'institutrice pour les enfants de la petite communauté israélienne. « C'est vrai, le café que j'ai préparé tout à l'heure était radioactif, comment l'avez-vous deviné ? J'y ai mis une poudre de racine indienne, non, ça ne ressemble pas vraiment à la cardamome yéménite, c'est plus fort, et j'ai ajouté un demi-verre de cognac français. Je vous ai révélé presque tous mes secrets. Évidemment je ne vous ai pas demandé votre avis à propos de ce que je devais mettre ou pas dans le café : j'aurais dû ? Vous en voulez une autre tasse ? Vous n'avez pas l'air de quelqu'un qui ne tient pas l'alcool et perd facilement la tête. Au contraire. Ça ne doit jamais vous arriver. »

Quand le chef de la sécurité arriva et m'eut remis l'enveloppe, je les remerciai tous les deux, les saluai et m'apprêtai à partir. Elle n'avait pas du tout l'intention de baisser les bras : « Attendez, Théo. On dit que vous vivez avec les Indiens depuis dix ans. Vous voulez bien m'emmener les voir ? Vous ne perdrez pas au change, si vous acceptez, je vous apprendrai comment on peut soulager la douleur par le contrôle de la respiration. »

Je crus qu'elle faisait partie de quelque secte mystique, comme il y en avait beaucoup à Tel-Aviv. Je décidai de tenir à distance ce professeur vif-argent et ces trucs pour contrôler la respiration. Pourtant, j'acceptai de l'accompagner le soir même à un concert donné par l'Orchestre et les chœurs de Berlin, elle avait deux places – sans moi, elle n'aurait pas pu y assister, une femme seule ne sortait pas ici le soir –, elle m'assura qu'il y avait Schubert au programme : la *Messe en si bémol majeur*. Il y avait des années que je n'avais écouté du Schubert, sauf au casque d'un petit magnétophone que j'emportais partout avec moi.

Ce soir-là, elle m'avoua qu'elle n'avait jamais fait le moindre exercice respiratoire : je lui plaisais et elle ne voulait pas me perdre. Si j'y tenais vraiment, elle s'inscrirait à des cours par correspondance afin de pouvoir tenir sa promesse. « Plaire » n'était d'ailleurs pas le terme adéquat. Elle avait vu que je me barricadais dans ma forteresse et avait décidé d'essayer de me dégeler. Elle n'arrivait toujours pas à trouver les mots justes, « barricader », « forteresse ».

« C'est votre faute, Théo, si je me mets à employer de grands mots. C'est ridicule ? Vous ne devez vous en prendre qu'à vous-même. Voyez ce que vous avez fait. C'est à cause de vous que je me tourne en ridicule. Et que je rougis, en plus. Voyez. »

Après le concert, elle m'invita à manger une grillade de veau dans un restaurant qui, à ce qu'on disait, était l'un des meilleurs du Nouveau Monde. À part nous, la salle était vide, lourdement ornée de décorations folkloriques, et les serveurs étaient déguisés en gauchos. Un simple piège à touristes. La viande et le vin étaient insipides. La bougie qui éclairait notre table sentait affreusement le graillon. L'Orchestre de Berlin avait bien joué la *Messe* de Schubert, mais au précédent concert. En outre, ce soir-là, elle avait perdu le talon d'une de ses chaussures et, en sortant du taxi, sa montre m'avait écorché le front. « C'est foutu », soupira-t-elle avec un pauvre sourire sous le lampadaire qui éclairait l'entrée de la maison de la famille – des coreligionnaires – qui l'hébergeait, « pour le village indien, c'est raté. »

Le dimanche suivant, un cordonnier itinérant remplaça le talon cassé par un autre, dépareillé, et je l'emmenai, dans une Jeep de la compagnie, voir un village indien non loin de Calabozo. Le trajet dura dix heures aller et retour. Nous assistâmes à un mariage moitié catholique, moitié païen : au cours d'un rite ténébreux, extatique, au son d'étranges mélopées qui, parfois, sonnaient comme des sanglots, on maria une jolie fille à un jeune homme à demi évanoui – on avait dû le droguer – qui ne devait pas avoir plus de quinze ans. Le lendemain, je reprenais l'avion pour Mexico. Nous nous revîmes chaque fois que je revenais à Caracas, je lui apportais une bouteille de cognac Napoléon pour qu'elle ait quelque chose à mélanger à son café magique, en plus de sa poudre indigène extraforte. Au lieu du secret du contrôle de l'âme qu'elle avait inventé pour me retenir le premier soir, j'en découvris un autre, fascinant : lorsqu'elle rencontrait des inconnus, fût-ce fortuitement, elle décelait immédiatement en eux la méchanceté. L'hypocrisie. Ou la générosité. Même chez des gens qui me semblaient complexes, énigmatiques, dissimulés derrière une façade aimable ou cachés derrière un apparent magnétisme, elle savait immédiatement démêler le vrai du faux : méchant, sincère, généreux, fossilisé, telles étaient les catégories dans lesquelles elle rangeait le monde. Il y avait aussi le chaud et le froid. En fait, elle classifiait moins les gens qu'elle ne les situait, de même que les lieux ou les opinions, sur une échelle de température. On aurait dit qu'elle notait les devoirs de ses élèves d'après un barème oscillant entre quarante et quatre-vingt-dix.

« Qu'est-ce que ça veut dire ? m'écriai-je. C'est un tribunal de campagne ? Le conseil du peuple ?

— C'est simple, répliqua Noa. Quand on veut distinguer le bien du mal, on y arrive sans peine. Quand on ne le veut pas, c'est le signe qu'on préfère l'ignorer. Tu me plais vraiment beaucoup. J'ai l'impression que c'est partagé. Mais tu n'es pas obligé de me répondre là-dessus. »

Ne se trompait-elle donc jamais dans ses

jugements à l'emporte-pièce ? Avait-elle toujours raison ? Ou seulement de temps en temps ? J'étais incapable d'en juger car je me mis à voir les gens à travers son prisme : glacials, chauds, tièdes, généreux, méchants, charitables. « Et moi ? Suis-je chaud ou froid, Noa ? » Aurais-je dû éviter de lui poser la question ? « Tu es chaud mais tu te refroidis, répondit-elle du tac au tac. Ça ne fait rien, avec moi, tu vas vite te réchauffer. Pour le reste, ça peut aller, ajouta-t-elle. Tu es peut-être un peu autoritaire. Et un virtuose de la Jeep, aussi. Ce n'est pas de la conduite, ça, c'est du rodéo ! »

Il m'arrivait de la voir comme la première fois, lors de la fameuse scène de séduction à l'ambassade : une institutrice israélienne dynamique, douée, déterminée. Sa beauté semblait inscrite sur elle en lettres capitales. Il émanait d'elle un léger parfum de forêt qui l'entourait d'un halo ténu, quasi palpable. Mais je ne trouvais rien en elle de repoussant, ni de déplaisant. Au contraire, en sa présence, je ressentais parfois une sorte d'exultation enfantine : tel un animal perdu qu'on a recueilli à la maison pour le soigner. J'appris à connaître l'extraordinaire diversité de son registre : elle était tour à tour maternelle, juvénile, séductrice et, la plupart du temps, affectueuse comme une sœur. En outre, elle avait un humour puéril « le cheval est le héros de l'histoire des peuples latins », humour qui suscitait en moi l'étrange impulsion de lui couvrir les épaules. Même quand il ne faisait pas froid. De fait, la première chose que je lui offris fut un châle en laine des Caraïbes. En le posant sur ses épaules blanches et délicates – elle avait une petite tache de naissance brune sur la nuque –, j'éprouvai un indicible plaisir : on aurait dit que ce n'était pas moi qui accomplissais ce geste mais elle qui, soudain, m'enveloppait tout entier.

Un beau jour – nous visitions les ruines d'une église obscure, datant des premiers colons, et, à mon habitude, je lui faisais un rapide exposé sur le sujet –, elle me coupa par ces mots : « Tu vois comme c'est facile avec toi maintenant, Théo. »

Je frémis, comme un adolescent à qui une amante experte révèle, par manière de plaisanterie, qu'il est apparemment très doué pour ce qui va en faire la coqueluche de ces dames. Je me penchai pour déposer, faute de mieux, un baiser sur ses cheveux. Elle ne me le rendit pas mais rougit et éclata de rire. « Regarde, Théo, c'est drôle, on dirait que ta moustache autoritaire s'est mise à trembloter. » Quand nous nous sommes connus à Caracas, j'avais cinquante-deux ans et, en trente ans, j'en ai connu, des femmes, je peux dire que je suis devenu expert dans les subtilités de la chair et que je possède un répertoire qu'elle ne peut imaginer, même dans ses rêves les plus fous, si tant est qu'elle en ait, ce dont je doute. Pourtant, les mots qu'elle prononça parmi les ruines de l'église : « Tu vois comme c'est facile avec toi maintenant », me touchèrent au point que j'eus toutes les peines du monde à me rappeler que je m'étais arrêté au XVIIIe siècle et que je devais encore lui apprendre que l'église et la ville avaient été entièrement détruites lors du tremblement de terre de 1812 et lui parler de la constante au centre du renversement des alliances entre l'Église, les services secrets, les maoïstes, l'armée, les libéraux et la garde républicaine. Je repris donc opiniâtrement mon exposé avec force détails et digressions, mon enthousiasme m'entraînant jusqu'aux mythes borgésiens, jusqu'à ce qu'elle s'exclame : « Assez pour aujourd'hui, Théo ! je n'en peux plus ! »

En quatre mois, nous nous vîmes peut-être sept ou huit fois, nous fréquentâmes les galeries, les concerts, les restaurants – depuis le désastreux dîner du premier soir, nous étions implicitement convenus que, désormais, c'était moi qui choisirais –, et, certains dimanches, nous partions en Jeep dans la cordillère du littoral. Son espagnol était très succinct, mais, après m'avoir entendu échanger quelques mots avec un pompiste ou un technicien du bureau, elle affirmait sans hésiter que celui-ci était un fieffé menteur et que celui-là, le gros, aimait ses semblables mais en avait un peu honte, de là sa grossièreté apparente. « Qu'as-tu dans le ventre, Noa ? Un sismographe ? Un détecteur de mensonges ? » Elle ne se pressa pas de répondre. Quand elle s'y décida enfin, je ne vis pas le rapport : « J'ai grandi entre un père paralysé et une tante qui était devenue folle à force d'idéal, j'étais bien obligée d'être observatrice. »

À la fin de la soirée, je la raccompagnai à l'appartement, au rez-de-chaussée, que l'ambassade louait pour elle à une famille juive aisée. Nous nous séparâmes au portail en nous souhaitant bonne nuit avec un baiser sur la joue ou sur le sommet du crâne – elle se hissa sur la pointe des pieds tandis que j'inclinai la tête, humant le parfum de forêt de ses cheveux. Je m'aperçus que mes déplacements me conduisaient de plus en plus souvent à Caracas. Je lui offris des bas de laine et un pull en poil de lama. Elle me donna un pot de miel. Une nuit de printemps, à cause d'un violent orage et d'une coupure de courant qui se prolongeait, elle décida que, cette fois, je resterais : elle avait un canapé convertible. Elle me fit asseoir sur son lit, la pluie giflait les vitres comme une volée de pierres, elle alluma une lampe à gaz, me versa un peu de cognac, me proposa des fruits, une serviette en papier puis, se ravisant brusquement, elle éteignit la lumière et s'avança vers moi en disant que ma cour avait assez duré et qu'elle voulait coucher avec moi. Elle se mit à déboutonner ma chemise. Une vague de chaleur me submergea, mêlée de désir et de l'envie folle de la protéger. Elle était très directe en amour, ouverte, et curieuse aussi, décidée à m'étudier à fond, à sauter les préliminaires, à se mettre à nu très vite, à avoir prise sur moi cette nuit même.

Après l'amour, elle s'endormit immédiatement,

sur le ventre, comme un bébé, la tête enfouie au creux de mon épaule.

« Tu as aimé, hein ? dit-elle au matin. On aurait dit un jeune poulain. Moi aussi, d'ailleurs. »

Après la nuit de l'orage et celles qui suivirent, j'étais toujours certain qu'il n'y aurait pas de relation stable entre nous. Je me voyais finir ma vie en solitaire. Mais, avec elle, j'avais rompu l'accord tacite que, pendant toutes ces années, j'avais conclu avec les autres femmes rencontrées dans des hôtels, des villages, au fond d'un hamac, dans les auberges de la compagnie, un accord en deux parties : du plaisir, dans la mesure du raisonnable, et la séparation. Au contraire : une franche amitié, distrayante, nous liait depuis la fameuse nuit de l'orage. Les choses allaient de mieux en mieux, pour elle comme pour moi. C'était une étrange expérience car, jusque-là, je n'avais jamais cru en l'amitié, surtout entre un homme et une femme. L'intimité, oui, le désir, une sorte de jeu, une éphémère tendresse, le plaisir pour le plaisir, donnant, donnant, tout cela m'était depuis longtemps familier, le plaisir étant indissociablement lié à un certain trouble. Les limites étant, d'emblée, clairement définies. Quant à l'amitié, *comme les doigts de la main*, selon la formule convenue, une relation exempte de trouble, une frontière ouverte, je n'aurais jamais imaginé pareille chose possible entre un homme et une femme. Ni entre aucun être humain, d'ailleurs. Et survint Noa et ses robes d'été multicolores qui se boutonnaient devant en soulignant son corps flexible et tournoyaient autour de ses jambes, sa mine rieuse, m'assenant parfois une bourrade sur l'épaule dans un geste amical, sa sexualité profonde et simple, tel du bon pain chaud, elle aimait se déshabiller au beau milieu du jour, au bord d'une rivière, dans une clairière, impudique pour tout ce qui concernait la chair, l'argent ou les sentiments, on aurait dit qu'elle avait décidé de m'émanciper.

Il m'arriva de rester chez elle trois jours et trois nuits.

« Écoute, dis-je, au moment de partir pour l'aéroport, je te laisse quatre cents dollars sur l'étagère, prends-les, sans façon, de toute manière, je les aurais déboursés pour l'hôtel. Reconnais que tu as du mal à joindre les deux bouts.

— Bon, fit Noa. D'accord. Merci. »

Après réflexion, elle calcula que les trois jours que j'avais passés chez elle ne lui avaient coûté que cent dollars maximum.

« Et alors, repris-je, tu as loyalement gagné le reste. Tu pourrais t'acheter une télévision, considère ça comme un cadeau pour que tu puisses enfin te mettre à l'espagnol, le soir.

— Une télévision, dit Noa, oui, mais, ici, ça coûte au moins six cents dollars et je n'ai pas de quoi payer la différence. »

J'appréciai cette attitude. J'aimais aussi quand elle me tournait le dos deux heures durant – j'avais beau insister, rien n'y faisait – pour se pencher, avec une intense concentration, sur les cahiers de ses élèves à qui elle avait promis de rendre leurs devoirs corrigés le lendemain matin. Même quand nous n'avions qu'une seule soirée devant nous. Un jour, relevant brusquement la tête de ses copies, elle me lança : « Tu simplifies trop, ça ne marchera pas avec moi. »

En avril, nous tombâmes tous les deux malades, moi le premier – une crise de paludisme. Une tique, ou un pou, nous avait probablement piqués lors d'une de nos expéditions dominicales. Elle me coucha dans son lit, m'accoutra d'une espèce de pyjama rayé en flanelle, me coiffa d'un bonnet de laine bleue, un bonnet de nourrisson indien qui me cachait le front et les oreilles, elle me couvrit de quatre couvertures, m'abreuva d'infusions brûlantes que sa folle de tante lui avait appris à préparer avec du suc de cactus et, pour me soigner, elle déserta quelques jours sa classe ainsi que l'ambassade ; emmitouflée dans une épaisse robe de chambre de grand-mère marron, elle s'asseyait à mon chevet et, d'une voix douce, soporifique, elle me parlait de son père, le lutteur paralysé, de sa tante, disciple de Tolstoï, de Yoshko, qui était devenu religieux, et d'un clown voyeur, nommé Golovoi ou Gorovoi. Le récit se compliquait, se brouillait et s'emplissait de brume blanchâtre tandis que je sombrais dans le sommeil. Je dormis trois jours entiers et, quand je me levai, j'étais rétabli mais j'annulai mon voyage à Veracruz parce que Noa était souffrante à son tour : c'était une malade capricieuse, elle replia ses poings dans chacune de mes mains, comme dans une enveloppe, et elle me défendit de les ouvrir pendant des heures, c'était le seul moyen qu'elle avait trouvé pour se réchauffer, les quatre couvertures et mon manteau de cuir, que j'avais étroitement boutonné autour de ses jambes, se révélant inefficaces. La maladie nous avait rapprochés au point qu'elle me pria de lui ramener d'une pharmacie de Mexico une pommade allemande contre les mycoses vaginales. À Pâque, je l'emmenai au sud de Tabasco pour voir le site d'une ville moderne, entourée de six nouveaux villages, dont on venait de commencer la construction d'après les plans que j'avais dessinés.

« C'est admirable ou plutôt non, humain ! s'écria Noa. Dommage qu'en Israël on ne se soit pas souvenu à temps qu'on pouvait construire comme ça.

— Peut-être qu'on n'a pas besoin de ce genre de construction là-bas, dis-je, en tout cas pas de ces espèces de casernes qu'on y bâtit. Le paysage est différent en Israël. À propos, depuis quand "admirable" est-il le contraire d'"humain" ?

— Écoute, on dirait un couple de professeurs sans enfants qui passe son temps à se reprendre l'un l'autre, fit Noa en sautant apparemment du coq à l'âne. Ce ne sera pas facile mais, au moins, ça risque d'être amusant. »

En juin, à la fin de l'année scolaire, elle déclara soudain :

« Pour moi, c'est terminé ici. Je rentre à Tel-Aviv. Tu viens ?

— Écoute, dis-je, ce n'est pas si simple, j'ai un contrat jusqu'à la fin décembre et des projets en cours à Tabasco et à Veracruz, en plus, je n'ai rien à faire en Israël.

— Moi non plus, renchérit Noa. Tu viens ou tu restes ? »

Nous débarquâmes à Tel-Aviv en juillet, l'air était étouffant. La ville en ébullition m'horrifia au premier regard. Après dix ans d'absence, je la trouvais plus laide que jamais : une succession de banlieues sales et excentrées. Les guerres, les palabres, l'avidité, les divertissements tapageurs et toujours le même amalgame malsain d'esprit missionnaire, d'arrogance et de misère. Nous louâmes un deux-pièces meublé, rue de Prague, derrière le dépôt des autobus, et défîmes nos valises. Le soir, nous allions faire de longues promenades au bord de la mer. La nuit, nous essayions les restaurants. Un jour d'août, elle assista à un séminaire de professeurs dans le Néguev. « Si nous allions vivre à Tel-Kedar ? proposa-t-elle à son retour, le soir même. Le bout du monde, le désert qui ressemble à un océan et où tout est possible. Tu viens ? »

J'hésitai près d'une semaine. Je me rappelai Tel-Kedar, à l'époque où la ville n'existait pas encore. À la fin des années soixante, j'avais travaillé quelques semaines dans un camp de tentes entouré de barbelés – une fois par jour, un camion-citerne venait de Beersheva pour nous ravitailler en eau potable et en journaux. Trois semaines durant, de l'aube au coucher du soleil, j'avais arpenté de long en large un plateau dénudé et brûlé de soleil, au pied des falaises. La nuit, assis dans la tente de la compagnie, je traçais, à la lumière d'une lampe à gaz, l'ébauche d'un projet de ville au cœur du désert, une ville ramassée sur elle-même qui devait s'écarter du traditionalisme israélien et pour laquelle je m'étais inspiré de photographies des bourgades des régions désertiques du Maghreb. Nimrod Finkel haussa les épaules en voyant les maquettes. « Théo semblable à lui-même, il rêve, il s'emballe, c'est brillant, original, créatif, mais... comme d'habitude, il oublie que les Israéliens veulent un style israélien. Désert ou pas. Dis-moi, Théo, à ton avis, qui a envie de retourner en Afrique du Nord, ici ? Les Polonais ? Les Roumains ? Ou les Marocains ? Surtout pas eux. Et mets-toi dans le crâne, une bonne fois pour toutes, qu'on ne va pas créer ici une cité d'artistes. »

C'est à peu près de cette façon que se termina ma contribution à la construction de Tel-Kedar, au cœur du désert. Je n'avais jamais eu la moindre envie de venir voir ce qu'on y avait fait, j'imaginais des alignements de bâtiments préfabriqués rigoureusement identiques, posés sur des pilotis de béton, avec des stores coulissants aux balcons. Les pilotis de béton seraient évidemment hérissés de panneaux de toutes sortes, de boîtes aux lettres et de containers pour la collecte des vieux journaux au bénéfice de l'Association pour le bien-être du soldat. Sans parler des rangées de poubelles, logées dans des cubes de béton devant chaque maison.

« D'accord, dis-je à Noa, une semaine plus tard. Pourquoi pas ? Essayons. » Quelque chose en moi désirait la suivre dans le désert. Ou n'importe où. Je vidai la moitié de mon compte canadien et convertis la somme en obligations, actions et autres placements, achetai cette maison et me portai acquéreur d'une propriété à Herzliya, qui me rapporte mille dollars par mois. Noa trouva sans peine un poste de professeur de littérature au lycée. J'ouvris un petit bureau d'urbanisme. Sept ans ont passé, et nous sommes toujours là, comme un couple qui, ses enfants péniblement élevés, se contenterait d'arroser paisiblement ses fleurs en attendant la visite de ses petits-enfants. Nous avons meublé le salon d'un canapé, de fauteuils et d'un petit tapis blancs. Noa invite ses amis tous les vendredis soir – des collègues enseignantes et leurs maris, officiers de l'armée, le chef de l'orchestre local, un couple de médecins de mon âge, originaires des Pays-Bas, un ingénieur de la station de pompage, un peintre néocubiste naturiste qui refuse de porter des chaussures de cuir, et l'animatrice de l'atelier de théâtre. On parle de sécurité et des territoires. On se moque des ministres. On déplore la stagnation de la ville, l'élite est partie et a été remplacée par des gens pas vraiment recommandables. Peut-être que les nouveaux immigrants russes vont nous donner une nouvelle impulsion. Mais que vont-ils devenir ici ? Ils grilleront au soleil, tout comme nous. Noa offre à la ronde des fruits, des biscuits et son capiteux café sud-américain, mixture d'incantations et de cognac. Lorsque l'un des invités s'interrompt pour chercher un mot, Noa a l'habitude de s'engouffrer dans la brèche, elle complète la phrase en suspens, supplée au mot manquant ou à la pensée défaillante. Elle ne cherche pas à diriger la conversation, mais joue les ouvreuses qui se trouvent dans le passage à point nommé pour guider doucement les retardataires par le coude après l'extinction de la lumière et leur éviter de trébucher sur une marche traîtresse.

Au cours de la soirée, deux groupes distincts se forment : les hommes s'absorbent dans le déclin des valeurs sociales et les femmes échangent leurs impressions à propos d'une pièce ou d'un nouveau roman qui ont suscité une vive polémique dans la presse. L'unité se reforme parfois autour de tel ou tel scandale survenu dans les cercles artistiques de Tel-Aviv ou d'une récente émission de télévision, et il y a aussi les commérages dont Muki Peleg fait la plupart du temps les frais.

« Hier, j'ai vu une exposition de jeunes minimalistes à Rishon-Le-Zion, dit l'artiste de service, puis un spectacle en multimédia. L'art progresse à grands pas, la culture passe de classe, et il n'y a que nous qui nous volatilisons lentement au soleil. À Rishon, il y a aussi un charmant quartier piétonnier, des galeries, des clubs, des restaurants, les rues sont bien éclairées et animées, les fêtards qui rentrent de Tel-Aviv à minuit se retrouvent au café pour discuter des nouvelles tendances du théâtre, il n'y a que chez nous qu'on passe les soirées à jouer aux dés et à regarder la télé avant d'aller se coucher avec les poules.

— Si au moins on était câblé comme tout le monde, renchérit le professeur d'aérobic.

— Tu peux être sûre, ma chérie, qu'ils vont câbler les implantations des territoires bien avant nous, s'empresse d'ajouter son mari, le lieutenant-colonel. Nous, nous comptons pour du beurre.

— On pourrait faire venir cette exposition ici, suggère Noa. On réparerait l'éclairage et on transformerait le couloir de la maison des fondateurs en galerie. Et si on invitait de temps en temps un professeur d'histoire de l'art de l'université de Beersheva à venir nous faire une conférence ? »

Quant à moi, j'offre à boire avec une libéralité démocratique, vide les cendriers, place parfois une anecdote sur les Caraïbes ou donne un exemple de l'humour indien. La plupart du temps, je me contente d'écouter en silence. J'essaie d'anticiper les paroles de Noa après le départ des invités :

« Gentil ou méchant, chaud ou froid, désespéré.

— Tu simplifies trop les choses, se plaît-elle

à me répéter, tu ferais mieux d'observer plus attentivement ce qui se passe. »

À minuit, ou minuit et demi, on se sépare en se promettant de se revoir le vendredi suivant. Noa et moi débarrassons, faisons la vaisselle et nous attardons dans le salon pour siroter du vin chaud, l'hiver, ou un café liégeois, l'été. L'écran de ses cheveux blonds dissimule la moitié de son visage, mais le décolleté de sa robe imprimée découvre ses frêles épaules, pareilles à des feuilles jaunissantes en automne, là où l'automne existe. En cet instant, tandis qu'elle se livre à des commentaires sur ses amis qui viennent de partir, je brûle de nouveau de recouvrir d'un châle ses épaules où une petite marque brune apparaît à la naissance de sa nuque gracile. Comme d'habitude, je me mets à lui faire une cour patiente. Je me laisse subjuguer par le parfum de la forêt. Assis à la table de la cuisine, il nous arrive d'évoquer, jusqu'à 2 h 30, les splendides paysages de la cordillère du littoral que nous allions voir le dimanche. Puis Noa m'interrompt au beau milieu d'une phrase : « Assez parlé, viens faire l'amour. » Elle m'ôte ma ceinture, nos vêtements, niche sa tête au creux de mon épaule et pose mes doigts sur ses lèvres. Nous menons une vie calme et paisible. Le salon est meublé d'un tapis blanc et de fauteuils clairs, séparés par un lampadaire monté sur un support de métal noir. Des plantes vertes garnissent un coin de la pièce. Nous faisons chambre à part la nuit parce que nous n'avons pas le même rythme de sommeil.

Le samedi, quand il fait beau, je la réveille à 6 h 30, nous nous habillons, avalons une tasse de café, nous chaussons nos baskets et partons voir ce qui se passe dans le désert, nous marchons une heure ou deux le long d'un *wadi* et revenons par un autre. Au retour, nous mangeons un morceau sur le pouce, dans la cuisine, nous faisons la sieste jusqu'au milieu de l'après-midi, puis elle se met à préparer ses cours et à corriger des copies d'un air concentré tandis que, dans mon coin, j'observe le stylo rouge trembler entre ses doigts qui ont vieilli avant l'heure, comme s'ils avaient trahi son corps d'adolescente. Un jour, je lui ferai une surprise : un petit bureau qu'elle mettrait dans un coin de sa chambre. Mais je ne suis pas pressé, je veux jouir le plus longtemps possible de sa présence dans la cuisine. En attendant qu'elle termine ses corrections, je prépare un léger repas, j'allume la télévision et nous regardons ensemble le film français du samedi après-midi. Le soir, nous allons parfois au café ou au cinéma. Nous nous promenons encore une demi-heure sur la place pour profiter de la brise du soir. Nous rentrons à la maison écouter un peu de musique à la cuisine. La semaine recommence le lendemain. Il en va ainsi depuis sept ans. Durant tout ce temps, nous avons soigneusement évité les deux baladins maudits qui revivent indéfiniment leur passion – égarement, souffrances et anéantissement. Jusqu'à ce que cet étrange lycéen trouve la mort dans un accident – apparemment, il se droguait –, à moins qu'il ne se soit suicidé, le doute subsistait, et, au lieu d'un album à sa mémoire, elle avait accepté de participer à la fondation d'un centre de désintoxication en souvenir du disparu. Le père éploré avait promis un don conséquent et, pour une raison inconnue, c'était elle qu'il avait choisie pour mettre sur pied une sorte de comité consultatif. Vu sa parfaite ignorance en matière de comités et de relations publiques, elle devait s'attendre à de cuisantes déceptions que j'aurais voulu lui éviter, sans savoir comment m'y prendre. Quand je tentai de l'avertir, avec beaucoup de précautions, je ne récoltai que de la colère et des sarcasmes, réactions dont je la croyais incapable. J'essayai ensuite de lui prodiguer quelques conseils simples qui furent accueillis avec une répugnance acerbe. Elle n'accepta de ma part que de l'argent, un prêt, et encore distraitement, sans considérer mon geste comme une brimade ou un piège, cette fois.

Pour lui venir en aide, il me faut éviter toute tentative trop flagrante. Je dois me faire tout petit, comme si je voulais soulager la douleur par le contrôle de l'âme ; ce en quoi je ne devrais pas avoir trop de mal. L'étrange entreprise où elle s'est engagée lui tient de plus en plus à cœur – ce que Shlomo Benizri a surnommé « la prunelle de ses yeux ».

On dirait qu'elle a un amant.

Et moi ? Qui l'ai suivie jusqu'ici, au bout du monde, parce que c'est elle que je voulais, et nulle autre ? La sérénité du désert a fait place au pressentiment d'un danger imminent. Que je ne sais comment éviter puisque j'ignore d'où il viendra. Autrefois, il y a très longtemps, je m'étais porté volontaire pour participer à une patrouille en Jeep dans le désert, au mont Ramon, parce que j'avais décliné le poste de commandement d'une section du génie. C'était avant le tracé de la route et des pistes. Parfois, sous la clarté de la lune, on apercevait la silhouette d'une hyène ou un petit troupeau d'antilopes qui, aux premières lueurs de l'aube, paraissaient pétrifiées sur une ligne de crête. Nous dormions tout le jour dans des anfractuosités et reprenions la traque le soir ou bien, la nuit, nous tendions une embuscade aux caravanes de contrebandiers qui traversaient le mont Néguev pour rejoindre les montagnes d'Édom en passant par le Sinaï. C'était en 1951 ou 1952. Nous avions un guide bédouin, un homme amer et taciturne, d'âge mûr, accoutré d'un uniforme en lambeaux de la police des frontières britannique : il savait suivre des traces même en terrain rocailleux. À l'odeur des crottes d'âne ou de chameau qui avaient séché au soleil, il était capable de nous dire qui était passé par là, quand, s'il était lourdement chargé ou non, et même de quelle tribu il était originaire. Il pouvait également préciser ce que les bêtes avaient mangé et où, et déterminer d'où venait la caravane, où elle se dirigeait et s'il s'agissait de contrebandiers. C'était un nain, très maigre, il n'avait pas le teint bistre mais gris-noir et les traits burinés, on aurait dit la cendre d'un feu de bivouac éteint. On racontait que sa femme et sa fille avaient été tuées lors d'un règlement de comptes entre tribus. On disait qu'il aimait désespérément une jeune invalide d'Ashqelon. Même les nuits où les nuages cachaient les étoiles et le sommet des montagnes, notre guide était capable de dénicher par terre une douille rouillée, une boucle ternie, une croûte de pain, des restes d'excréments humains, figés dans les cailloux noirs, un os caché entre deux rochers, et de deviner du bout des doigts de quoi il retournait. Nous ne lui avions jamais confié d'arme, probablement parce qu'il veillait toujours quand tout le monde dormait ; et, quand nous étions bien réveillés et impatients de nous mettre en chasse, que nous poussions les Jeeps à fond, emplissions les *wadis* de tirs de mitraillette assourdissants que nous renvoyait l'écho, du fond des ravins, c'est précisément le moment qu'il choisissait pour s'assoupir sur le plancher malpropre, à l'arrière de la Jeep, son menton de renard entre ses genoux, les yeux mi-clos, attendant le retour du silence qui draperait le paysage d'un voile de poussière grise. Une fois le calme revenu, il se réveillait sans mot dire, se levait d'un bond, nu-pieds, pliait l'échine comme s'il voulait mordre la poussière et s'éloignait en sautillant pour aller flairer une grotte ou un puits dont nous ne soupçonnions même pas l'existence. Il s'appelait Aatef, mais nous l'avions baptisé

« Leïla », puisqu'il semblait doué du pouvoir des créatures de la nuit. Nous évitions soigneusement de le nommer ainsi en sa présence : Leïla, en arabe, est un prénom de femme.

Je dénichai Muki Peleg au « California », en compagnie de routiers tonitruants, assis à la table qu'il surnommait « le conseil des docteurs de la Torah » : il avait oublié que nous avions prévu une réunion ce soir-là chez Linda. « Regardez, rincez-vous l'œil et admirez qui va là ! » s'écria-t-il à la cantonade avec un large sourire – on aurait dit qu'il posait avec le chef de l'État.

Roulant vers l'ouest, en direction du couchant, nous traversâmes la place. On donnait un film policier au cinéma « À Paris » : la fameuse comédie anglaise avait fait long feu. « C'est un film de gauche, commenta Muki, Linda m'y a traîné, mais nous sommes partis à l'entracte. À la place, nous sommes allés écouter de la musique cool chez moi, pour nous mettre en train, si tu vois ce que je veux dire. »

Je lui dis que je voyais très bien.

Ensuite, il me raconta qu'il avait investi trente-trois mille dollars dans le tiers des parts d'une agence de voyages qui organisait des expéditions avec sacs à dos pour des doux rêveurs, des jeunes, en Amérique du Sud. « Théo voudrait peut-être s'y associer, c'est notre spécialiste en Sombrero, non, je suis tombé dessus juste avant la liquidation, le tiers en ma possession représente en fait quarante ou cinquante pour cent, et si Théo y rajoute trente, on arrivera facilement à cent pour cent d'ici à la fin de l'année. »

Un calme vespéral régnait sur la place. Un léger vent d'est soufflait, on sentait presque l'air du large. Une voiture passait de loin en loin devant le parking. Une bande de moineaux tournoyait autour des réverbères, ils obliquèrent soudain vers l'est puis revinrent se poser sur les fils électriques. J'aime ce lieu sans prétention : les boutiques, les bureaux, les restaurants, les modestes vitrines, les édifices sans affectation. Le monument aux morts et la fontaine forment un tout harmonieux qui ne tranche pas avec le centre de Tel-Kedar. La place est en accord avec elle-même, tel un vêtement de tous les jours avec un jour ordinaire. La suggestion de Théo, sept ans auparavant, d'édifier ici une fontaine de basalte entourée de palmiers et de rochers noirs disposés en cercle ne m'avait guère emballée. Je m'étais bien gardée de le lui signifier, et l'idée avait évidemment été rejetée. On pense ici qu'il ne manque pas d'inspiration, mais qu'il plane un peu, il est beaucoup trop génial pour notre petite ville, le Sombrero. Il y a longtemps qu'on a cessé de le lui dire parce qu'il y a des années qu'il n'a plus soumis un seul projet.

« Quelle belle soirée, dit Muki. Comme toi, d'ailleurs.

— Merci. Des doux rêveurs, c'est pas mal comme trouvaille. À propos de musique cool, etc., tâche de ménager Linda. Elle est fragile.

— De l'amour, encore de l'amour, seulement de l'amour, s'exclama Muki en posant une main sur sa poitrine d'un air outragé. J'en ai à revendre, si jamais tu en as besoin, tu sais où frapper. Tu veux venir rêver avec moi ? »

La plupart des magasins étaient fermés. Une lumière parcimonieuse éclairait les vitrines. Des promeneurs flânaient sur la place : des couples, des parents avec leurs enfants, des mères poussant des landaus et quatre touristes en tenue de sport, la peau recuite au soleil du désert. En pantalon rouge et escarpins à hauts talons, la jolie Limor Gilboa était flanquée de deux soupirants qui lui parlaient en même temps. Ohad et Anat, un jeune couple – Anat était mon élève il n'y a pas si longtemps –, font des messes basses devant la boutique de Bozo. Pini Bozo a accroché dans la vitrine une photo de sa femme et de son enfant dans un cadre noir enchâssé de corail. Un soldat de dix-sept ans et demi, malheureux en amour, les avait tués d'une rafale de mitraillette ainsi que les clients qui se trouvaient là : il s'était barricadé derrière les présentoirs à chaussures et avait menacé de retourner l'arme contre lui. Un tireur d'élite, embusqué au « Top de la vidéo », en face, avait réussi à l'atteindre entre les yeux, exactement au milieu du front.

Assis sur les bancs publics, à côté du parterre de pétunias, quelques vieux conversaient à voix basse. Lupo, l'aveugle, se trouvait parmi eux, ex-officier des services secrets bulgares, il travaille la nuit au central téléphonique. Lupo se tenait à l'extrémité du banc, entouré d'une nuée de pigeons peu farouches, qui, juchés sur ses genoux et ses épaules, picoraient des graines de sorgho dans sa main. Son berger allemand somnolait près de lui, indifférent à l'agitation. Quand son pied heurtait l'échine de l'animal, l'aveugle s'empressait de s'excuser. La chaussée était déserte, et le feu tricolore fonctionnait à vide. Un officier, un jeune Éthiopien coiffé du béret de la brigade Guivati, lorgnait, bouche bée, la vitrine de la boutique de lingerie pour dames.

Les réverbères s'allumèrent au moment où nous traversions l'avenue Ben-Gourion – inutilement, car le soir tombait avec une infinie lenteur. La moitié du ciel s'embrasa de flammes pourpres qui s'effilochèrent en légers nuages de plume. L'appel d'une mère ordonnant à son enfant de rentrer immédiatement à la maison, un air nostalgique s'échappant du « Palerme », le grincement des frêles panneaux de fer-blanc agités par le vent d'est dominaient les bruits habituels du soir ; un profond silence tomba. Au bout de l'avenue, là où commence un terrain vague grisâtre, se dressaient deux bulldozers – l'un d'eux était gigantesque –, au pied desquels le gardien avait allumé un feu de broussailles qu'il contemplait en compagnie de ses trois chiens, couchés sur le sol, immobiles. Là-haut, un corbeau, qui paraissait pétrifié dans son envol, maculait de noir le crépuscule cotonneux.

Vingt ans auparavant, il n'y avait ici qu'un plateau désolé, entouré de collines grises. L'unique voie d'accès était une vague piste menant au site militaire de la vallée, derrière la falaise. Aujourd'hui, neuf mille âmes peuplent une petite ville brouillonne, uniforme, confuse, qui commence lentement à gagner du terrain sur le plateau : les quinze rues orthogonales débouchent sur le désert. Venus d'une trentaine de pays, les habitants résident dans cinq quartiers symétriques : ils travaillent, fréquentent le café, souscrivent des plans d'épargne, changent leurs bébés, remplacent les rideaux ou les capteurs solaires et agrandissent leurs balcons. Comme s'ils étaient là de toute éternité. Il y a un dispensaire, une bibliothèque, un hôtel, quelques entreprises et, depuis peu, un quatuor venu de Kiev. « C'est prodigieux, avait dit Avraham Orvietto lors de sa première visite après le drame, c'est presque un miracle, un petit miracle en tout cas. Emmanuel aimait Tel-Kedar. Il s'y sentait chez lui. »

Les jardinets ont été aménagés avec de la terre qu'on a fait venir de loin en camions et dont on a recouvert le sol rocailleux, tel un pansement. Mais la poussière revient sans cesse à la charge, comme si elle tentait de reconquérir son royaume. Pourtant, les jardins tiennent bon. Quelques arbres ont réussi à atteindre les toits.

Des moineaux sont venus y nicher. À 19 heures, quand le soir décline et que le ciel est encore frémissant, la rue du Président-Shazar semble calme, intime, presque tendre. On entend dans les plates-bandes le gargouillis des pipettes d'irrigation, actionnées simultanément par de brèves impulsions électriques commandées par ordinateur. Au coucher du soleil, les tourniquets se mettront en route dans le petit square public et un projecteur, dissimulé au milieu des bosquets d'hibiscus, illuminera la façade de la maison des fondateurs.

Accroché à un balcon, nous aperçûmes un panneau en carton, portant en lettres manuscrites l'inscription : « À vendre ou à louer ». « C'est la nouvelle agence, les frères Barjaluni, commenta Muki. C'est un miracle qu'ils n'aient pas écrit "vendre" avec un a. » J'avançai que j'aimais assez l'idée de vivre dans un lieu créé vingt-cinq ans après ma naissance, « un site tout neuf où l'on pouvait voir les choses se transformer ».

« Qu'est-ce que tu racontes, Noa ! s'exclama Muki en riant. Vingt-cinq ans, mais on t'en donne trente-trois et demi, au maximum, pas un jour de plus, et tu rajeunis à vue d'œil, tu auras bientôt dix ans si tu continues. Ah, tu rougis encore ? Ou c'est juste une impression ? Écoute, reprit-il sur un autre ton. Un jour, je me pencherai sur le problème et j'inventerai de mes onze doigts un système qui modifiera, ou camouflera, tous ces capteurs solaires et ces foutues antennes de télé. Le paysage prendra une autre allure.

— Les pins auront poussé d'ici là et nous aurons une superbe perspective, avec les montagnes et les falaises à l'horizon.

— Après, on construira une réplique de Notre-Dame et de la tour Eiffel et, au milieu, on aménagera un fleuve avec des canots, des poissons, etc., je te ferai un bon prix pour le tout, à condition que tu me donnes un baiser, au clair de lune, sur le pont qui enjambera le fleuve. »

Je faillis embrasser, au beau milieu de la rue du Président-Shazar, cet enfant fébrile et dégarni, mais je me dominai.

« Même comme ça, Tel-Kedar est assez beau, me contentai-je de dire. Si on se rappelle ses origines, bien entendu. Un camp militaire entouré de barbelés au milieu du désert. Cette ville est née du sable et des rêves, j'ai déjà entendu ça quelque part.

— On ne peut pas vraiment parler d'origines, corrigea Muki. Mais, aujourd'hui, on ne peut plus l'arrêter, comme disait le hussard de la tsarine quand on lui demandait pourquoi il avait maigri. Ça m'a échappé. Excuse-moi. »

C'était quoi exactement, la musique cool qu'il avait passée à Linda quand ils étaient partis au milieu du film ?

Une musique inspirée. La danse des sabres. Le *Boléro*. Il possédait un nombre impressionnant de cassettes que ses petites amies lui avaient offertes au fil des années. Si je venais un jour chez lui, il me laisserait choisir et me préparerait aussi un cocktail détonant, mieux qu'au cinéma.

Avant-hier, Linda l'avait traîné à un concert privé, chez le docteur Dresdener, le quatuor russe avait joué quelque chose de triste, après quoi ils avaient mis un disque, encore plus déprimant, un chant sur des enfants morts.

« C'était probablement Mahler, dis-je, les chants sur la mort des enfants. Il y en a un qui s'appelle *Quand ta mère…* et qui me donne des frissons chaque fois que je l'écoute et même rien que d'y penser.

— Tu sais, fit Muki, je n'y connais pas grand-chose, Mahler, l'Allemagne, la philosophie, mais ce qui est sûr, c'est que j'ai failli pleurer avant-hier. Cette musique vous perce le cœur, elle ne passe pas seulement par les oreilles, elle vous fait dresser les cheveux sur la tête. Il n'y a rien de plus terrible au monde que la mort des enfants. Je suis contre. C'est ce qui m'a incité à entrer au comité. Qu'est-ce que tu imaginais ? C'est pour ça que je vais aux réunions. »

Linda nous servit du café dans des tasses grecques ornementées. Un vrai zoo, de délicates figurines de verre, remplissait trois étagères : de frêles panthères, des girafes translucides, des éléphants azurés, des lions déliés qui réfléchissaient l'étincelle des ampoules recouvertes d'abat-jour en forme de coupe, un petit aquarium illuminé, contenant un unique poisson rouge, et une collection de vases miniatures en verre arachnéen. La pâte des vases retenait prisonnières, telles des larmes, de minuscules bulles d'air. Son mari l'avait quittée quatre ans auparavant parce qu'il était tombé amoureux de sa sœur. Depuis lors, elle avait un emploi de secrétaire à mi-temps dans la manufacture locale de machines à laver. Elle accompagnait au piano les répétitions du chœur. Elle était de toutes les sorties organisées par le syndicat et participait bénévolement à de multiples associations : le comité d'intégration des nouveaux immigrants, des ateliers d'artisanat et de création artistique, le comité pour la création de la galerie de Tel-Kedar et le comité de soutien à la fondation d'un club de loisirs du troisième âge. La quarantaine, elle est asthmatique, timide, et porte ses cheveux nattés à l'ancienne mode autour de la tête, elle parle d'une voix sourde et a un corps anguleux d'adolescente. Pendant les réunions, elle offre des rafraîchissements et des fruits secs puis va se nicher à l'extrémité du canapé, toute crispée, comme si elle inclinait en permanence le front sur les genoux.

En début de séance, nous priâmes Ludmeer de faire office de secrétaire. C'est un homme basané de soixante-dix ans, grand, maigre, dégingandé, un peu tordu, on dirait un chameau décoratif en fil de fer et en raphia disproportionné, il est vêtu d'un short kaki fatigué qui découvre ses longues jambes hâlées aux veines apparentes qui semblent lui arriver presque à la poitrine et porte des sandales usées jusqu'à la corde. Il arbore une épaisse toison blanche de prophète à la Shlonski, le poète. La bouche pleine d'un pathos amer et hargneux, il passe son temps à se battre, à mains nues, contre des moulins à vent : il lutte pour la fermeture des carrières, il constitue à lui seul la ligue contre la discrimination, il déchaîne son courroux dans les colonnes du journal local, « Une voix clame dans le désert », tel est le titre de sa chronique hebdomadaire où il dénonce l'exploitation des Bédouins, la plaie des discothèques, le nouveau parking, le syndicat, la religion, l'État, la droite et la gauche. À chacune de nos rencontres, il me lance sa blague habituelle, une sorte de slogan, « et pourtant elle tourne, Noa ». Depuis leur arrivée à Tel-Kedar, à l'époque de la fondation de la ville, il habite avec sa femme, Gusta, un petit baraquement propret, couvert d'un épais tapis de passiflores, derrière la maison des fondateurs. Gusta Ludmeer, une grande femme sévère, portant lunettes, coiffée de tresses blanches plaquées sur le crâne, donne des leçons particulières de mathématiques. Avec ses robes vieillottes et sombres, fermées au ras du cou par un scarabée d'argent sinistre, elle me rappelle une lady anglaise, une veuve du siècle dernier. Un jour, il y a quatre ou cinq ans, peu de temps après qu'il eut pris sa retraite de la compagnie de l'électricité, Ludmeer m'avait confié que sa petite-fille unique, âgée de seize ans – c'étaient sa femme et lui qui l'élevaient –, s'était soudain mis en tête de louer une chambre à Tel-Aviv pour étudier la danse dans une école privée. Ludmeer me demanda de lui parler pour essayer de la convaincre de « ne pas risquer sa jeune vie dans le tourbillon de la grande ville où ne l'attendaient que laideur et déchéance derrière la promesse mensongère d'une fulgurante carrière ». J'invitai donc Lilach Ludmeer à boire un chocolat au « California » – c'était une adolescente nerveuse, méfiante, elle avait des yeux de biche traquée et la tête tassée dans ses épaules, comme si on l'avait enfoncée à coups de marteau. Quand je passai mon bras autour de ses épaules crispées, elle sursauta, blêmit, se leva et prit la fuite. Cela m'avait servi de leçon, et depuis lors j'évitais soigneusement de toucher les enfants. Ludmeer ne m'adressa plus la parole, il en avait déduit que j'avais tout gâché et que, par ma faute, il allait mourir sans descendance. Deux ans plus tard, il me pardonna – il en était arrivé à la conclusion que la solitude était notre lot à tous. « Et pourtant elle tourne, Noa », furent les mots par lesquels il mit fin à l'anathème. De loin en loin, il me jette un long regard blessé tandis que ses yeux bleus d'enfant s'emplissent brusquement de souffrance.

Linda alla à la cuisine pour refaire du café et préparer un plateau de fruits et de biscuits. Elle nous pria de commencer sans elle – elle laisserait la porte ouverte pour entendre la conversation. Je la suivis pour lui donner un coup de main, et, le temps que nous revenions au salon, Ludmeer explosait à l'encontre de Muki Peleg : comment, sans nous donner la peine de réunir le conseil, avions-nous osé prendre l'initiative d'acheter cette saleté de ruine, ce bordel, ce repaire de drogués, de criminels, et sans même songer aux réactions de la population en plus ? « Je refuse d'entendre parler de rédemption si la nouvelle vient de la bouche d'un lépreux », proféra-t-il d'une voix rauque de fureur, croyant citer Lea Goldberg. Quand je remarquai qu'il s'agissait de Rahel, il retourna son ire contre moi et mon orgueil, mon arrogance d'érudite, où nous croyions-nous donc, dans un séminaire universitaire ou dans un comité d'entraide ? Était-il question de sauver des jeunes ou d'analyser des statistiques pour le compte d'une provinciale qui, pour tromper son ennui, tentait d'attirer dans ses filets un nouveau père en la personne d'un trafiquant d'armes dont elle voulait faire son jouet ?

Il lança le cahier où il consignait le procès-verbal des séances sur la table et sortit en claquant la porte. Il démissionnait. Il protestait avec indignation. Il abandonnait Sodome et Gomorrhe à leur triste sort. Environ deux minutes plus tard, la sonnette retentit : il réapparut, ramassa son cahier dans un silence amer, nous tourna le dos et s'assit sur une chaise, à côté de l'aquarium, d'où il ne bougea plus de la soirée. Nous découvrîmes ensuite qu'il avait soigneusement consigné le rapport de la réunion en rajoutant ici et là le mot *sic* entre crochets, suivi d'un point d'exclamation.

J'étalai devant moi le papier que j'avais préparé à l'avance, chaussai mes lunettes et entrepris de lire un paragraphe après l'autre. Il existe différents moyens d'apaiser les craintes de nos concitoyens. On pourrait, par exemple, suggérer que les jeunes drogués du cru bénéficieraient d'une cure de désintoxication gratuite. On donnerait à l'équipe pédagogique, à la direction et à l'association des parents d'élèves du lycée un droit de regard sur notre centre. Qu'on appellerait plutôt le « corps soignant ». On devrait également inviter des spécialistes sur le sujet de la drogue et des jeunes – Tel-Kedar deviendrait ainsi un lieu de recherche réputé qui attirerait les sommités de tout le pays. On pourrait toucher la corde de l'avant-gardisme et du brassage de la population. On mettrait en avant la création d'emplois – éducateurs, psychologues, assistantes sociales –, qui insuffleraient un sang nouveau à la vie de notre petite cité. Quant à la question du sevrage, il existe deux écoles, la tendance biologique et la tendance psychologique, dont on pourrait tenter la combinaison à titre expérimental. Il faudrait aussi essayer de convaincre le commissaire d'encourager le public à chercher des solutions au problème des jeunes drogués au lieu de faire comme s'il n'existait pas. Cela nous aiderait beaucoup si la police soutenait publiquement que notre projet, loin d'augmenter la délinquance en ville, aurait exactement l'effet inverse. En bref, il s'agissait de mettre en avant des concepts tels que le civisme de nos concitoyens, la fierté communautaire et le sens de l'initiative qui transformeraient Tel-Kedar en exemple national.

« Mettre en avant des concepts, voyez-vous

ça ! » grinça Ludmeer en rompant son mutisme obstiné.

Il me lança un regard douloureux.

Muki Peleg s'était endormi sur le canapé, sa tête frisée à la coupe bohème s'appuyait sur les genoux anguleux d'une Linda cramoisie, ses pieds, déchaussés, reposant sur mes cuisses. Comme s'il voulait établir un pont entre nous deux. Il marmonna dans son sommeil quelque chose sur l'aspect humain. La voix grêle de Ludmeer retentit de nouveau, ébranlant les délicats bibelots de verre et la collection de vases qui ressemblaient à des gouttes de rosée :

« L'hypocrisie ne passera pas ! »

Je décidai qu'il était temps de lever la séance. Je proposai de fixer la prochaine à la semaine suivante, une fois que j'aurais parlé au commissaire. Nous nous apprêtions à partir quand Linda nous pria timidement de rester encore quelques minutes : elle voulait nous jouer un air au piano, quelque chose de très court pour ne pas nous retarder trop longtemps. Elle s'installa au piano et inclina la tête, comme si elle voulait effleurer les touches du front. Au milieu de l'exécution, elle fut prise d'une crise d'asthme et s'interrompit. Muki Peleg alla dans sa chambre lui chercher son inhalateur de Ventoline, puis il s'empara d'une petite cuillère qu'il cacha dans la poche de sa chemise rose et qu'il retrouva, en hennissant de joie, dans la crinière de Ludmeer. Riant tout seul, il s'excusa et câlina d'une main la pauvre Linda, qui respirait péniblement, tout en me caressant de l'autre.

« Nous n'avons pas beaucoup avancé aujourd'hui, murmura Linda.

— De Charybde en Scylla », renchérit Ludmeer.

Demain soir, j'irai parler au commissaire chez lui. Si j'arrive à le mettre de notre côté, j'essaierai de le convaincre de rencontrer les parents d'élèves et l'équipe pédagogique et je convierai également Bat-Sheva. Un de ces prochains week-ends, nous organiserons une journée portes ouvertes avec la participation des professeurs et des notables de la ville, des artistes et des personnalités de Jérusalem et de Tel-Aviv. L'idée de séjourner à l'hôtel de Tel-Kedar les allèchera sûrement et la perspective de recevoir des notabilités incitera l'hôtel à ne nous faire payer qu'un prix symbolique. Je rédigerai un texte explicatif en prévision de l'événement. Si nous nous gagnons l'opinion publique, on pourra au moins..., au moins quoi ? Quelle mouche t'a piquée, Noa ?

Et si je demandais à Théo de parler à Bat-Sheva ?

Personne n'est mieux qualifié que lui pour apaiser les esprits et influencer l'opinion. Lui qui a construit des villages entiers en Amérique du Sud, des zones industrielles, des nouveaux quartiers, des implantations dix fois plus grandes que Tel-Kedar. Il y a quelques années, il avait aimablement décliné l'offre d'une délégation d'enseignants, d'ingénieurs et de médecins qui, un samedi d'hiver, était venue le convaincre de se présenter aux élections municipales sur une liste indépendante : ses capacités, son passé, sa personnalité digne de foi, ses compétences professionnelles, son image de marque… Mais Théo les avait coupés par ces mots : « C'est hors de question – son œil gauche s'était fermé un peu plus, comme s'il me faisait un clin d'œil en aparté –, merci beaucoup. C'est très gentil à vous. » Et il s'était levé.

Amer et inflexible. La prunelle aveugle de mes yeux. À moins qu'il ne fût cloué sur un fauteuil roulant invisible.

Et moi ? Une enseignante qui veut tourner la page pour tromper son ennui ? Qui se met à l'épreuve ? À moins qu'elle ne cherche à le provoquer, à faire du bruit pour le réveiller, si on peut parler ainsi d'un homme souffrant d'insomnies ?

En sortant, Muki s'efforça de me faire comprendre que Linda avait apparemment voulu le retenir cette nuit. Voulait-il me rendre jalouse ? Je raccompagnai Ludmeer à sa coquette bicoque, tapissée de passiflores, derrière la maison des fondateurs. « Muki n'est qu'un grossier bouffon et sa Linda, une petite sotte sentimentale, affirma le vieil homme durant le trajet. Il y avait un village oublié des dieux au pied des Carpates, trente cabanes et deux uniques horloges, l'une dans la maison du staroste, le chef du village, et l'autre, dans celle du diacre, le prêtre local. Un beau jour, l'une des horloges s'arrêta et l'on égara la seconde, ou l'inverse.

Les villageois n'avaient donc plus aucune notion du temps. Ils expédièrent un jeune homme, vif et lettré, à Nadvorna, par-delà la montagne, pour qu'il leur rapporte le temps et remette l'horloge à l'heure. Le garçon chevaucha une demi-journée ou plus, il parvint à Nadvorna, tomba sur l'horloge de la gare, nota rapidement l'heure exacte sur un bout de papier qu'il plia et cacha dans sa ceinture avant de retourner au village. Pardonnez-moi si je vous ai blessée, Noa. Je suis désolé. Je n'ai pas pu garder le silence et m'empêcher de piquer ma crise contre une commère stérile. »

Il se confondit aussitôt en excuses embarrassées pour avoir utilisé ce qualificatif « stérile », il voulut se racheter mais s'embourba de plus belle et, dans ses efforts pour me consoler, il raviva la blessure. « Le feu de l'enfer se déverse contre nous parce que la pitié est infectée par l'orgueil. Tâchez de me pardonner. J'en serais, pour ma part, incapable, mais vous êtes encore jeune et pourtant elle tourne, Noa. Bonne nuit. Tant pis pour nous ! »

Je rentrai à 22 heures. Je trouvai Théo étendu sur la carpette blanche du salon, en tricot et en short, comme à l'accoutumée, pieds nus, il ne lisait pas, la télévision était éteinte, peut-être somnolait-il, les yeux ouverts ? Il m'embrassa sur la joue et me demanda comment cela s'était passé. Je lui rendis son baiser sur son crâne à la coupe militaire. « Horrible ! répondis-je. Ludmeer est fou, Muki se conduit comme un bébé,

Linda est pitoyable et moi aussi. Il n'y a personne de valable. Zéro. On n'aboutira à rien. »

Pendant que je prenais une douche froide, il prépara le dîner, une salade de crudités découpées en petits cubes avec des radis en forme de boutons de rose, du fromage et du pain en tranches, présenté sur une planche en bois ; une poêle, contenant une noix de beurre, était posée sur la cuisinière, deux œufs et un couteau attendaient sur le plan de travail : les ingrédients d'une omelette. Ce rituel a des règles immuables. Je nous servis de l'eau gazeuse. Nous nous assîmes en vis-à-vis. Ses larges épaules, que dévoilait son maillot, s'appuyaient sur le réfrigérateur. Son visage était tourné vers moi et vers la fenêtre où se découpait un pan de ciel constellé d'étoiles. Il m'annonça qu'il était sorti lui aussi, il était allé voir Bat-Sheva – il avait eu l'impression que j'allais l'en prier.

« Je ne t'ai encore jamais rien demandé. Surtout pas de m'ouvrir les portes.

— C'est vrai, mais écoute quand même : j'ai le sentiment que nous avons une chance de faire passer le projet, à certaines conditions.

— Nous ?

— D'accord. Vous. Excuse-moi. Tu veux écouter maintenant ? »

Je me levai au milieu du repas et allai m'enfermer dans ma chambre. Une minute plus tard, il frappait à la porte. « Noa, je suis désolé, j'ai pensé que… »

Je lui pardonnai et retournai à la cuisine.

L'omelette avait refroidi, et Théo en confectionnait une autre, un torchon noué autour de la taille en guise de tablier. Je lui dis de laisser tomber, que je n'avais pas faim, et suggérai de boire une tisane et de voir s'il y avait quelque chose de convenable à la télévision. Nous allumâmes le poste, pour l'éteindre aussitôt : il y avait une interview du ministre de l'Énergie qui eut juste le temps de déclarer qu'il était inconcevable que… avant que nous ne lui imposions silence. Théo mit un disque, et nous nous installâmes en silence dans les fauteuils. En cet instant, nous devions probablement nous ressembler, comme l'avait dit un jour Muki à propos des couples sans enfants, après plusieurs années de vie commune. Brusquement, je me levai et allai me blottir sur ses genoux, la tête enfouie dans le creux de son épaule en murmurant : « Ne dis rien. » Je me souvins de Riki, la dactylo orthodoxe de Beer-sheva que je n'avais jamais vue, celle qui était tombée amoureuse d'un basketteur et avait mis au monde un bébé mongolien que l'homme refusait de reconnaître. L'enfant vivait, songeai-je, quelle importance s'il était retardé, il était vivant et, du fait de son état, il avait droit à encore plus d'amour. Que fabriquait Emmanuel dans l'infirmerie obscure, par ce matin d'hiver gris ? Qu'était-il venu y faire ? Était-il malade ? Ou, au contraire, voulait-il chaparder dans l'armoire à pharmacie quelque chose qui lui était devenu indispensable ? J'en savais si peu. Et je n'étais pas plus avancée aujourd'hui. À un mètre d'un drogué, j'aurais été incapable de dire s'il était défoncé, endormi ou seulement grippé et fiévreux. Quand, d'une voix timide – on aurait dit qu'il franchissait la vallée du silence qui régnait dans la pièce –, Emmanuel m'avait demandé si j'avais de quoi écrire sur moi, que voulait-il au juste ? À quoi songeait-il ? À écrire réellement ou essayait-il, dans le désarroi où il se trouvait, de créer un lien ? Je l'avais repoussé. Je m'étais retranchée en moi-même. Je n'avais pas compris que c'était un appel à l'aide.

« Théo, écoute. Kushnir, le relieur, veut nous donner un chiot de deux semaines. Ne t'inquiète pas. Je lui ai dit que, les chiens, ce n'était pas exactement ta tasse de thé. Autre chose. C'est une vraie comédie. Linda est amoureuse de Muki qui a déjà couché avec elle mais qui a le béguin pour moi, qui t'aime encore.

— Bon, dit Théo. Eh bien… »

Il s'interrompit, releva son tricot et enfouit ma tête dans l'antre obscur et velu de sa poitrine, comme s'il était enceint de moi.

J'eus le temps de préparer une salade de fruits pendant le flash de 18 heures. Je reniflai le carton de lait qui se trouvait au réfrigérateur, doutant de son contenu comme de mon odorat. Puis j'entrepris de mettre de l'ordre dans les placards de la cuisine, de droite à gauche. J'espérais qu'elle rentrerait tôt. Je sortis sur le balcon pour voir le jour décliner – il n'était pas encore 19 heures. Un chien gris, étrange, traversa la cour d'une démarche lente et chaloupée – il avait l'air sonné –, avant de disparaître derrière la tonnelle. Un mur sombre sépare la cour du désert. On y distingue les contours d'une porte condamnée par une rangée de pierres, plus claires que le reste de l'édifice. Deux cyprès se dressent derrière la clôture. Ils virent au noir à la lumière déclinante. Plus loin, se profilent des collines vides : on dirait des sons étouffés. Effectivement, quelqu'un jouait de la flûte dans l'appartement mitoyen, ce n'était pas une mélodie mais des gammes qui se répétaient indéfiniment. À six reprises, l'ascenseur dépassa notre étage sans s'arrêter. Je me rappelai qu'il y avait une réunion ce soir chez la Linda de Muki. Je décidai de sortir rendre une petite visite au *wadi* ou d'aller voir le chiot de berger allemand dont Kushnir, le relieur, voulait nous faire cadeau.

À la fin du mois de juin, les jours sont très longs, les nuits, sèches et fraîches. Devant l'immeuble, quelques adolescents, perchés sur la barrière de pierre, se mirent à chuchoter à mon approche, comme pour se moquer de moi. L'unique voiture de police de Tel-Kedar me dépassa et ralentit sans actionner ses feux de stop. Le sergent me salua de la main en souriant : « Bonsoir, Sombrero, on ne te voit plus ces temps-ci. » Une bourrasque souffla au bout de la rue avec un léger sifflement. Je fis démarrer la Chevrolet et me dirigeai dans cette direction. Il n'y a que sept maisons dans cette rue et, immédiatement après la dernière, la chaussée se transforme en un chemin de terre défoncé qui mène vers le sud-ouest, vers l'entrée des carrières. En arrivant sur le plateau dénudé, je m'aperçus que le vent était beaucoup plus fort qu'il n'y paraissait en ville : ce n'était plus une brise légère, mais des assauts intermittents dont je percevais le mugissement par-delà le chuintement des pneus sur les pierres. La poussière, visible à la lumière des phares, brouillait la piste et tourbillonnait autour de la voiture. On se serait cru en pleine tempête de neige. Je songeai enfin à remonter les vitres. J'avançai à l'aveuglette, au ralenti, en m'efforçant de deviner, dans la tornade, les contours de la colline de l'hyène et le bord du *wadi*, qui devait se trouver sur la droite. Les millions de particules qui tourbillonnaient devant moi gommaient la frontière entre le ciel et le désert, à l'horizon. On aurait dit une forêt vierge en pleine nuit. Supposant que la tache sombre, à ma gauche, était le pied de la colline, je progressai prudemment en suivant une ligne parallèle tandis que le vent d'ouest, à ma droite, projetait des rafales de sable sur le pare-brise. La lumière des phares, qui venait se réfléchir dans la poussière, était aveuglante – phénomène habituel par temps de brouillard. Quand la voiture se mit à cahoter, je compris que j'étais sorti du chemin des carrières et que je devais redoubler de vigilance pour ne pas dévier de la piste caillouteuse qui suivait la falaise. L'obscurité était de plus en plus dense. Je passai en codes puis en veilleuses, mais la poussière réfractait toujours la lumière avant de me la renvoyer, mêlée de sable trouble.

Je finis par m'arrêter. J'éteignis le moteur et sortis du véhicule pour attendre que le nuage de poussière que j'avais provoqué se dissipât, mais, quelques minutes plus tard, j'étais toujours dans la mélasse. J'étais perdu. Je croyais pourtant deviner les contours indécis de la falaise, à gauche. Je redémarrai avec l'intention de la longer jusqu'à la clôture électronique que l'armée avait installée à l'entrée de la vallée interdite et qui devait obligatoirement me ramener vers les carrières. Un nuage bas, ou une épaisse colonne de poussière, masquait le ciel. J'avais l'étrange impression de ne plus avancer mais de monter, de descendre et d'être ballotté dans une cage hermétique au fond de l'océan. Je faillis fermer les yeux pour m'abandonner à cette agréable sensation, et peut-être fut-ce effectivement le cas car je ne vis plus qu'un mur de poussière aveuglante qui se contorsionnait devant mes phares. J'envisageai un instant de m'arrêter pour me coucher par terre et attendre. Réflexion faite, il n'y avait aucune raison valable d'espérer un quelconque changement. Je considérai qu'il était dangereux de poursuivre plus loin – le plateau étant ici et là creusé de profonds ravins –, ce à quoi j'objectai que je pouvais malgré tout continuer à avancer très doucement. Je repris donc ma progression, en première, à moins de vingt kilomètres à l'heure. Des pierres et des gravillons crissaient et fusaient sous les pneus. Aurais-je dépassé l'entrée des carrières sans la voir ? Ou pénétré dans la vallée interdite à mon insu ? J'aurais pu rebrousser chemin mais n'en voyais guère la possibilité, le sable ayant effacé les traces des pneus. Mieux valait continuer à avancer en direction du sud, à condition qu'il s'agît bien du sud, jusqu'à ce que les roues de la voiture s'enfoncent dans l'océan Indien ou que je finisse par m'endormir, par m'immerger enfin au cœur du sommeil qui, depuis qu'il avait déserté, m'interpellait toujours à travers le brouillard, comme pour m'abuser.

Je remarquai une sorte de clignotement laiteux

à travers le rideau opaque : la barrière à l'entrée des carrières. Je fis un appel de phares afin de prévenir le gardien puis réalisai mon erreur : j'avais contourné la ville par le sud et j'étais revenu par l'ouest, par la rue Ben-Zvi et le quartier résidentiel. Je retrouvai la chaussée goudronnée et les réverbères ; le mur de poussière s'était dissipé. J'aperçus les toits de tuile. Les cimes des arbres s'assombrissaient dans les cours. Le bruit étrange, pareil à un hautbois étouffé, s'était tu. Les champs d'argent pâle, noyés dans un manteau de cendres, avaient également disparu. Je fus subitement tenté de faire demi-tour pour retourner vers le brouillard. À quoi bon ? Je dépassai donc au ralenti quatre villas rigoureusement identiques qu'on aurait dit tout droit sorties d'une vieille illustration de livres d'enfants : de simples cubes surmontés de toits rouges avec une cheminée de brique de même couleur et percés de deux fenêtres symétriques de part et d'autre de la porte. Je sonnai à trois reprises, avec des pauses, sans obtenir de réponse : une faible lumière brillait pourtant à la fenêtre de gauche, et une musique étouffée semblait provenir du fond de la maison.

Je m'entêtai et m'engageai sur un sentier sombre, dallé de pierres à moitié recouvertes par des lauriers-roses échevelés. Je finis par découvrir Bat-Sheva dans le jardin à l'arrière de sa villa. En compagnie de sa vieille mère, elle savourait la tombée du soir à la lumière d'une ampoule jaunâtre suspendue entre les branches du figuier. La vieille dame, qui se tenait très droite, avait l'air mortifiée, crispée sur la chaise sans dossier où elle était figée, un foulard vert noué autour de la tête, ses bras ratatinés tendus sur ses genoux. Bat-Sheva jouait de l'harmonica, la mélodie solitaire que j'avais cru entendre à la porte. Elle était confortablement installée dans un vieux fauteuil lie-de-vin bancal qui avait dû trôner un jour dans un salon à l'orientale. Maintenant qu'il était usé et laissait voir le rembourrage par endroits, on l'avait relégué au jardin, tel un somptueux paquebot échoué sur le rivage. Des papillons de nuit luminescents dansaient la sarabande au-dessus de leurs têtes ; j'étais sûr que, si je restais immobile un petit moment, je serais à mon tour environné d'un halo frémissant tout pareil.

Bat-Sheva Dinur, le maire, était une robuste femme, à peu près de mon âge : elle avait la peau rose, les cheveux blancs coupés court, une silhouette asymétrique et massive ; assise au fond de son fauteuil, elle ressemblait à la ligne de crête d'une montagne au relief accidenté, comme si elle était dotée de multiples membres. Ses larges lunettes à monture de corne brune lui glissaient perpétuellement sur le nez. Ses bras rougeauds et puissants avaient la rugosité des vieux grimoires. Elle me rappelait une grand-mère néerlandaise bien en chair, voire une tenancière de taverne tyrannique.

Elle s'arrêta de jouer dès qu'elle m'aperçut. Elle me lança un coup d'œil méfiant et aigu par-dessus ses lunettes, comme si elle avait pénétré le fond de ma pensée avant même que j'eusse ouvert la bouche.

« Mais qui voilà ! Approchez, allez vous chercher une chaise sur la terrasse et posez-la ici. Non, pas là, ici. »

J'apportai une chaise sans dossier, semblable à celle qu'occupait sa mère, raide et pétrifiée, sans oublier de dire bonsoir.

« Chut, Théo, fit Bat-Sheva, laissez-moi terminer. »

Et elle reprit un air que je ne reconnus pas, mais qui me parut obscurément familier et bouleversant.

Elle se lassa au bout de dix minutes, s'arrêta, émit une sorte de hennissement, telle une mule piaffant d'impatience, et elle enfouit son harmonica dans la cavité que formaient les plis de sa jupe entre ses genoux épais.

« Ça ne va pas, reprit-elle, j'essaie de jouer de façon géométrique, sans sentiment, autrement c'est sirupeux comme de la confiture de prunes que, soit dit en passant, je déteste. Vous n'avez pas l'air en forme. »

Toujours par-dessus ses lunettes, elle me jeta un regard curieux, impudent, en femme déterminée qui n'a pas encore trouvé d'adversaire à sa mesure. Elle était brillante, énergique ; une étincelle espiègle s'allumait parfois dans ses yeux, comme si on lui avait glissé à l'oreille une obscénité qu'elle roulait longuement dans sa bouche avant de l'avaler, pour faire durer le plaisir.

« Écoutez, Bat-Sheva, dis-je, pardonnez-moi de faire irruption chez vous ce soir. Voilà, j'ai un problème que j'ai préféré ne pas aborder avec vous à votre bureau.

— Pauvre Serioja, interrompit la vieille mère. Il est amoureux et il cherche Aniouchka partout.

— Un problème, répéta Bat-Sheva. Oui, je suis au courant, votre femme, son fameux projet. »

J'avançai que Noa et moi n'étions pas mariés.

« Non ? Pourquoi ? Qu'attendez-vous ? Noa est une fille adorable. »

Elle me fit un clin d'œil, elle exultait, son large visage rayonnant d'une tendresse narquoise.

« Accordez-moi deux minutes pour vous expliquer.

— Je sais, je sais, vous avez acheté la bicoque d'Alharizi et, maintenant, vous êtes coincés. Et vous êtes venu me demander de vous aider. C'est hors de question.

— L'amour, remarqua tristement la vieille. On ne mange plus. On ne boit plus. Pfft… ! On a le cerveau tout ramolli.

— Ah ! tu fais bien de me le rappeler ! On va mettre de l'eau à chauffer tout de suite pour le thé. »

Mais elle ne fit pas le moindre geste.

« Ne vous dérangez pas, objectai-je. Je ne vais pas rester longtemps.

— Bon, dit-elle. On ne vous laisse pas en placer une depuis tout à l'heure. Je vous écoute. »

Son mari était mort au combat, à Jérusalem, lors de la guerre de Six-Jours. Elle avait élevé seule ses quatre fils : elle était ingénieur expert en commutation. Neuf ans auparavant, peu de temps avant notre arrivée, elle avait répondu à un appel d'offres et avait été nommée à la direction de la fabrique de machines à laver de Tel-Kedar. Elle avait été élue maire deux années plus tôt et, depuis, elle se battait avec acharnement « pour en finir avec ce bordel », selon ses termes. Ses fils étaient mariés. Ses petits-enfants habitaient un peu partout dans le pays. Le samedi soir, elle avait l'habitude d'arpenter la place avec sa mère. Ou alors, elles s'asseyaient une petite heure au « California », où une foule de solliciteurs défilait devant leur table. Infatigable et intègre, elle s'abritait derrière un flot d'anecdotes cocasses ; ses adversaires lui portaient une haine farouche à la mesure de l'amour inconditionnel que lui vouaient ses partisans. On disait d'elle que c'était un vieux poids lourd coriace.

« Écoutez, je pense que si l'on sensibilise l'opinion selon des conditions que vous aurez préalablement définies, on pourrait mettre sur pied un petit centre, un prototype expérimental en quelque sorte, répondant à toutes les normes en vigueur. Il attirerait des chercheurs, susciterait les bonnes volontés locales. La presse serait très favorable. En fait, c'est l'occasion que vous cherchiez depuis longtemps pour poser la première pierre d'une annexe universitaire ou d'un complexe hospitalier. Réfléchissez.

— En hiver, le thermomètre descend à moins quarante et les loups hurlent devant la cabane, ouhhhhh, comme un bébé abandonné, ajouta la vieille.

— N'insistez pas, Théo. Ça ne se fera pas. Il y a du thé à la menthe au réfrigérateur. Vous voulez bien aller le chercher ? Les verres se trouvent sur l'égouttoir.

— Une minute, Bat-Sheva, essayez de voir les choses autrement : un père vient de perdre son enfant, il s'engage à nous faire un don de soixante-dix mille dollars dans l'immédiat et davantage dans l'avenir. Il crée un comité. C'est son droit. Un comité plutôt surprenant, certes, lequel comité acquiert une maison abandonnée qui reste en travers de la gorge de tout le monde, ici. On constitue une association à la mémoire de l'enfant. Ceux qui y croient sont enthousiastes, dévoués. Il est bien naturel que certains hésitent. Je reconnais que leurs craintes sont en partie fondées. Si vous nous soutenez, les doutes se dissiperont.

— À quoi bon, Théo ? Sérieusement ! Ce sera un repaire de camés, c'est tout. En plus, il ne vous a même pas encore remboursé un sou. Soyez gentil, mettez-vous de l'autre côté, là. Maintenant, je peux vous voir sans être éblouie par la lumière. Vous n'avez vraiment pas bonne mine.

— Les paysans transpiraient sur le poêle, intervint la vieille. Il y avait les puces, ils dormaient avec leurs manteaux, et les loups dehors, ouhhhhh ! Il n'y avait plus de pitié. Disparue.

— Je n'ai pas parlé d'une clinique pour drogués.

— Ah bon ? De quoi s'agit-il alors ? Vraiment. Vous feriez mieux de créer un atelier de sculpture désertique, par exemple. Les pierres sont offertes par la maison.

— Mais il doit y avoir un rapport avec les problèmes des jeunes, objectai-je. N'oubliez pas qu'il s'agit de perpétuer la mémoire d'un garçon qui s'est tué.

— Serioja tremblait toute la nuit. Tout le monde dormait, sauf lui.

— Les jeunes, naturellement. Des ordinateurs, alors. Vous n'aurez qu'à convaincre votre généreux donateur. Un centre pour de jeunes surdoués de l'informatique, qu'en dites-vous ? On ne l'appellera pas ainsi, évidemment. N'est-ce pas, maman ? Ou alors une serre pour de jeunes chercheurs en high-tech. Vous allez devoir soutirer à votre mécène cent cinquante mille dollars supplémentaires pour l'équipement et les frais de fonctionnement, plus les bourses. Obtenez le parrainage de quelques sommités universitaires et on en reparlera. Pourquoi pas ?

— Le projet du donateur est un peu différent.

— Faites-le changer d'avis, alors. Ou dénichez-en un autre.

— Je ne crois pas que Noa sera d'accord. Quant au père, je n'en sais rien.

— Occupez-vous-en, Théo. Avec discernement. Revenez me voir ensuite. Tu as assez parlé, maman. Et le thé, alors ?

— Pas pour moi, merci. Je me sauve. Je vais essayer de convaincre Noa. Ce ne sera pas facile.

— Serioja va tomber malade.

— Restez encore un peu, Théo. Détendez-vous. Je vais me remettre à jouer, vous ne me gênez pas. Non ? Pourquoi pas ? Vous ne nous dérangez pas, n'est-ce pas, maman, qu'il ne nous dérange pas ? Au contraire. Il est sympathique. Restez.

— Et si on trouvait un compromis, Bat-Sheva ? Des jeunes, doués en informatique, qui auraient des problèmes de drogue ? »

Elle ne répondit pas. Elle gonfla soudain ses joues, comme un vieux bébé qui voudrait amuser la galerie à tout prix, souffla dans son harmonica et elle se mit à jouer un air des années trente, « il ne connaissait pas son nom mais sa tresse l'accompagna pendant tout le chemin ».

Elle s'arrêta au moment où je me levai pour m'esquiver sur la pointe des pieds.

« Encore une chose, Théo, dit-elle. Je veux que votre nom figure en toutes lettres. Ce sera votre œuvre. Tais-toi, maman. Bon retour, soyez prudent. Je ne vous ai rien promis. »

L'été est à son apogée. La lumière trouble est oppressante, et, malgré les fenêtres ouvertes, une poussière farineuse s'immisce même entre les draps. La canicule fait fondre l'asphalte, le soir, les murs renvoient la chaleur accumulée durant la journée. Par-delà les collines, le vent du sud renvoie les effluves de la décharge municipale, une odeur de roussi, âcre comme une haleine fétide. Du balcon, j'aperçois parfois un berger bédouin, couché sur le versant de la colline la plus proche – silhouette sombre au milieu de ses chèvres noires, jouant un air de flûte qui me parvient par à-coups et m'insuffle une grande paix. À quoi rêve-t-il, immobile pendant des heures à l'ombre d'un rocher ? J'irai le lui demander un de ces jours. Je le suivrai jusqu'aux grottes, dissimulées dans les montagnes, jusqu'au chemin que, dit-on, les contrebandiers empruntaient la nuit pour se rendre du Sinaï au pays de Madian.

Mes élèves de terminale se sont dispersés dans toutes les directions : certains ont devancé l'appel, d'autres sillonnent à pleins gaz les rues désertes dans la voiture de leurs parents ou arpentent la place en bandes. Cinq d'entre eux sont allés voir Théo à son bureau, non pour lui demander un conseil professionnel mais pour avoir son avis d'expert concernant un projet de voyage en Amérique du Sud. Les rumeurs les plus folles courent en ville au sujet des dix années qu'il aurait passées dans la forêt vierge au milieu des Indiens. Certains l'ont surnommé « le Sombrero » tout en lui manifestant, pourtant, un certain respect.

En l'espace de deux jours, la batterie et la pompe à huile de la vieille Chevrolet bleue ont lâché. « Ça suffit, *halas*, il est grand temps de vous en débarrasser ! » a déclaré Jack Ben-Lulu, du garage Ben-Elul. « Pourquoi ? Il n'y a pas le feu ! Elle a sûrement encore quelque chose dans le ventre », a répondu Théo en clignant de son œil gauche, un rictus de paysan soupçonneux embusqué dans sa moustache grisonnante.

Une certaine Tali débarqua un beau matin pour me montrer des poèmes de sa composition. Elle ne savait pas si elle devait m'appeler madame ou Noa. Sa visite me surprit : j'étais loin de me douter que les filles de cet âge se livraient encore à ce genre d'activité. Ses vers me parurent médiocres, plats, et je me creusai la tête pour le lui signifier sans la blesser. Finalement, je décidai de ne pas la décourager. Pourquoi n'écrirait-elle pas ? Il n'y avait aucun mal à cela, non ? Emmanuel écrivait-il de la poésie lui aussi ? Elle n'en avait aucune idée. Elle ne le pensait pas. Mais peut-être que oui, après tout, avant qu'il ne tombât amoureux de cette junkie qui lui avait appris à sniffer, il était fou de vous et peut-être qu'il écrivait des poèmes pour vous.

« Amoureux de moi ? Qu'est-ce que tu racontes ? Où es-tu allée chercher ça, Tali ?

— Primo, je ne m'appelle pas Tali, mon nom c'est Tal, et deuzio, tout le monde était au courant.

— Au courant de quoi ? Sur quelles preuves ? »

Elle esquissa un sourire confus, incrédule :

« C'est simple. Ça sautait aux yeux. Toute la classe le savait. Vous n'allez pas me faire avaler que vous ne vous en étiez pas aperçue, Noa ? Sérieusement ? Vous n'avez vraiment rien vu ? »

Je lui affirmai que non. Je compris qu'elle ne me croyait pas. Après son départ, je revis le mur de béton obstruant la fenêtre du balcon qui lui servait de réduit dans l'appartement de sa tante : un mur gris. Poussiéreux. Déprimant. Je me rappelai la tasse brune. Les vêtements. Le pull que j'avais plié. La couverture en lambeaux au pied du lit : la litière du chien muet. Et le livre sur les Juifs de Bialystok, ouvert à l'envers.

Elle réapparut deux jours plus tard. Embarrassée et excitée, elle m'apportait un nouveau poème. Cette fois, elle accepta de partager avec moi, sur le balcon, un Coca-Cola bien frais et une grappe de raisin. Elle continuerait à écrire grâce à mes encouragements. Elle espérait qu'elle ne me dérangeait pas. Ça lui posait quelques problèmes car elle ne savait pas trop à qui montrer ses poèmes et c'était plutôt bizarre de passer son temps à écrire sans jamais pouvoir demander l'avis de quelqu'un, à part moi, évidemment. Elle ne m'embêtait vraiment pas ? Était-elle la seule de la classe ? Elle l'ignorait. Elle pensait que oui.

« On ne parle pas de ce genre de chose. Jamais de la vie !

— De quoi parlez-vous alors ?

— De plein de trucs, c'est difficile à dire. Un peu de l'armée, des voyages, des fringues, du fric, et puis il y a les potins, rien d'exceptionnel. Le vendredi soir, on va en boîte, et après il nous arrive de discuter du sens de la vie, de l'Extrême-Orient, mais ça n'intéresse pas tout le monde. Les mecs, ils ne pensent qu'à intégrer les unités d'élite et à imaginer les plans les plus cool possible. En fait, ils sont tous morts de peur à l'idée de se retrouver dans les territoires ou au sud du Liban. Et puis il y a le sida. On en parle un peu aussi. Et les ordinateurs. Les motos. »

Je la questionnai sur la drogue. Elle me dit qu'ils aimaient assez le projet de refuge que Muki Peleg et moi voulions réaliser ici. Ce serait un vrai monument à la mémoire d'Emmanuel, pas comme une vulgaire colonne avec une inscription dessus. « Nous, on trouve que c'est bien mais les parents s'excitent, ils ont peur pour l'image de marque de la ville, la valeur des maisons, etc. » Je lui demandai si, à son avis, il y avait un réel problème de drogue au lycée. Bon, alors voilà. De vrais camés, il n'y en avait pas vraiment, mais il y avait ceux qui s'envoyaient un joint le vendredi soir, elle avait déjà essayé, un peu, mais elle ne trouvait pas ça planant parce que ça lui donnait mal à la tête. Des vrais toxicos, elle n'en connaissait pas vraiment, il n'y en avait pas dans les endroits qu'elle fréquentait. Peut-être qu'en bas, dans la cité Yosephtal, il y en avait qui sniffaient. Elle n'était pas sûre. Et Emmanuel ? Pour Emmanuel, il y avait eu d'abord la virée à Eilat avec quelques copains pendant les vacances de Hanoukka. Après, il y était retourné quelques fois, tout seul, mais on ne savait pas vraiment ce qui se passait avec cette fille, Martha. Des bruits couraient. Pour ça oui. Mais elle ne connaissait pas le fond des choses, personne ne le savait parce qu'Emmanuel était plutôt du genre introverti. « Peut-être qu'il y a des gens qui sont plus au courant que moi, mais je ne pense pas qu'on puisse savoir quoi que ce soit sur qui que ce soit. Absolument. Nulle part au monde. Et comment le pourrait-on ? Chacun vit sur son île. On insinue toutes sortes de choses. Pour ça oui. Sur vous aussi d'ailleurs. Et sur Théo et Muki. Et Linda. Vous êtes sûrement au courant. Les gens parlent. Non, elle n'a pas envie d'entrer dans les détails maintenant. Ça lui tape plutôt sur les nerfs. Vous n'avez rien vu, Noa ? Vous n'avez pas compris qu'il était amoureux de vous ? Vraiment ? Ça ne fait rien. On ne peut jamais savoir ce qui se passe dans la tête de son voisin, de toute façon. Surtout en amour. » D'après elle, il n'y avait rien de plus destructeur que l'amour : deux étrangers qui commencent à se voir, à se sentir plutôt, et les voilà qui deviennent plus intimes que frère et sœur. Ils se mettent à dormir dans le même lit alors qu'ils ne sont pas de la même famille. Et souvent ces deux-là qui ne sont pas amis, qui ne se connaissent même pas, qui sont juste dingues l'un de l'autre, c'est une vraie catastrophe. On meurt plus par amour qu'à cause de la drogue. On devrait peut-être prévoir une cure de désintoxication pour ça aussi. Chaque fois qu'elle pensait au peu de choses qu'on savait les uns sur les autres, elle avait envie de rire et de pleurer. Le plus drôle, c'est qu'on ne pouvait rien y changer. On avait beau faire, y passer cent ans, jour et nuit non-stop, on pouvait dormir ensemble, ça ne servait à rien, à la fin, on ne savait toujours rien. Pouvait-elle venir me montrer d'autres poèmes ? Ça ne me dérangeait vraiment pas ? Dans quelques jours, Nira allait mettre bas pour la première fois, Nira, c'était sa chatte, elle était rousse, le genre infantile, drôle, avec des manières de princesse, un peu fantaisiste comme ça, on avait beau la supplier, la flatter ou lui faire peur, ça ne lui faisait ni chaud ni froid, c'était une chatte tigrée avec de fines rayures, elle était très jolie, rêveuse, on avait parfois l'impression qu'elle souriait réellement, qu'elle riait dans sa barbe d'un air supérieur. Elle ne supportait pas l'idée de laisser ses parents se débarrasser des chatons, alors elle avait pensé nous en donner un. « Puisque vous n'avez pas d'enfant, vous croyez que votre mari sera d'accord ? »

Je lui signalai que Théo n'était pas mon mari, que nous n'étions pas vraiment mariés.

« J'avais entendu dire quelque chose comme ça, dit Tal. Peu importe. Les gens racontent n'importe quoi. De toute façon, j'ai envie de vous donner un chaton. *Yallah, bye !* À propos de Théo, je voulais justement vous demander quelque chose, mais ce n'est pas très important.

— Qu'y a-t-il à propos de Théo ?

— Rien, ça n'a pas d'importance.

— Que voulais-tu me dire à son sujet ?

— Rien, il est un peu spécial.

— Spécial en quel sens, Tal ?

— C'est difficile à dire, il me fait un peu peur. »

Elle me laissa son poème et s'en alla. Théo passa la soirée à réparer ma vieille machine à écrire, une Baby Hermès qui devait avoir plus de quarante ans et que j'avais trouvée dans un tiroir après le second accident de mon père – je ne l'avais jamais vu s'en servir. Ma tante y tapait parfois les lettres acerbes qu'elle envoyait aux journaux, où elle vitupérait la violence, la cruauté et la consommation de viande. J'emportai la machine avec moi quand la maison fut détruite. À minuit, il y était encore : il avait démonté, huilé puis remis en place les minuscules ressorts qui reliaient les leviers du clavier aux touches usées. Pour mieux voir, il avait chaussé mes lunettes, ce qui atténuait un peu son air de paysan grippe-sou. Je crus voir un horloger juif flegmatique du siècle dernier : sa tête légèrement de biais, son œil mi-clos, grossi par le verre, ses lèvres serrées sous la moustache grise, ses cheveux blancs à la coupe militaire, l'inclinaison de ses larges épaules soutenant une nuque massive témoignaient de sa puissance de concentration. Je restai quelques instants immobile, pieds nus derrière son dos, fascinée par l'agilité de ses doigts probablement héritée de générations de violonistes et de copistes.

Quand il eut terminé, je préparai une tisane. Il évoqua le café perfide avec lequel je tournais la tête aux hommes, à Caracas. Perfide ? Je tournai la tête. Il faisait allusion au cognac et à la poudre indienne que je mélangeais au café pour ensorceler le buveur qui ne pouvait plus me résister. Et le suc de cactus grâce auquel je nous avais guéris de la malaria tous les deux. « Écoute, Théo, on pourrait aller en Galilée, cet été. Ou en Scandinavie. On louerait une décapotable rouge pour visiter les fjords. Et si on remplaçait la Chevrolet ? On pourrait aussi adopter un chaton. »

Il ôta mes lunettes, pencha la tête en avant comme s'il s'apprêtait à charger et se gratta lentement la nuque. Il me lança un regard oblique, les yeux mi-clos – on aurait dit qu'il avait percé mes mauvaises intentions. Après un long silence, il annonça qu'il avait constitué une liste : primo, un petit bureau pour mettre dans un coin de ma chambre ; deuzio, un spot de lecture ; tertio, pourquoi ne pas remplacer ce vieux débris qui n'allait pas tarder à rendre l'âme par un ordinateur ? Évidemment, ma vieille machine avait peut-être encore quelque chose dans le ventre. « Au fait, que vous a dit exactement Benizri quand vous l'avez vu hier ? La même chose que la première fois ? Accepte-t-il de faire un effort ? Excuse-moi. Fais comme si je n'avais rien dit. »

Je l'enlaçai par-derrière, savourant la chaleur de ses épaules sur mes seins et le frisson que je notai sur sa nuque.

« Pour ton information, dis-je sur un ton triomphant, sache que Benizri commence à s'amadouer. Si Bat-Sheva Dinur lui donne le feu vert, il est prêt à appuyer la création d'une équipe de prospection.

— À votre place, fit Théo en passant un bras autour de ma taille, je chercherais un compromis. Un concept modulaire, une phase de rodage, par exemple, quelque chose comme sept ou huit malades au maximum la première année, sur le modèle d'un établissement très fermé, cloisonné, nettement séparé, dans un premier temps en tout cas, de la communauté. C'est ainsi qu'on pourra lever les résistances. Encore une chose : à votre place, je privilégierais le côté commercial : dix mille dollars au moins par mois et par patient, en commençant d'abord par les enfants de familles aisées et en veillant, pour se concilier l'opinion, à accueillir également un ou deux jeunes drogués du cru à qui on accorderait une réduction de quatre-vingts pour cent. Le projet devrait être soumis à un contrôle rigoureux et obtenir une licence d'exploitation après l'agrément de la municipalité. À ce sujet, je laisserais à la commune la liberté de ne pas renouveler l'agrément au bout d'un an et, en outre, je m'engagerais par écrit à ne pas recourir à la justice dans cette éventualité. Voilà, à mon avis, les conditions pour avancer, pour jeter une tête de pont. C'est comme ça que je fortifierais ma position si j'étais à ta place. Et encore, rien n'est moins sûr.

— Mais justement tu n'es pas à ma place, Théo.

— Oui, non.

— Oui ou non ?

— Je voulais dire oui, Noa, non, je ne suis pas à ta place.

— Une jeune fille m'a dit aujourd'hui qu'à son avis personne ne peut savoir ce qui se passe dans la tête de son voisin.

— Savoir. Ça veut dire quoi, savoir ?

— L'eau bout. Tu veux encore une tasse ? Savoir signifie sortir de soi-même, essayer au moins, de temps en temps.

— Un jour, à Caracas, tu m'as dit qu'un couple de professeurs sans enfants passait sa vie à se corriger ou quelque chose comme ça, et tu avais ajouté que ce n'était pas facile mais intéressant, tu te rappelles ? Il m'arrive vraiment de me mettre à ta place et d'avoir envie que tu te mettes à la mienne.

— Assez parlé, on fait l'amour ?

— Ici ? Dans la cuisine ?

— Viens, tout de suite. »

J'éteignis le plafonnier, défis sa large ceinture qui sentait le vieux cuir et la sueur, et me nichai dans la toison de sa poitrine, essayant, avec mes doigts, d'imiter les siens réparant ma machine à écrire. Ensuite, nous sortîmes sur le balcon, dans le noir, pour contempler le fleuve argenté que dessinait la lune en travers des collines, à l'horizon. Debout, côte à côte, sans nous toucher ni échanger un mot, nous bûmes notre tisane à petites gorgées au cri d'un oiseau de nuit qu'il nous fut impossible d'identifier.

Elle me parla d'un jeune touriste étranger qu'elle avait pris en stop alors qu'elle se rendait à un séminaire de littérature près de Tiv'on. C'était un jour de décembre, pluvieux, un an et demi auparavant, et il était 16 heures. À cause du brouillard ou de la nuit tombante, elle avait allumé ses feux. C'est à ce moment précis qu'elle distingua une silhouette aux longs cheveux qu'elle prit pour une jeune fille qui, debout sur le bas-côté de la route, un énorme sac sur le dos, agitait la main d'une façon inhabituelle. Quand le jeune homme monta dans la voiture, elle vit que ses chaussures étaient remplies d'eau. C'étaient d'épais godillots de paysan, pareils aux brodequins à lacets que chaussait la tante Huma quand, d'un pas furieux, elle arpentait la maison ou les pentes du mont Carmel à la recherche de ses simples. Tandis qu'il s'asseyait à côté d'elle, son fardeau sur les genoux, elle déchiffra une inscription, en anglais, cousue sur son bagage : « Seul compte l'amour ». Le sac comme son propriétaire étaient trempés.

La veille au soir, il avait quitté sa maison, à Galway, pour traverser l'Irlande en stop durant la nuit et s'envoler, au matin, à Dublin à destination de Birmingham, d'où il avait pris un charter pour Israël. À présent, il était à la recherche d'une fille prénommée Dafna, qui se trouvait sans doute dans un kibboutz en Galilée où elle travaillait comme bénévole. Dafna. Elle venait de Liverpool. Ils avaient passé une nuit ensemble. En partant, elle lui avait dit qu'elle devait se rendre en Galilée. Il ne l'avait plus revue depuis. Elle aimait les moutons et les grands espaces. Elle rêvait de garder des troupeaux. Il n'était encore jamais venu en Israël, mais il avait remarqué sur une carte que la Galilée n'était pas immense. Il ferait le tour des kibboutzim. Il avait tout son temps. D'ailleurs, le manque de temps était un faux problème, en contradiction avec le sens de la vie. Quand il n'aurait plus d'argent, il trouverait des petits boulots, ce qui se présenterait, il n'était pas difficile ; chez lui, il était apprenti chez un charpentier ; au Portugal, il avait posé des lignes de téléphone et, à Copenhague, il lui était arrivé de chanter des airs folkloriques irlandais dans un petit cabaret. La fraternité était la chose au monde la mieux partagée si on y mettait un peu du sien, croyait-il. Noa s'aperçut soudain qu'il était malade : il tremblait de fièvre. Il claquait des dents malgré le chauffage – il y a deux ans, le chauffage de la Chevrolet marchait encore. « Excusez-moi, dit-elle, du ton acerbe dont elle usait pour réprimander un élève paresseux, mais vous ne semblez pas avoir la moindre idée du nombre de kibboutzim qu'il y a en Galilée. Vous avez un point de départ ? » Il ne répondit pas. Il n'avait peut-être pas entendu. Il avait dû s'endormir, bercé par le ballet des essuie-glaces. Il était en route depuis vingt-quatre heures et n'avait probablement pas fermé l'œil de la nuit ; la veille, il s'était fait tremper par la pluie irlandaise et à peine avait-il eu le temps de se sécher qu'il retrouvait un déluge. Il semblait avoir une forte fièvre. Quand sa tête s'affaissa sur son sac, ses cheveux blonds dégouttant d'eau lui recouvrirent le visage. Il avait vraiment l'air d'une fille.

Elle s'arrêta à l'entrée de Qiryat Tiv'on. Elle le réveilla et lui annonça que, à l'extrémité du doigt de la Galilée, il y avait un kibboutz appelé Dafna qu'elle lui montra sur la carte. Puis elle le fit descendre avec son sac qui ressemblait à un gros caillou mouillé. Elle stoppa au bout d'une minute pour jeter un coup d'œil dans son rétroviseur, mais un gros camion qui roulait en sens inverse l'éblouit de ses phares et elle ne distingua qu'une cabine téléphonique obscure à travers le rideau de pluie.

Après s'être inscrite à l'accueil, elle déposa ses affaires dans une chambre déjà occupée par deux professeurs de vingt ans plus jeunes qu'elle – l'une était très belle – et se rendit à la conférence d'ouverture autour du thème : « Littérature de femmes ou littérature féminine ? » Un quart d'heure plus tard, elle se leva, gagna le parking noyé de pluie et retourna à l'entrée de la ville, là où elle avait laissé son passager, dans l'idée de l'emmener voir un médecin. Peut-être voulait-elle aussi comprendre en quoi le manque de temps était un faux problème et pourquoi, d'après lui, la fraternité était la chose au monde la mieux partagée si on y mettait un peu du sien. Mais elle ne trouva que la cabine téléphonique, au bord de la chaussée boueuse.

Au lieu de rebrousser chemin, elle prit une bifurcation, au nord, et se retrouva en plein brouillard sur une route qu'elle ne connaissait pas. Comme elle n'avait presque plus d'essence, elle s'arrêta dans une station-service encore éclairée, près du village de Madjel-Kurum. La station était sur le point de fermer, mais, à l'intérieur, deux jeunes gens faisaient leurs comptes à la lumière d'un néon. Ils considérèrent la silhouette qui se dessinait à travers la porte vitrée, hésitèrent, se concertèrent, puis l'un d'eux vint lui ouvrir en s'excusant – ils l'avaient prise pour une cambrioleuse – et remplit le réservoir. Son collègue lui proposa une tasse de café en remarquant qu'elle n'était pas la seule à avoir débarqué à l'improviste cette nuit-là et qu'ils avaient un autre visiteur. Dans un coin du bureau, à même le sol graisseux, elle aperçut une masse de cheveux dorés s'échappant d'une couverture de laine sale où il était recroquevillé en chien de fusil et le réveilla :

« Venez, dit-elle, nous allons vous chercher un médecin. »

À moitié endormi, il se traîna silencieusement derrière elle jusqu'à la voiture ; il tremblait toujours et ne semblait pas étonné de la revoir, comme s'il n'avait jamais douté qu'elle reviendrait le chercher cette nuit même. Il se rassit à son côté, claquant des dents, son sac, avec sa devise, dégoulinant sur ses genoux et, deux minutes plus tard, il dormait déjà. Peut-être ne s'était-il même pas réveillé quand elle l'avait entraîné dehors. Sa tête s'effondra sur son épaule à elle, et ses cheveux se répandirent sur sa poitrine. Il lui communiquait sa fièvre à travers son pull, et elle sentit des gouttes de sueur perler au creux de son cou. À la sortie de Madjel-Kurum, elle tourna à droite pour retourner au séminaire et réveiller un médecin ou un infirmier ; au matin, elle téléphonerait aux différents kibboutzim de la région pour lui retrouver sa Dafna ou, au moins, un endroit où on accepterait de lui fournir du travail. Mais elle se trompa de route – le brouillard, la pluie et leur haleine embuaient le pare-brise ; il était près de minuit quand, dépassant le kibboutz Matsuba, elle aperçut un panneau signalant une auberge à quelques kilomètres de là. Elle décida d'y louer une chambre pour passer le reste de la nuit. Quelques virages plus loin, le moteur rendit l'âme. Elle se gara sur une aire de repos, sous de grands eucalyptus agités par le vent, et attendit le matin. La tête du jeune homme reposait sur ses genoux. Elle prit une couverture sur le siège arrière qu'elle étala sur eux pour qu'ils ne meurent pas de froid. Et elle s'endormit à son tour. En se réveillant, aux premières lueurs de l'aube grise, la pluie avait cessé, et son passager avait disparu avec son sac. Tremblant pour son portefeuille, qui contenait ses papiers, ses clefs et de l'argent, elle finit par le retrouver, coincé entre son siège et la portière. À 6 h 30, une voiture de police passa par là. Un sergent arabe d'âge mûr lui sourit de toutes ses dents en or, la tança vertement pour son imprudence et, s'y reprenant à deux fois, réussit à faire démarrer le moteur. Dès son retour au stage, à 8 heures, elle m'appela au bureau pour me raconter toute l'histoire et me demander de tenter de retrouver son passager malade : une certaine Dafna figurait peut-être sur la liste des volontaires d'un kibboutz. Et, au ministère de l'Intérieur, on trouverait certainement trace d'un jeune Irlandais, arrivé la veille de Galway.

Quoique persuadé que c'était bien improbable, quelque chose dans sa voix m'incita à lui promettre d'essayer. Je passai la matinée à téléphoner ici et là et joignis même deux anciennes connaissances influentes avec qui j'avais coupé les ponts depuis vingt ans ; en vain, naturellement. Tout ce que je gagnai fut une certaine perplexité, voire un étonnement à peine déguisé à l'autre bout de fil. Elle rentra à la maison le soir même après avoir prématurément quitté son colloque : elle me surprit par-derrière dans la cuisine, échevelée, brûlante de fièvre – elle tremblait littéralement –, elle se serra contre moi, cacha son visage au creux de mon épaule et se mit à pleurer. Je saisis ses mains glacées dont les veines saillaient comme celles d'une vieille femme pour les réchauffer. Puis, après avoir fait couler un bain très chaud, l'avoir déshabillée et mis tous ses vêtements au sale, je la savonnai, la séchai avec un épais drap de bain et l'enveloppai dans une robe de chambre de flanelle. Je la portai presque dans son lit. Je préparai du thé, lui servis une tasse et versai le reste dans une Thermos que je posai sur la table de chevet. Ensuite, je téléphonai au médecin. Elle dormit quinze ou seize heures d'affilée. À son réveil, elle me contempla une dizaine de minutes avec une sorte de stupeur distraite, les yeux vides, perdus dans le vague. Je lui préparai une tisane additionnée de miel et de citron. Elle se contenta d'une gorgée avant d'entrer dans une rage folle dont je ne l'aurais jamais crue capable sauf, peut-être, les rares fois où, pour me faire rire, elle imitait les accès de colère de son père : pourquoi, sans lui demander son avis, avais-je osé ajouter dans sa tasse une cuillère de sirop contre la toux que le docteur lui avait prescrit et qu'elle refusa de toutes ses forces d'avaler ? Haussant le ton, elle hurla d'une voix gutturale que je me remettais à la traiter comme un bébé, que je régimentais sa vie, que je la brimais au point de la faire vieillir avant l'âge, que cette maison était une prison, Tel-Kedar un pénitencier et que je ne m'étonne pas si, un matin, je me réveillais tout seul, comme un chien, ce qui était d'ailleurs mon but réel.

Le lendemain matin, elle allait mieux. La fièvre avait baissé, et ses articulations étaient moins douloureuses. Elle me demanda pardon. Elle s'excusa. Elle s'assit devant la glace et se maquilla soigneusement, beaucoup plus que d'habitude, et, tandis que, face au miroir, elle me tournait le dos, elle me parla du jeune Irlandais qu'elle avait perdu. Elle enfila un ensemble pantalon vert, cintré à la taille, qui lui allait très bien, et s'apprêta à se rendre à l'école pour ne pas avoir à annuler un contrôle. Je faillis la retenir – le médecin lui avait ordonné un repos de quelques jours –, mais, me ravisant, je décidai de la laisser faire. Elle se trouvait sur le pas de la porte quand, n'y tenant plus, je lui demandai, dans un murmure, de rester. Elle me dévisagea d'un air amusé : « Ne t'inquiète pas, déclara-t-elle sans animosité, je n'ai pas l'intention de te quitter. Tu t'es merveilleusement occupé de moi. »

Depuis ce fameux matin de décembre, il y avait un an et demi, elle n'avait plus jamais reparlé de cette histoire, moi non plus. Une semaine après son rétablissement, elle m'appela au bureau pour me demander de rentrer un peu plus tard que d'habitude, à 19 heures au lieu de 17 heures. En arrivant, à 19 h 15, je fus accueilli par un dîner royal : trois plats, du vin mousseux et le dessert. Quant à la voiture, elle avait besoin d'une sérieuse réparation. « Écoutez, dit

Jack Ben-Lulu, elle est sérieusement amochée, elle a roulé sur de la caillasse et dans la boue, et elle est toute cabossée, ici aussi, regardez, parce qu'on l'a remorquée de travers. Ce qui s'est passé, c'est pas mes oignons, Théo, mais ça ne l'a pas arrangée, croyez-moi. »

À 1 heure ou 2 heures, seul sur le balcon face à l'immensité vide, il m'arrive de penser à son passager solitaire, errant toujours dans les collines vides de Galilée. Il doit encore chercher sa Dafna dans les prairies, à moins qu'il n'y ait renoncé, mais n'en continue pas moins à arpenter les chemins déserts. « La fraternité était la chose au monde la mieux partagée si on y mettait un peu du sien. » Je ne voyais toujours pas le sens de ces mots mais je trouvais leur musique de plus en plus harmonieuse. Il s'était endormi – le souffle léger et régulier, il ressemblait à une belle jeune fille, la tête posée sur son gros sac, ses cheveux blonds, tel un fin rideau, masquant son visage que je n'avais jamais vu – au crépuscule, solitaire au fond d'une jolie vallée perdue où l'on ne voyait que des oiseaux, un bosquet et une source. Ce n'était plus l'apprenti charpentier qui s'était assoupi au pied d'un arbre, c'était moi, caressé par une faible brise, environné de sons légers, dans une vallée peuplée d'arbres, d'oiseaux et d'une source vive. Pourquoi me réveiller ?

Ce matin, après son départ, je suis retournée à la cuisine et me suis replongée dans *La*

Jeunesse prise au piège. Je notai certains passages que j'avais l'intention d'approfondir. Il y avait trois centres de désintoxication dans la région de Tel-Aviv : dans le quartier de HaTiqva, à Jaffa et à Neve Eliézer, tous trois étant précisément des centres ouverts. Le haschisch et l'opium venaient surtout du Liban. Dernièrement, le crack, un dérivé de la cocaïne, avait fait son apparition. La coke iranienne était la drogue dure la plus répandue sur le marché. En général, les drogués avaient besoin d'une dose le matin et d'une autre le soir ; l'avantage était que son action durait plusieurs heures et que celui qui s'y adonnait continuait apparemment à fonctionner normalement, dans une certaine mesure, du moins. Concernant le processus de désintoxication, certains le vivaient entre les quatre murs d'une cellule quand d'autres, inversement, se mettaient à la drogue lors d'une longue période de réclusion. Quant à l'expérience qui consistait à regrouper les désintoxiqués en les coupant de leur environnement habituel, il y avait le pour et le contre. La phase la plus critique était la crise, qui pouvait durer une vingtaine de jours en moyenne, une semaine dans certains cas, mais les souffrances pouvaient se prolonger jusqu'à trois semaines et au-delà. Le paroxysme de la souffrance survenait le deuxième ou le troisième jour et se manifestait par des douleurs, des nausées, des convulsions, des accès de désespoir ou d'agressivité. Dans les cas les plus extrêmes, on assistait même à des suicides. Si les somnifères, les antalgiques et les massages intensifs parvenaient à atténuer la douleur, ils ne pouvaient la supprimer. On conseillait d'aborder cette phase au domicile du patient, sous une étroite surveillance, avec la collaboration de la famille, d'une équipe qualifiée, voire d'un groupe de soutien constitué par des ex-drogués. Cela, à condition que l'entourage – le foyer et la famille – représente un appui véritable et non un handicap, auquel cas mieux valait une totale séparation. À la crise succédait une phase de désaccoutumance, de six mois à un an, durant laquelle on recommandait de faire au patient de fréquentes analyses d'urine qu'il était possible de contourner en recourant à un subterfuge : l'urine de quelqu'un d'autre. Il était préférable de ne pas envoyer de jeunes drogués en prison, mais de les placer sous l'autorité du juge d'application des peines qui veillerait à leur faire suivre une cure de désintoxication, avec la participation de la famille. Au chapitre suivant, je lus que la vie d'un drogué se limitait presque exclusivement au niveau émotionnel et que toute blessure d'ordre affectif, même longtemps après le sevrage, était susceptible de le faire replonger dans la déchéance. Quoique juste, cette expression me parut humiliante, quant au « niveau émotionnel », d'après moi, il ne valait guère mieux.

Et si j'allais à Eilat demain ?

Recherché une jeune fille prénommée Martha.

Enquêter ? Recouper les témoignages ?

Et le père ? Pourquoi n'était-il pas allé à Eilat ?

À moins qu'il n'y soit allé mais ne m'en ait rien dit. Pourquoi l'aurait-il fait, d'ailleurs ?

Que savait la tante ? Et depuis quand ?

Et qu'était-il venu chercher à l'infirmerie ? Pour quelle raison s'y était-il réfugié ? Et pourquoi m'étais-je fermée quand il m'avait timidement demandé de quoi écrire ? Avait-il vraiment cligné des yeux ou me l'étais-je imaginé à cause du récit de son père ?

J'aurais beau y passer cent ans, je n'apprendrais rien de plus.

Au lieu de s'acharner à déchiffrer l'inexplicable, mieux valait faire du bien. Et comme ce fameux policier faire preuve de pitié sans fioritures : la bonté minutieuse, obstinée, de ce chirurgien chevronné qui, malgré sa fatigue, accepte un nouveau tour de garde parce que, alors qu'il s'apprête à sortir du parking au volant de sa voiture, il remarque qu'on amène de nouveaux blessés. Il fait demi-tour, se gare, remet sans mot dire sa blouse et son masque, et retourne à la salle d'opération.

À la fin du mois de juillet, Avraham Orvietto débarqua chez nous, seul cette fois, sans Arbel : c'était un homme maigre, vieillissant, étroit d'épaules, vêtu d'un jean crème et d'une saharienne froissée avec de larges poches à fermeture Éclair. De sa voix basse et mélancolique, il promit à Théo de lui rembourser vingt mille dollars d'ici à deux ou trois semaines et que le reste ne tarderait pas. Théo répondit que rien ne pressait. Puis ils se mirent à parler d'une négligence ou d'une erreur survenue pendant la guerre d'indépendance. Avraham ne m'adressa presque pas la parole, sauf pour me remercier pour le café, sans doute parce que Théo monopolisait son attention. Je descendis à l'épicerie et, à mon retour, ils s'étaient mis d'accord quant à la décision qu'avaient prise Igal Alon et un autre commandant célèbre, Nahoum Sarig, Sergueï, qu'ils avaient tous deux très bien connu et dont ils avaient combattu les choix – pour ma part, je n'en avais jamais entendu parler –, et quand ils voulurent m'expliquer de quoi il retournait pour que je comprenne à quel point cet homme avait été un grand militaire et en quoi il s'était trompé, je les remerciai en alléguant que le sujet ne m'intéressait pas et que, de toute façon, j'ignorais le contexte. Pourtant, il était plutôt agréable d'être assise entre eux deux à écouter la conversation qu'ils tenaient à voix basse, telle une paire de conspirateurs ourdissant un complot, comme si la guerre d'indépendance se poursuivait clandestinement quelque part dans le Néguev et qu'on ne pouvait parler de portée, de ratages ou d'une nouvelle stratégie que par sous-entendus, en langage codé.

« Je crois que vous vous trompez, avança Théo quand Avraham Orvietto évoqua une éminence appelée Bir Asluj, autant que je m'en souvienne, c'était un peu plus au sud, près de Qadesh Barnea.

— C'est quand même Pini Finkel qui a eu cette idée géniale de mouvement tournant sur la voie romaine, déclara Avraham Orvietto sur un ton pensif.

— Je me permets de vous contredire sur ce point, s'écria Théo, je crois plutôt que c'est à vous qu'en revient l'honneur, Pini Finkel était un médiocre, c'est d'ailleurs ce qui l'a tué ; à propos, il a un fils, Nimrod, c'est moi qui m'en suis occupé, il a vécu deux ans avec moi à l'époque où c'était un malheureux jeune homme, je lui ai trouvé du travail, je l'ai poussé, et finalement il m'a viré du bureau du Développement, pas seul, bien sûr, mais c'est lui qui a tout manigancé. Ce n'est pas grave. Ça remonte à longtemps. »

Il ne m'avait jamais raconté cette histoire. Je ne lui avais d'ailleurs jamais posé de question.

Je leur resservis du café et les laissai. Je décidai d'aller chercher une paire de sandales chez le cordonnier.

Je fixai une réunion du comité pour 11 heures, le lendemain matin. Théo disposa des fruits dans des assiettes qu'il plaça sur la table avec des verres, des mendiants, du pain coupé en tranches et un assortiment de fromages, présenté sur un plateau de bois. Hors d'haleine dans son short kaki et ses sandales usées jusqu'à la corde, Ludmeer était en avance de vingt-cinq minutes. Après avoir lancé son slogan habituel, il s'attaqua aux noisettes et aux amandes qu'il liquida pratiquement tout seul. « On traite les immigrants éthiopiens comme de la merde, ici, dit-il, ce qui ne veut pas dire que les Russes mènent la belle vie, il faudrait clouer le ministre de l'Intégration au pilori et faire sauter les carrières à la dynamite avant que la poussière ne nous intoxique tous. » Muki Peleg arriva avec un quart d'heure de retard – avec son abondante chevelure bouclée qui lui donnait l'air d'un jeune penseur tout droit sorti d'une publicité pour une marque de cognac et son foulard de soie noué autour du cou, il raconta deux plaisanteries, transmit les excuses de Linda, partie en excursion dans la vallée du Jourdain, il interrogea Avraham Orvietto sur les femmes au Congo, ce n'est pas au Congo ? C'est au Nigeria ? C'est pareil. *Yallah*, Théo, commence vite qu'on en finisse !

« Permettez-moi de vous exposer en trois minutes les difficultés probables, amorça Théo. Primo, Bat-Sheva peut retarder le débat au conseil municipal aussi longtemps qu'elle le veut. Elle peut encore oublier notre dossier au fond d'un tiroir. Elle peut aussi pousser les instances gouvernementales à nous refuser les autorisations nécessaires. Elle peut également laisser les choses suivre leur cours, mais dénicher un vice de forme qui retardera indéfiniment la procédure. Deuzio, l'opinion publique est contre. La création de ce centre dépréciera l'immobilier, entraînera délinquance et tapage, exposera la jeunesse locale à côtoyer des éléments douteux. Les gens avancent qu'ils ont investi leur argent à Tel-Kedar pour vivre en paix et que notre projet risque de troubler l'ordre public : les ambulances la nuit, les patrouilles de police, les incidents, la criminalité qu'entraîne la drogue dans son sillage. Et ce n'est pas pour une misérable poignée de dollars qu'on va transformer une ville où il n'y a pratiquement pas de délinquance en un repaire de brigands ou en dépotoir des grandes villes. Quel besoin a-t-on ici de camés ? De dealers ? De revendeurs qui iront rôder autour du lycée pendant les récréations ? De prostituées de quinze ans qui sniffent ? De jeunes junkies qui font des casses dans les maisons ou les voitures et qui dévalisent les vieillards pour leur voler quelques sous ? Sans parler des seringues souillées qu'on retrouvera dans les cours, peut-être infectées du virus du sida ? La population a commencé à signer des pétitions, et puis qu'est-ce que c'est que la désintoxication, un drogué restera toujours un drogué, et il y a certainement quelqu'un qui compte s'enrichir sur notre dos, et pourquoi nous, est-ce qu'on n'en a pas assez avec ces nouveaux immigrants que personne d'autre n'aurait acceptés en aussi grand nombre chez eux, et après, on nous amènera aussi les petits Arabes des territoires pour les désintoxiquer des bombes qu'ils nous balancent au nom de l'Intifada. Il y aura des dizaines de plaintes de ce genre : Bat-Sheva aura beau jeu de traiter chacune séparément, ça pourra durer des années, et ce, avant que la population ne saisisse les tribunaux. En outre, le conseil municipal peut refuser d'emblée la reconversion du bâtiment sur la base de sa fonction primitive. Échec et mat. Voilà pour le plan local. Il y a un autre niveau : les ministères de l'Environnement, de l'Intérieur, de la Santé, de l'Éducation nationale, la police, la moitié du gouvernement. Et nous n'avons même pas commencé à parler du coût de fonctionnement. Je continue ?

— Alors ? On abandonne ? On se contente d'un jardin public avec des balançoires ? dit Avraham Orvietto de sa voix pensive en me lançant son sourire en clair-obscur hivernal.

— On cherche un compromis, répondit Théo.

— Un compromis, commenta Ludmeer. C'est le début de l'imbécillité. »

Ensuite, Muki Peleg rendit compte à la commission de la vente de l'appartement de la tante, Elazara Orvietto, qu'on allait transformer en cabinet de dentiste. Si M. Orvietto n'y voyait pas d'objection, la somme qu'il en récolterait irait directement dans la caisse de l'association et servirait aux réparations de la villa d'Alharizi dès que l'amour aurait renversé la muraille des préjugés, comme disait le rabbin à la religieuse.

Je n'ouvris pas la bouche.

Il fut décidé que Théo accompagnerait Avraham Orvietto à Jérusalem la semaine suivante pour tenter d'obtenir le soutien d'un ministre qui avait servi avec lui dans le génie militaire, une quarantaine d'années auparavant, et qui connaissait très bien Avraham du temps où il était attaché militaire à Paris. On convint aussi de rencontrer le président de l'université de Beersheva et les responsables du front de la lutte contre la drogue. Il était indispensable de modifier la composition du comité : il fallait intéresser au projet un petit noyau de personnalités, des professeurs, des écologistes, des psychologues, des notables de la ville, peut-être trois ou quatre parents d'élèves, aux idées avancées ou déjà confrontés au problème, le directeur du journal local, voire un ou deux artistes.

« Donc, je suis de trop, constata Ludmeer, abasourdi.

— Comme disait le mari qui surprit sa femme avec le voisin. Et Linda, vous la garderez comme dactylo ? »

À la fin de la séance, Ludmeer et Muki partirent – avec ses mocassins bleu ciel, Muki se précipita pour attraper l'ascenseur tandis que Ludmeer trottinait derrière lui de sa démarche de dromadaire.

« Je vous laisse un quart d'heure, le temps d'aller chercher une pizza au "Palerme", annonça Théo après leur départ. On gagnera du temps puisqu'il n'y aura pas à préparer le repas. Je reviens, on mange et on va lui montrer un peu le terrain. »

Le déjeuner avalé, nous emmenâmes notre invité faire un tour car il avait émis le désir de « prendre le pouls de la ville ». La Chevrolet récalcitrante démarra à contrecœur malgré les deux réparations récentes. En chemin, Théo expliqua obligeamment que la cité avait été construite en dépit du bon sens et que sa conception était erronée dès le départ. Était-ce ce qui incita Avraham Orvietto à se tourner vers le siège arrière pour me lancer un rapide sourire secret, comme s'il m'invitait à jeter un coup d'œil dans une pièce élégante et raffinée ? Dont les volets se refermèrent aussitôt. C'était un homme fragile, décharné, aux cheveux blancs et clairsemés, aux joues tannées et sillonnées de rides : on aurait dit la face d'un vieux métallurgiste à la retraite partageant son temps entre la lecture et la réflexion. Il parlait peu, d'une voix douce et grise, avec une sorte de componction embarrassée, comme si la parole était assourdissante. « Où devons-nous briller et pour qui ? » lui demandai-je en silence de ma place, à l'arrière.

Nous traversâmes à faible allure le quartier des H.L.M. puis le quartier résidentiel, nous dépassâmes des palmiers clairsemés à cause du vent, des pelouses évanescentes, des plants de flamboyants que les pipettes d'irrigation s'efforçaient de maintenir en vie, comme s'ils étaient sous perfusion.

« C'est beau, bouleversant, fit Avraham Orvietto, une ville nouvelle, sans passé biblique ou arabe, édifiée à l'échelle humaine, sans quartiers défavorisés, ni constructions vétustes. »

C'était peut-être une erreur de faire comme si les choses allaient de soi.

« Une telle retenue dans la construction n'est pas nécessairement un avantage, fit Théo.

— Pas nécessairement, mais là, oui », ajouta Avraham.

Nous nous arrêtâmes quelques instants sur la place pour regarder le monument aux morts où, en lettres métalliques, est gravée l'inscription suivante : *L'élite, ô Israël, est tombée sur tes hauteu s.* L'avant-dernière lettre du dernier mot a disparu. En lettres plus petites, figurent les noms des vingt et un disparus, d'Afflelou Joseph à Shumine Guiora-Georges. Le dos rond, le vieux Kushnir lit un épais volume, assis sur un tabouret à l'entrée de sa boutique. Pini Bozo a placé dans la vitrine de son magasin un tabernacle ouvert, en bois laqué, à l'intérieur duquel une photo en couleurs de sa femme, portant son bébé dans les bras, contemple les passants : front contre front, elle sourit, en découvrant de belles dents, éclatantes, à l'enfant qui lui rend son sourire de sa bouche édentée.

Ensuite, nous bûmes un café dans le bureau de Théo, situé au dernier étage d'un immeuble, à gauche de la mairie. Quelques cartes, des reproductions de paysages, une photo de Ben Gourion, fixant du regard les canyons d'un air dur, étaient accrochées au mur. Théo montra à son hôte les esquisses d'une construction adaptée au milieu désertique, ébauches de rues, de places et d'immeubles à dômes, reliés entre eux par des zones d'ombre savamment calculées pour repousser la lumière aveuglante et créer des ruelles tortueuses, semblables à des vallées ombragées. Il semblait que la simple présence de notre taciturne invité insufflait à Théo une vitalité électrique. Après un deuxième café, il sortit d'un tiroir un dossier bleu d'où il retira trois projets de rénovation de la villa d'Alharizi.

Avraham Orvietto les examina en silence et il avait toujours les yeux fixés dessus quand, dans un murmure, il posa une question prudente qui reçut une réponse concise. Je n'entendis ni l'une ni l'autre.

J'allai me poster à la fenêtre. J'aperçus un cerf-volant déchiré qui, empêtré dans les fils électriques, se balançait au gré du vent, au-dessus de l'académie de billard décrépie qui faisait également office de bureau de loterie. On appelait Eliahou l'oncle sénile de Schazberg, le pharmacien, récemment décédé, parce qu'il passait son temps à demander, avec humilité, quand allait arriver Eliahou. Le faire-part de décès jauni, sur le tableau d'affichage en face, m'apprit qu'il se nommait Gustave Marmorek, de mémoire bénie. Je me rappelai brusquement la formule favorite de Benizri : « Zéro. » Je décidai de rester dans mon coin pour ne pas les déranger : j'avais l'impression que des liens de sympathie se tissaient entre Théo et son hôte, et que je n'y avais pas ma place. Je notai que Théo avait eu droit, au moins à deux reprises, au sourire qui laissait voir le feu de cheminée à travers les volets entrebâillés. J'aurais voulu être ailleurs. À Lagos, par exemple.

Lors de l'entrevue avec Bat-Sheva Dinur, on apprit qu'Avraham Orvietto commandait l'unité de réserve où, pendant la guerre de Six-Jours, son mari avait combattu et trouvé la mort. Avraham ne l'avait pas oublié, Didi, le grand barbu qui, en faction sur la chaussée, lisait des partitions comme si c'étaient des romans policiers.

Au terme de la conversation, Bat-Sheva demanda à Théo de lui remettre un mémoire détaillé. Elle avait besoin de savoir notamment ce qu'ils avaient prévu pour barricader leur camp retranché. Et si tel était vraiment le cas, elle ne voyait pas alors quel profit en retirerait la communauté. Et l'équipe soignante ? Serait-elle locale ou extérieure ? Dans la seconde hypothèse, lui serait-il imposé, par contrat, de résider sur place ou bien laisserait-on un surveillant le soir tandis que les autres rejoindraient la civilisation en procession ? Et quelle somme M. Orvietto, Avraham, était-il prêt à investir dans ce projet, avait-il songé au fonds de fonctionnement ? « Vous avez intérêt à préparer un programme budgétaire convaincant si vous voulez me revoir. Et qu'il soit bien clair que je ne vous ai promis jusqu'à présent que de l'eau fraîche et des biscuits si vous avez envie de revenir ici. » À propos, elle comprenait parfaitement l'idée d'un mémorial, d'un don – le pays tout entier n'était-il pas un immense mémorial ? –, et elle admettait qu'il s'agît là d'un projet lié à la jeunesse, sans la jeunesse, il n'y avait pas d'avenir mais, sans avenir, il n'y avait pas de jeunesse, mais pourquoi pas un gymnase, plutôt ? Un club ? Ou une piscine ? Un système informatique dont on doterait le lycée ? Un centre de loisirs ? Des laboratoires ? Une cinémathèque ? « Et vous, Noa, dites quelque chose ! Faites-leur remettre les pieds sur terre. Vous avez de l'influence sur Théo, n'est-ce pas, et je crois qu'elle en a sur vous aussi, monsieur Orvietto, Avraham, est-ce que je me trompe ? Non ? »

Avraham Orvietto affirma qu'il voulait sauver de jeunes vies. Il ajouta qu'Emmanuel, son fils, aimait Tel-Kedar et que lui-même commençait à en comprendre les raisons profondes. Il conclut en disant que son fils estimait énormément Noa et que lui-même s'était mis à l'apprécier, ainsi que Théo.

En fin d'après-midi, Théo emmena notre invité visiter la maison abandonnée.

« J'ai mal à la tête, dis-je, je reste à la maison. »

Dix minutes plus tard, c'était réellement le cas.

J'avalai deux aspirines et partis à la bibliothèque municipale, où je m'installai dans la salle de lecture climatisée. Je dénichai un livre, en anglais, sur l'histoire du colonialisme à Lagos dans lequel je me plongeai deux heures durant, puis je passai à un manuel sur les chimpanzés jusqu'au moment où je sentis qu'on me touchait légèrement l'épaule. « Excusez-moi, Noa, on ferme », annonça la bibliothécaire. À mon retour, Avraham Orvietto était déjà parti pour Tel-Aviv, il me transmettait ses amitiés et ses remerciements. Théo m'attendait, comme d'habitude : assis dans un fauteuil blanc, il patientait tranquillement, avec une résignation opiniâtre, les pieds nus, étalés sur la table basse, son maillot de corps dévoilant sa forte carrure, sa large ceinture exhalant un parfum de cuir mêlé de sueur masculine ; cette fois, pourtant, il avait allumé la lumière et lisait un ouvrage sur la toxicomanie qu'il avait trouvé sur ma table de chevet, *La Jeunesse prise au piège*. À mon entrée, il ôta les lunettes qu'il m'avait empruntées et me demanda si ma migraine allait mieux.

« Beaucoup, beaucoup mieux », répondis-je.

0 h 55. De l'autre côté de la cloison, on entend le grincement de l'ascenseur qui ne s'arrête pas, mais poursuit son ascension vers les étages supérieurs dans un gémissement de câbles. Noa est au lit : elle vient de prendre un bain et, en chemise de nuit, ses lunettes sur le nez, la tête auréolée du halo de lumière de la lampe de chevet, elle est plongée dans *L'Apogée et le déclin du flower power*. Étendu sur son lit, Théo écoute à la BBC une émission sur le recul des galaxies. La fenêtre du balcon est grande ouverte. Un vent sec, venu de l'est, des collines vides, agite lentement le rideau. C'est une nuit sans lune. Les étoiles brillent intensément d'une froide clarté. Dans les rues désertes de la ville, les lumières se sont éteintes depuis longtemps, mais le feu, sur la place, n'en continue pas moins de fonctionner en cadence : rouge, orange et vert. Tout seul au central téléphonique, Lupo, l'aveugle, accomplit son tour de garde au chant des grillons. Son chien sommeille à ses pieds.

De temps en temps, ses oreilles se dressent, et une sorte d'onde électrique lui parcourt l'échine. Quand Eliahou va-t-il arriver ? Celui qui posait cette question est mort et peut-être connaît-il la réponse, à présent. L'aveugle tend l'oreille, à l'écoute des bruissements nocturnes : par-delà le souffle calme du vent et la stridulation des grillons, il lui semble entendre le sanglot des morts, léger, déchirant, tel un lambeau de brume traversant un autre lambeau de brume. Les pleurs des morts récents, ceux qui ne se sont pas encore résignés, sont ténus, innocents, blessés, tels les cris d'un enfant abandonné au milieu du désert. Les morts plus anciens poussent de longs gémissements réguliers, on dirait des pleurs de femme, étouffés dans l'obscurité sous un épais édredon. Quant aux très vieux défunts, oubliés depuis des lustres – des Bédouines mortes de faim, autrefois, dans ces collines, des nomades, des bergers du temps jadis –, ils émettent des profondeurs une sorte de complainte désolée, creuse, plus silencieuse encore que le silence : ils implorent leur retour. De plus loin, proviennent, assourdies, les lamentations des chameaux morts, l'appel d'une biche abattue à l'époque d'Abraham, la cendre d'un feu antique, la vitalité d'un arbre aujourd'hui pétrifié mais qui verdissait peut-être au printemps, ici, dans un *wadi*, il y a très longtemps, et dont le souvenir continue de hanter le plateau obscur.

Lupo se lève, il bute contre son chien, s'excuse, et ferme la fenêtre en tâtonnant. Noa éteint la lumière. Théo, nu-pieds, vérifie que la porte d'entrée est bien fermée puis s'en va inspecter le réfrigérateur. Que cherche-t-il ? Il n'en a pas la moindre idée. Peut-être veut-il seulement apercevoir la lumière blafarde vaciller entre les aliments ou trouver un peu de fraîcheur ? Il abandonnera et retournera dans sa chambre. Oubliant d'éteindre la radio, il ira s'installer un court instant sur le balcon, face aux collines vides.

À la fin de la réunion, pour gagner du temps, Théo alla chercher une pizza au « Palerme » en guise de déjeuner. Il voulait ensuite emmener notre hôte faire un tour en ville et lui montrer la villa d'Alharizi.

« Vos discussions sur les combats du Palmach dans le Néguev ne me passionnent pas vraiment, déclarai-je quand la porte se fut refermée derrière lui. Vous avez remporté cette guerre et les autres, seuls contre tous, avec ou sans le mouvement tournant imaginé par Pini Finkel ou par quelqu'un d'autre. Maintenant, je vais vous montrer la correspondance et les factures, pour que vous puissiez vérifier l'usage que nous avons fait des sommes que vous vous obstinez à nous envoyer chaque mois. »

Avraham Orvietto répliqua que c'était inutile : d'abord, c'était Théo qui avait fourni la plus grande partie des fonds. Il le rembourserait dans les prochaines semaines. Il ne pouvait pas encore disposer de tout le liquide nécessaire. En outre, il fallait s'attendre à certaines complications. L'acquisition de cette maison n'avait-elle pas été un peu, disons, prématurée ?

Je ne désarmai pas : je devais lui montrer la comptabilité et les factures que j'avais conservées et que je n'avais pas encore eu le temps de classer, ainsi que les documents et les échanges de correspondance. C'était lui qui m'avait nommée à ce poste, et j'avais donc des comptes à lui rendre. J'allais immédiatement lui apporter ce que je pourrais trouver. « Venez dans ma chambre, dis-je en lui prenant la main, les papiers s'y trouvent, et il y fait un peu plus frais qu'ici parce que je ne relève jamais le store le matin. »

L'unique chaise était encombrée des vêtements et du linge dont Théo m'avait dépouillée cette nuit-là. Je fis asseoir Avraham sur mon lit et me plaçai dans l'angle constitué par la table de chevet pour lui dissimuler la chaise et son chargement, puis je chaussai mes lunettes et commençai à lui tendre un feuillet après l'autre. Avraham Orvietto y jeta un coup d'œil en biais – son visage buriné manifestait une cordialité intéressée non dénuée d'étonnement –, avant de les reposer un à un sur ses genoux. Un peu plus tard, estimant un peu bizarre de rester debout de la sorte, je m'assis à mon tour sur le lit, à sa gauche ; dans la pièce faiblement éclairée par la lumière qui pénétrait obliquement à travers les interstices des volets, mon ombre masquait presque sa silhouette affligée. Une fois assise, je trouvai encore plus étrange de me retrouver genou contre genou avec le père du garçon, sur le lit qui avait été le théâtre de nos ébats à Théo et à moi, et où, en appuyant chaque note, nous nous étions laissés aller au plaisir.

« Vous les étudiez vraiment, ces papiers, Avraham, ou vous faites semblant ? Vous êtes dans la lune ? dis-je comme si je m'adressais à un élève ahuri.

— Écoutez, seuls vos cours l'intéressaient vraiment. Peut-être était-il doué pour la littérature. Je vais vous raconter une anecdote, vous voulez bien ? J'étais venu passer deux jours et demi ici l'hiver dernier, en décembre, après son retour d'Eilat. Je logeai à l'hôtel. Le dernier soir – il faisait déjà nuit –, il était venu me chercher pour une promenade. À chacune de mes visites, nous avions l'habitude de marcher dans les rues une heure ou deux pendant lesquelles nous n'échangions pratiquement pas un mot. Il portait un pantalon de velours et un manteau de cuir marron, un superbe blouson d'aviateur que je lui avais acheté en transit, à l'aéroport de Rome. Je portais un manteau, moi aussi. Nous cheminions, épaule contre épaule – nous étions de la même taille à présent. Il faisait froid, et un vent violent soufflait des collines. Pour autant que je m'en souvienne, nous avions contourné le quartier résidentiel et traversé le terrain vague derrière la pharmacie pour nous retrouver à côté de la maison des fondateurs dont la façade était éclairée par des projecteurs blêmes, dissimulés entre les bosquets. La pluie se mit brusquement à tomber. Vous êtes mal installée, Noa. Vous ne voulez pas vous appuyer sur le coussin ? Comme ça. La pluie qui tombe dans le désert par une nuit d'hiver, ça a quelque chose de triste, vous savez. Plus triste qu'ailleurs, là où il n'y a pas de désert. C'est déprimant, comme une insulte. À 21 h 30, les artères étaient désertes et, comme elles ne sont pas bien larges, elles paraissaient encore plus vides. À la lumière des réverbères, nous distinguions le vent qui cinglait obliquement le rideau de pluie, les gouttes nous transperçaient comme des aiguilles, et une odeur de poussière humide montait du sol. Tous les volets étaient clos alentour. On aurait dit une ville fantôme. Deux ou trois silhouettes, probablement des Bédouins, traversèrent la place en courant, des sacs vides sur la tête pour se protéger de la pluie, avant de disparaître comme elles étaient venues. Emmanuel et moi nous abritâmes sous l'auvent de tôle du cinéma. Il grinçait sous les assauts du vent. Au loin, des éclairs blanchirent les versants des collines désertes, à l'est. La pluie redoubla et se transforma en orage accompagné de coups de tonnerre étouffés. On aurait dit que la place se métamorphosait en fleuve sombre, noyé dans le brouillard, tandis que les immeubles s'éloignaient en flottant. Les eaux en crue mugissaient du côté des *wadis* ; réflexion faite, ce n'était peut-être que le tremblement de l'abri, au-dessus de nos têtes. J'avais la vague impression que ce déluge dénaturait le désert. Quand je fis part de cette réflexion à Emmanuel, je crus distinguer une sorte de rictus déformer sa bouche, sans en être vraiment sûr à la faible clarté jaunâtre qui ne parvenait pas à s'affranchir de la lumière parcimonieuse, dispensée par l'ampoule surmontant le guichet fermé. J'ignore s'il se droguait déjà, et jusqu'à quel point. Je ne le saurai sans doute jamais. Un jour, vous m'avez dit que c'était un garçon avare de paroles, vous aviez raison, il était ainsi, y compris cette nuit-là, debout à mon côté, transi, coincé entre les barrières de fer glacées sous l'auvent du guichet qui gémissait sous la pluie. Dans le blouson viril que je lui avais offert, avec ses poches zippées et ses boucles métalliques, il ressemblait moins à un aviateur de combat intrépide qu'à un jeune réfugié, hâve, qu'on venait de sauver de la noyade et qu'on avait enveloppé du battle-dress des rescapés. Il se tenait là, frêle, flegmatique, le dos contre la porte de l'issue de secours du cinéma qui s'ouvrit soudain sous son poids – on avait dû oublier de la verrouiller ce soir-là. La pluie redoublant d'intensité, nous pénétrâmes dans la salle vide, plongée dans le noir, à l'exception de la veilleuse de secours qui éclairait faiblement l'inscription “Sortie”, au-dessus des issues de droite et de gauche. En bas, en face de nous, se découpait l'écran blafard. Le bruit de la pluie nous parvenait assourdi, comme éteint, et le tonnerre semblait immergé sous l'eau. Nous nous assîmes côte à côte, mon fils et moi, comme vous et moi en ce moment, au fond de la salle. Nous étions littéralement trempés. Même si je sentais la chaleur de son genou contre le mien, j'éprouvais une profonde mélancolie, comme s'il ne se trouvait pas près de moi, mais, comment dire, au loin, par-delà les montagnes obscures. Il y a une expression comme ça. Et de fait, toutes les montagnes sont obscures, la nuit, sous la pluie. "Écoute, Emmanuel, dis-je, puisque nous sommes là, veux-tu qu'on parle un peu ? – De quoi ? répondit-il avec une grimace. – De tes études, peut-être, de ta mère, ou de l'avenir." Il esquissa un léger hochement de tête, ambigu. Je lui posai deux ou trois autres questions auxquelles il ne répondit que par monosyllabes ou par un grommellement indistinct. Pouvez-vous comprendre ça, Noa ? Assis seul avec mon fils, épaule contre épaule, manteau contre manteau, en fait, par une nuit d'hiver, dans une salle froide et déserte, sans qu'aucune parole ne soit prononcée ? Rien. Et dire que j'appartiens à la génération, comment dirais-je, la génération du verbe. Bien que, après toutes ces années passées en Afrique, j'aie probablement perdu l'usage de la parole, sauf pour le quotidien. Et il se mit à cligner des yeux, comme quand il était petit, et prit une profonde inspiration, comme pour dire "Attends une minute", avant de sortir de son blouson le damier de poche que je lui avais acheté un jour dans un aéroport quelconque. Dans la chiche lumière qui régnait là-bas, nous fîmes trois parties de suite, en silence, au crépitement de la pluie. Je le battis à chaque fois. Maintenant, en vous racontant cela, j'ai l'impression d'avoir commis une erreur : je n'aurais pas dû le battre. À quoi bon ? D'un autre côté, pour quelle raison aurais-je fait semblant de perdre ? Qu'en pensez-vous ? Vous qui êtes pédagogue. Une femme sensible. Aurais-je dû le laisser gagner pour la dernière nuit que nous passions ensemble ? »

En guise de réponse, je passai mon bras autour de ses épaules. Je le retirai aussitôt quand il tourna vers moi son regard bleu et las avec le sourire de la chambre à la cheminée, un sourire lumineux qui disparut aussitôt entre ses rides séduisantes, tel un rideau tiré.

« Ensuite, reprit-il en roulant ses épaules rêches de paysan, comme s'il voulait attraper un objet récalcitrant, la pluie ayant faibli, mon fils s'est levé et m'a raccompagné à l'hôtel. Le lendemain, je repris l'avion pour Lagos. Je pensais lui écrire une lettre, tiens, voilà Théo, venez, retournons au salon manger la pizza qu'il nous a apportée puis nous irons voir ce qu'il veut nous montrer. Si on ne nous laisse pas mener à bien notre projet – j'ai de sérieux doutes à ce sujet –, on pourrait peut-être y renoncer et imaginer autre chose. Je suis désolé de vous avoir fait de la peine. J'aurais dû retenir ma langue, c'est d'ailleurs vous qui m'avez appris que mon fils considérait les mots comme un piège. Nous n'avons pas été assez vigilants. C'est vraiment regrettable ! »

La réparation de la clôture va me coûter six mille shekels. Il faudrait aussi installer un portail pour décourager les rôdeurs, la nuit. Bien que persuadé qu'un centre de désintoxication ne verra jamais le jour ici, je continue à chercher un compromis. Pourquoi ? Je ne sais pas. Bat-Sheva Dinur m'a appelé deux fois pour me demander des nouvelles du mémoire que j'ai promis de lui remettre. La nuit, je lis les brochures et les livres que Noa laisse traîner partout, ouverts, posés à l'envers, sur la table de la cuisine, dans le couloir, sur le canapé, le fauteuil du balcon ou dans les toilettes. J'ai appris une ou deux choses, mais l'essentiel m'échappe encore. Entre-temps, il faut surveiller la villa abandonnée à cause des drôles d'oiseaux qui y nichent la nuit. La bâtisse commence à me plaire. Je m'y promène environ une demi-heure par jour, mon carnet de croquis et un crayon à la main. J'envisage les différentes possibilités : la fenêtre septentrionale pourrait se trouver ici, ou là-bas, et il y aurait moyen de l'agrandir d'au moins trois fois sa taille. En abattant le plafond de plâtre dans la grande pièce du milieu, on récupérerait près de six mètres de hauteur entre le sol et le toit et on pourrait y aménager une galerie en mezzanine, avec une plate-forme, un escalier et une balustrade en bois.

« Donne-moi encore quelques jours », ai-je prié Noa.

Et elle qui, il n'y a pas si longtemps, me suppliait de ne pas tout lui prendre, ne se mêle plus de rien. Comme si elle se désintéressait du projet. « J'ai un peu de fièvre et j'ai mal à la tête, me répondit-elle quand je lui proposai de m'accompagner à Jérusalem. Tu te débrouilleras très bien sans moi. » Le soir, à mon retour, elle me coupa : « Abrège un peu, Théo. Peu importe qui se souvient encore de toi depuis l'époque où tu étais encore la prunelle de nos yeux et en quoi s'est fourvoyé le Palmach lors de la guerre d'indépendance. » C'est justement maintenant que les choses commencent à prendre forme que s'est évanouie la joie rayonnante qui me semblait jaillir directement de sa substance vitale. L'étincelle qui dansait dans ses yeux, quand elle affirmait qu'un tel était chaud ou froid, bon ou mauvais, dissimulateur ou sur la défensive, s'est éteinte. Une sorte de distraction, inhabituelle chez elle, a remplacé l'enthousiasme : elle sort le matin, rentre l'après-midi, mange un morceau sans même prendre la peine de s'asseoir, abandonne la vaisselle sale dans l'évier et repart.

Où peut-elle aller, maintenant que le lycée est fermé pour les grandes vacances et que ses collègues sont toutes parties en stage ? Je me garde bien de la questionner. Ou alors, elle passe la matinée à regarder les émissions enfantines à la télévision puis disparaît jusqu'à 23 heures. Je croirais volontiers qu'elle a un amant si elle ne choisissait précisément ces nuits-là pour surgir dans ma chambre, environnée du léger arôme floral habituel : elle s'avance en silence, pieds nus, dans sa chemise de nuit de pensionnaire orthodoxe. Debout, j'embrasse la tache de naissance brune qu'elle a sur la nuque. Mon corps, tous mes sens se tendent vers elle, tel un médecin auscultant un patient ou comme si elle était ma fille, en proie à un gros chagrin. Et, empli de désir, d'émoi plutôt, je saisis ses deux mains qui ont vieilli avant elle. Puis j'étreins ses seins et caresse l'intérieur de ses cuisses du bout des doigts, tel un infirmier pansant délicatement une plaie à vif. Elle s'endort immédiatement après l'amour, comme un bébé, la tête nichée au creux de mon épaule. Moi, je reste éveillé la moitié de la nuit, attentif, respirant à peine pour ne pas perturber son sommeil. Il n'y a aucun risque d'ailleurs, elle dort à poings fermés.

Je l'ai surprise à plusieurs reprises, assise dans la cuisine, sur le balcon et au « California », en compagnie d'une jeune fille brune, Tali ou Tal, une de ses anciennes élèves probablement. C'est une adolescente délicate – on dirait une gravure –, qui ressemble à une petite Indienne en jean rapiécé. Je l'aurais bien vue vêtue d'une jupe écarlate. Elles sont plongées dans une discussion animée qu'elles interrompent à mon approche, comme si elles attendaient que je m'éloigne et les laisse tranquilles. Ce que je n'ai nulle envie de faire au demeurant. Cette Tali a quelque chose de fascinant, peut-être est-ce la crainte que je semble lui inspirer : elle se recroqueville sur sa chaise et me toise prudemment de haut en bas, tel un petit animal apeuré qui aurait senti le danger. C'est d'ailleurs ce qui me pousse à m'approcher. La conversation devient aussitôt languissante. Le silence s'installe à contrecœur. J'ai réussi à savoir qu'elle va commencer son service militaire en novembre. D'ici là, elle doit repasser l'épreuve de mathématiques du baccalauréat à laquelle elle se prépare à grand renfort de leçons particulières avec Gusta Ludmeer, cette mégère, mais les logarithmes, quelle plaie, elle n'arrivera jamais à se les mettre dans la tête ! J'ai appris également qu'elle est la fille de Paula Orlev, la propriétaire d'« À la mode de Dizengoff », où j'avais failli acheter cette fameuse robe folklorique à Noa. Qu'attend-elle de nous ? Rien de spécial. Que pense-t-elle de la situation dans les territoires ? De l'avenir du pays ? De Tel-Kedar ? De la permissivité de la société ? De la vie en général ? Ses réponses sont insipides, indifférentes, au point que je n'en ai gardé aucun souvenir. Sauf, peut-être, que sa chatte a mis bas et qu'elle a un chaton à donner. Puis-je leur offrir quelque chose à boire ? Non, merci, c'est fait. Du raisin, alors ? Non, merci.

« Vous préférez sans doute que je m'en aille ?

— Tu as oublié tes clefs sur la table. Tu peux prendre le journal. Au revoir. »

Mais je n'ai pas du tout envie de partir. Au contraire. Rien ne presse. Je m'installe sur une chaise et demande ce qu'on pense en ville du nouveau quatuor à cordes, par exemple. Ou de l'agrandissement du parking sur la place. Et quel est le programme de Tal pour cet été ? Jusqu'à l'armée ? Elle n'a pas envie de fuir les logarithmes, de bourlinguer un peu dans le vaste monde, comme les jeunes de son âge ? L'Amérique du Sud l'intéresserait-elle par hasard ?

« Bat-Sheva Dinur t'a appelé, Théo », intervient Noa. Je reçois le message cinq sur cinq et réponds : « Elle a téléphoné. Très bien. Alors je vais attendre qu'elle rappelle. Faites comme si je n'étais pas là. Je vais lire mon journal pendant ce temps. »

« De quoi parles-tu à longueur de journée avec ta petite Indienne ? demandai-je un jour à Noa sur un ton badin, pendant le petit déjeuner. Est-ce qu'elle te raconte ses peines de cœur ? Y aurait-il une nouvelle histoire de drogue à l'horizon ? Un autre mémorial ?

— Arrête, Théo, dit Noa en rougissant. Ça va mal tourner. »

Voyant que je ne cédais pas, elle se leva et se mit à repasser, tâche qui m'incombe en général.

Je décidai donc de battre en retraite.

Temporairement. Je trouverai bien l'occasion d'avoir avec cette Tal une conversation entre quatre yeux. Ou bien j'irai acheter chez sa mère une jupe à motifs géométriques bariolés pour faire une surprise à Noa.

J'ai pourtant du pain sur la planche : Natalia, la jeune Russe qui venait faire le ménage au bureau le vendredi, m'a renvoyé la clef en m'informant qu'elle ne reviendrait plus. Cette fois, je m'entêtai : je réussis à trouver le numéro de téléphone de l'épicerie de son quartier où, à force de persuasion, on accepta d'aller la chercher pour qu'elle vienne me répondre. Après avoir surmonté, non sans mal, sa timidité, les politesses d'usage, sa peur et les difficultés de la langue, elle m'avoua que son chômeur de mari avait été repris d'une crise de jalousie et lui avait interdit de continuer à travailler pour moi. Là-dessus, je partis dans la Chevrolet et tournai en rond une bonne demi-heure au milieu des caravanes avant de dénicher le fameux mari – j'avais l'intention d'user de persuasion mais j'appris par les voisins que Natalia s'était enfuie chez son beau-père qui habitait un meublé tout près de la place, à moins de deux minutes de mon bureau. Environ deux jours plus tard, le mari avait retrouvé sa trace et débarqué dans le minuscule appartement de son père. Le temps que je découvre où il se trouvait, Natalia était retournée dans sa caravane. Après cinq bonnes minutes de vociférations méfiantes à travers la porte close, le père et le mari consentirent à ôter la chaîne et à m'ouvrir la porte.

Apparemment, je les avais dérangés au milieu d'une partie de cartes – j'avais affaire à deux hommes robustes, légèrement dégarnis et qui se ressemblaient comme des frères : le crâne rond, la charpente solide, des bras musclés d'haltérophiles, des dents aiguisées, dévoilées par un large sourire, un visage mal rasé et le même maillot de corps noir. Quand j'évoquai Natalia, ils éclatèrent d'un gros rire humide, comme si j'avais énoncé une obscénité, ils me tapèrent sur l'épaule, m'expliquèrent quelque chose en russe et dans une autre langue inconnue puis de nouveau en russe, se mirent à rire de plus belle en découvrant leurs dents de rapace et, avec force gestes enthousiastes et une cordialité presque féroce, ils m'invitèrent à me joindre à une partie de poker. Je m'attardai une petite heure, avalai deux verres et perdis quarante shekels.

Depuis, j'y retourne parfois en fin d'après-midi – Noa n'est évidemment jamais à la maison et, quant à la pauvre Natalia, elle est partie, ou s'est réfugiée, chez sa sœur, à Hazor HaGelilit. J'ai appris ces faits après avoir perdu deux nouvelles parties de cartes. J'aime bien passer une ou deux heures en compagnie de ces deux hommes braillards ; je ne comprends pas un traître mot de leur langue mais j'apprécie leurs rires sonores, leurs bourrades sur mon épaule, leurs rugissements, leurs coups de coude dans mes côtes et leur chambre miteuse, basse de plafond avec son coin-cuisine qui sent le graillon. Bizarrement, cela me rappelle les nuits passées autour de feux de camp, en compagnie d'inconnus, dans les cours d'auberges de campagne perdues sur le littoral caraïbe. On m'offre du poisson salé au goût puissant avec un verre de vodka, je perds aux cartes cinquante ou quatre-vingts shekels et quand ils ponctuent leurs plaisanteries, auxquelles je ne comprends goutte, de leur rire tonitruant, il m'arrive de faire chorus. J'ai oublié depuis longtemps que mon intention initiale était de dissiper leurs soupçons et de convaincre le mari de faire revenir Natalia pour la persuader de reprendre son service chez moi, le vendredi. Je crois que, avec force mugissements et gestes arrondis et moqueurs, ils ont essayé de me faire comprendre que Natalia était enceinte, qu'il n'y avait plus aucune raison de courir après elle et que sa sœur, en Galilée, attendait elle aussi un enfant. Mais j'ai peut-être mal interprété leurs mimiques et leurs ricanements et inventé cette histoire de toutes pièces. Que m'importe, après tout ?

Je pense parfois à elle : une femme-enfant de dix-sept ans environ, blonde, tendre, timide, effarouchée, les formes opulentes, affichant en permanence, même quand elle croyait que je ne la regardais pas, un léger sourire de confusion ou d'étonnement puéril. On aurait dit que, entre deux sourires, ses lèvres tremblaient comme si elle était sur le point de pleurer. Quand je lui posais la question la plus innocente, elle pâlissait et frissonnait comme si je venais de commettre une grave impolitesse ou que je lui avais fait une proposition indécente, et elle balbutiait des excuses au point que, regrettant ma question, je lui faisais grâce de la réponse et lui tournais le dos pour qu'elle ne voie pas la manifestation flagrante de mon désir qui me donnait l'air d'un rhinocéros. Quand j'appris que le mari et son père avaient été mécaniciens en Moldavie et étaient au chômage depuis leur arrivée, je téléphonai à Muki Peleg pour lui demander de me rendre le service de voir s'il pouvait leur trouver quelque chose, au moins temporairement. Peut-être chez un des entrepreneurs en terrassement avec qui il passait ses après-midi à la table des docteurs de la Torah, au « California ». Muki me promit d'essayer, que ne ferait-il pas pour moi, quelle question, une vraie fusée, même si je ne le méritais pas vraiment vu que je l'avais chassé du comité, lui et Ludmeer, en fait, ce n'est pas pour moi qu'il le ferait, mais pour le rassemblement des dispersés, comme disait l'hôtesse de l'air au Juif qui la pressait de s'enfermer avec lui dans les toilettes d'un jumbo. Et il embraya sur le récit d'une petite affaire de stylos à bille qu'il avait l'intention de monter avec Doubi Weitzman et Pini Bozo, quelque chose de vraiment nouveau, avec un système électronique : si on avait oublié où était passé son stylo, on sifflait et il vous répondait, Bat-Sheva allait y participer elle aussi ; Orvietto et moi-même serions-nous intéressés aussi ? Notre apport devrait doubler en trois ans maximum, voire en deux ans et demi, si nous étions un peu aventureux.

Pendant le shabbat, je jetai les grandes lignes du mémoire promis. Je trouvai dans une des brochures de Noa que la désintoxication pratiquée en internat pour les moins de dix-huit ans existait depuis longtemps en Scandinavie, dans de petites villes justement, loin des grands centres urbains, et qu'il y avait des preuves indéniables du succès de telles expériences qui constituaient un défi sociopédagogique : un pôle d'attraction de la vie sociale et un modèle exemplaire de communauté thérapeutique dans un environnement solide où s'épanouissaient l'esprit missionnaire et la fierté locale. Le cadre qui me paraissait le mieux adapté à Tel-Kedar était donc une expérience sociale doublée d'une observation clinique, et non pas un simple centre de désintoxication qui se contenterait de fournir des substituts tels que la méthadone. Quant au plan économique, nous n'étions évidemment pas en Scandinavie, mais nous pourrions démarrer avec les enfants de familles aisées du centre du pays qui ne rechigneraient pas à débourser quelque mille dollars par mois. On commencerait de la sorte avec sept ou huit patients, par exemple, auxquels on associerait deux ou trois jeunes du cru, issus de familles défavorisées, auxquelles on demanderait une somme purement symbolique. On nettoierait un peu les rues. Ce dont l'opinion publique nous saurait gré. « Je n'ai pas envie de lire des brouillons, déclara Noa quand je lui proposai de jeter un coup d'œil sur les têtes de chapitre. Je n'ai pas envie de lire quoi que ce soit. Tu choisis mal ton moment, Théo. Tu ne vois pas que tu me déranges ? Laisse-moi écouter la musique en paix. Sois gentil, remets le disque au début. »

J'eus brusquement envie de lui rappeler qu'elle continuait à recevoir chaque mois le chèque de trois cents dollars d'Orvietto, par l'entremise de Me Arbel, et qu'il serait intéressant de savoir ce qu'elle en faisait – on pourrait d'ailleurs lui demander des comptes à ce sujet. Elle passait la majeure partie de son temps en compagnie de sa petite Indienne, Tal ou Tali. De la fenêtre de mon bureau, je les voyais entrer ensemble chez le coiffeur, sortir de la séance en matinée du « À Paris », ou faire des messes basses au « California », assises à la table des amoureux, derrière le pilier. Quand je ferme le bureau pour descendre acheter le *Ma'ariv* chez Gilboa, il m'arrive de faire un saut au café : évitant de me joindre à elles, je choisis un poste d'observation un peu en retrait, la table la plus proche de la caisse. Quand Doubi Weitzman n'a rien à faire, il vient me rejoindre quelques instants plus tard : il est ventru, poilu comme un singe, toujours suant, chaussé de sandales poussiéreuses et coiffé d'une espèce de casquette de capitaine grec, bordée de galons dorés, une ancre scintillante sur la visière ; il s'assoit en face de moi et commande deux Coca bien frais et une assiette de fromages et d'olives pour deux.

« Un casino, Théo, fait-il en soupirant. C'est ce qui nous sauverait ici. Pour que Tel-Kedar cesse d'être un cimetière. Un casino nous amènerait des touristes, des vacanciers, des filles, l'argent affluerait et, avec lui, la culture. Pour moi, un casino ne serait qu'un moyen. Mon but est de susciter la culture chez nous. Un lobby, quoi. La culture, Théo, sans elle, nous sommes des bêtes. J'espère que tu ne te sens pas visé. Prends ça comme matière à réflexion. »

« À chacune de mes visites à Tel-Aviv, je m'aperçois que la ville se rapproche de nous, avait-il déclaré l'avant-veille. Holon ne fait plus qu'un avec Rishon. Rishon progresse vers Ashdod. Ashdod va rejoindre Qiryat Gat. Dans un siècle, Tel-Aviv nous aura rattrapés – elle frappera à nos portes à 5 heures, "salut, les gars, dira-t-elle, réveillez-vous, je suis venue vous voir, voilà, l'exil est terminé". D'ici là, nous sommes coincés sous les collines. J'aimerais bien les voir disparaître, celles-là. Elles nous étouffent. On se fait une petite partie d'échecs ? Tu n'en as pas un peu marre, quelquefois, Théo ? Tu réfléchiras à ce que je t'ai dit ? »

Ludmeer me tombe parfois dessus sur la place ou à côté de la poste ; il a toujours l'intention de changer le monde et de se battre à mort contre cette racaille que j'ai l'intention de transplanter ici, Sodome et Gomorrhe, il a honte de l'éclipse momentanée qui l'a incité à participer à notre comité, « et pourtant, elle tourne, Noa », me prévient-il charitablement. À plusieurs reprises, dans la cuisine, il m'est venu à l'esprit de dire à Noa ses quatre vérités. Quelques paroles bien senties, cinglantes comme une gifle. Par exemple : « Dis-moi, t'est-il déjà arrivé de voir un drogué ? Au moins un ? Même de loin ? Au télescope, peut-être ? Comme ton père qui surveillait le monde à la lunette dans son fauteuil roulant ? Sois franche, serais-tu capable de faire la différence entre un camé et un homme en état de somnolence ou un arriéré mental ? Comment as-tu osé accepter une tâche qui te dépassait, sur un sujet où tu t'y connais encore moins que moi dans la cosmétologie esquimaude ? Et qui, en plus, ne t'a jamais réellement intéressée ? Reconnais que c'était simplement pour sortir de la maison. Parce que tu en as jusque-là d'enseigner la littérature. Qu'est-ce qui t'a pris de mettre la ville sens dessus dessous et, juste au moment où les choses sérieuses commencent, de tirer ton épingle du jeu et de me laisser ramasser les pots cassés ? »

Je me suis retenu.

Ce n'est pas le moment de se disputer.

Surtout que je ne suis jamais là, moi non plus : je passe mon temps chez le mari et le beau-père de Natalia, à me régaler de poisson fumé, de vodka, que j'apporte avec moi à présent, de borchtch épais et de bricks à la viande. Par gestes et par bribes, je leur distille l'histoire du sionisme comme un feuilleton à épisodes : les marais, la clandestinité, l'immigration illégale, les Anglais, les nazis, les victoires, le mur du Temple, Entebbe, les implantations des territoires. Ils me fixent d'un air absent, sans manifester le moindre intérêt ni cesser de mastiquer lentement de leurs larges mâchoires, en éclatant de loin en loin d'un rire énorme, sans lien apparent avec le déroulement de mon exposé. La dernière fois, j'ai même réussi à leur soutirer cinquante shekels au poker ; ils ont bien failli s'étrangler de rire : ils se donnèrent de grandes claques sur les genoux et me bourrèrent de coups sur la nuque et sur le dos – je crus qu'ils ne s'arrêteraient jamais. Les mardis, je prends mes quartiers pour une couple d'heures environ au « California », où je joue aux échecs avec Doubi Weitzman, pour ne pas perdre les bonnes habitudes. Et presque tous les jours, l'après-midi, je me promène dans la villa en ruine. Sans carnet ni crayon, cependant. Comme si j'avais perdu le fil de mes idées.

Muki Peleg m'a appelé, il débordait d'enthousiasme : il a réussi à dégoter une période d'essai pour mes deux moujiks, une semaine, chez Jack Ben-Lulu, du garage Ben-Elul, ce sage entre les sages.

« Évidemment, pendant ce temps-là, ils auront des clopinettes comme salaire, mais ils n'auront qu'à faire leurs preuves, comme disait la reine de Grèce à ses trois Turcs. Tu ne la connaissais pas celle-là, Théo ? Je te la raconterai à l'occasion. Contente-toi de savoir pour le moment qu'un Turc et une Grecque, c'est comme Ludmeer et ses carrières. Dis-leur bien de se présenter au garage demain à 7 heures. Comment me trouves-tu, hein ? Le Gaon de Vilna déguisé en juste de village ?

— Tu es unique, Malachie.
— Heureusement. »

Malgré les dalles brisées, les toiles d'araignée, l'épaisse couche de poussière, les fenêtres cassées, les placards béants, les lavabos et les lunettes des W.-C. éparpillés partout ou volés, le toit qui grince sous les assauts du vent du désert, les seringues souillées, les tampons d'ouate sales, l'odeur d'urine et les taches de moisissure, je cherche à me convaincre que la maison représente une excellente acquisition parce qu'elle est saine, solide et spacieuse. Les pièces sont vastes et hautes de plafond, les murs épais. Toutes les chambres donnent sur un espace intérieur, une salle de belles dimensions au centre de la maison. Cette pièce, où règne une agréable pénombre, est toujours fraîche, même en période de canicule. La maison rappelle un peu les demeures arabes ou arméniennes d'avant les guerres, ou celles de la colonie allemande, à Jérusalem. C'est peut-être à cause de la profondeur des fenêtres cintrées, du couloir sinueux, des cheminées. Dans la grande cour, poussent une vingtaine de pins touffus que le vent incline vers le nord. Leurs cimes ombragent le toit de tuiles brisées et enveloppent la maison d'un manteau opaque que le moindre coup de vent transforme en ombres chinoises. Les aiguilles des pins filtrent la lumière, un bruissement ténu, tel un sifflement étouffé, s'élève dans votre dos et des silhouettes bariolées ondoient dans des flaques de lumière, sur les murs. Ce frémissement continuel met mal à l'aise, comme si quelqu'un marchait sur la pointe des pieds dans la pièce contiguë. La lumière incandescente environne le bosquet, tandis que la maison et le jardin semblent se trouver dans un monde à part, une enclave de fraîcheur hivernale. « Il avait sombré en lui-même », avait dit Noa pendant qu'Avraham Orvietto effleurait le bord de la fenêtre en silence.

À 6 heures, hier, j'ai déposé dans la Chevrolet un râteau, un sécateur et une scie, et j'ai emprunté au garage Ben-Elul mes deux haltérophiles russes – sept heures durant, nous avons nettoyé le boqueteau et élagué les arbres. Muki et Linda survinrent l'après-midi – ayant appris que j'étais en train de refaire le coup de la tour et de l'enceinte, ils avaient décidé de venir me donner un coup de main, mais, à leur arrivée, tout était déjà fini. Nous étayâmes, au moyen de pieux, les pins que je trouvais vraiment trop tordus. Jeudi, un entrepreneur bédouin, un ami de Doubi Weitzman, doit venir réparer la clôture et installer un portail de fer.

Ensuite, je devrais m'attaquer au corps du bâtiment et le préparer à sa nouvelle affectation.

Mais quelle est-elle ? Je ne le sais toujours pas. Je n'ai pas terminé de rédiger le mémoire. J'ai perdu le fil.

Linda continue gentiment à taper les lettres que je lui dicte à mon bureau et que nous expédions tous azimuts. Mais mes idées sont confuses, comme si je n'y voyais plus clair. Entre-temps, le volcanique Ludmeer a déversé sa colère sur nous : dans sa chronique hebdomadaire, « Une voix clame dans le désert », il me traite de « personnage douteux ». « L'argent impur d'un trafiquant d'armes » : c'est ainsi qu'il qualifie la générosité d'Avraham Orvietto. J'aurais dû lui répondre, mais je n'ai pas trouvé de réplique adéquate. J'ai perdu le fil. Orvietto a disparu lui aussi : il est probablement retourné au Nigeria. Cette fois, il a sans doute emmené son avocat avec lui. Et toujours pas le moindre sou à l'horizon. Il n'y en aura peut-être jamais. Natalia est rentrée de Galilée, enceinte et encore plus belle que dans mon souvenir : avec une expression d'innocence étonnée, elle m'a servi un thé fort et brûlant, ce qui, sans raison apparente, a fait suffoquer de rire son mari et son beau-père, et, à ma grande surprise, moi aussi ; elle s'est mise à pleurer et, au lieu de m'en mêler, de prendre sa défense ou de la consoler, je brûlais de désir. Un jour, à la BBC, j'avais écouté une émission, plutôt ennuyeuse, sur la vie et les amours d'Alma Mahler. La speakerine avait parlé de l'image d'Alma Mahler dans un monde d'hommes. Ensuite, elle avait exposé sa véritable personnalité. Cette description m'avait paru contestable, sans trop savoir pourquoi.

Je dressai une liste sur un morceau de papier : meubles, équipement, problème du chauffage en hiver, cuisine ou système de restauration extérieure, aménagements intérieurs, plomberie, électricité, égouts, réparation du raccordement d'eau, toit, dalles, grillages, placards muraux, ligne téléphonique, salle de soins, salle de classe, local pour la vidéo et la télévision, ordinateurs, club, bibliothèque.

Tout cela avant même la réalisation du projet. Mais quelle réalisation ? Et avec qui ? C'est alors que mes idées s'embrouillent, telle une mousson intérieure. Comme si la bâtisse abandonnée devenait une fin en soi. Le temps est sans doute venu d'avoir une petite conversation avec Orvietto. Pour le sonder une bonne fois. À Tel-Aviv ? Ou alors à Lagos ? J'irai peut-être le voir un de ces jours, sans qu'elle le sache. Curieusement, cette idée me répugne. L'éventualité de le rencontrer sans elle suscite en moi un mélange de crainte et de dégoût. Comme si je voulais la tromper. Comme si je débitais un tissu de mensonges pour justifier le temps passé avec une autre.

Je téléphonai à Doubi Weitzman pour l'informer que j'annulais temporairement l'entrepreneur bédouin et ses ouvriers. Le jeudi était un peu prématuré. La semaine suivante également : pourquoi faire installer une clôture autour de quelque chose qui n'existait pas encore ? Autour d'un rêve ? Je me rappelai cependant son père, l'invalide, qui avait passé des années sur le toit de sa maison dans son fauteuil roulant : empâté comme un lutteur impotent, il suivait au télescope l'agitation du monde – le toit aurait-il possédé un parapet que le vieil homme serait peut-être encore en vie. Les bulldozers n'auraient pas détruit la maison au bout du village.

On n'aurait pas donné la collection de cartes postales au lycée agricole Tolstoï. Quant à elle, elle se consacrerait encore à son père, elle le bercerait, le nourrirait, l'endormirait et le changerait cinq fois par jour.

La robe que nous avons achetée à Tel-Aviv le jour de la signature des papiers a un léger défaut : la taille pendouille un peu. Nous serons probablement forcés de demander à Paula Orlev de l'arranger. Curieusement, la simple idée que ses doigts touchent la robe me soulève le cœur. Peut-être a-t-elle appris à sa fille, Tal, la petite Indienne, à retoucher une taille ? À moins que, miraculeusement, Natalia, ma petite vierge enceinte, ne s'y connaisse en couture. Noa ne s'est aperçue de rien quand elle a passé sa robe ce soir. Nous sommes allés écouter un concert que le quatuor russe donnait chez le docteur Dresdener, dans le quartier résidentiel. Au moment de sortir, j'ai failli lui en faire la remarque. Finalement, je n'ai rien dit pour ne pas nous mettre en retard et peut-être aussi parce que ce défaut, quasi invisible, a quelque chose de tendre, d'émouvant. Il est également possible que ce soit l'effet de mon imagination. Et s'il est réel, eh bien, mieux vaut attendre que Noa s'en rende compte toute seule. Sinon, tant pis !

Il porte une genouillère rêche au genou gauche, à cause d'une vieille douleur. À minuit, quand nous rentrâmes de la soirée chez Julia et Léo Dresdener, la douleur s'était réveillée. Après l'avoir installé dans un fauteuil, j'ôtai la genouillère et entrepris de le masser.

« Oui, continue, dit-il en posant la main sur mon épaule, ça marche.

— Théo, remarquai-je, ce genou-là est enflé par rapport à l'autre, tu devrais aller voir un docteur demain.

— Rien ne presse, répliqua-t-il, ça va et ça vient. »

Il se leva pour nous servir une tisane et éteindre la lumière. Nous nous attardâmes un petit quart d'heure au salon éclairé par la faible clarté provenant de la cuisine, derrière nous. Les fenêtres et la porte du balcon étaient ouvertes pour faire entrer l'air nocturne. Venant des collines, à l'est, nous parvint le gémissement étouffé d'un renard auquel répondirent les aboiements zélés des chiens, dans les cours. Ensuite, je lavai la bande à l'eau tiède et au savon : l'air était si sec qu'elle sécherait certainement pendant la nuit. Puis je pris une douche, Théo après moi, et nous nous séparâmes pour la nuit. Dans un demi-sommeil, je perçus une voix étranglée, une voix féminine pleine d'émotion contenue : le journal de la BBC.

Le lendemain, j'allai au cinéma avec Tal. Nous vîmes un film où il était question de trahison et de vengeance. Ensuite, nous nous attablâmes une heure et demie au « California » autour d'un café liégeois. De là, je l'emmenai chez Bozo car j'avais décidé de lui acheter des sandales à talons. Parfois, on dirait vraiment une gamine de dix ans, de dos surtout. « Une petite Indienne, qu'est-ce que vous pouvez bien vous raconter à longueur de journée, elle n'a pas d'amis de son âge ? » me rabâche Théo.

Nous choisîmes des sandalettes claires, avec une boucle en forme de papillon sur le côté. Tal refusa que je les lui offre, mais je m'obstinai, et elle finit par céder.

« J'ai quelque chose d'exceptionnel pour vous, dit Bozo. Essayez celles-ci. Ça ne vous engage à rien. »

Finalement, j'ai choisi une paire de sandales crème, à talons plats et lanières tressées.

Sur la place, nous tombâmes sur Théo. Il nous invita à boire un café liégeois au « California ». « Trop tard, m'écriai-je en riant, nous en venons. » Je lui demandai son avis sur nos nouvelles chaussures. « Elles sont jolies, dit-il en haussant les épaules et en refermant son œil soupçonneux, qui lui donnait l'air d'un paysan grippe-sou. Et où allez-vous comme ça ? Bon, fit-il en haussant les épaules une nouvelle fois. Pardon, je n'ai rien dit. Il faudrait quand même penser à l'épreuve de maths. Les logarithmes. En fait, je pourrais t'aider moi aussi. Il doit m'en rester encore quelque chose. Au revoir. »

Que fait-il de ses journées ? Il n'a pour ainsi dire pas de nouveaux contrats. C'est l'été. Il lui faut juste terminer un ou deux projets en cours. Il ouvre son bureau tous les matins à 8 h 30, allume le spot et s'installe à sa table à dessin sous la photo de Ben Gourion fixant le désert d'un regard déterminé. Il griffonne des formes géométriques. Ou il se poste à la fenêtre pour observer la place. À 10 heures, il descend acheter son journal chez Gilboa. Avant de remonter, il flâne un peu pour regarder ce qui se passe dehors. Récemment, il m'a raconté qu'il s'occupait un peu des problèmes domestiques de sa femme de ménage : il a trouvé du travail, temporairement, à son mari et à son beau-père. En fait, il s'est contenté de décrocher son téléphone, et c'est Muki qui a fait le reste. Bien que dévorée de curiosité, je me suis gardée de demander des détails pour ne pas lui donner l'impression de me mêler de ses affaires.

Le matin, je m'installe une heure ou deux à une table d'angle, à la bibliothèque, en face du climatiseur. La vieille bibliothécaire, Amalia, somnole derrière son comptoir : ratatinée, la peau grisâtre et toute ridée, les lèvres rentrées dans ses mâchoires comme si elle se moquait de moi, elle laisse échapper un léger ronflement saccadé, se réveille, me lance un regard triste et laisse retomber son menton sur sa poitrine tandis que ses yeux se referment avec une expression de souffrance contenue. Autrefois, elle s'occupait de l'embellissement de la ville, c'est elle qui a fait planter les palmiers des avenues et dessiné le jardin de la maison des fondateurs ; elle avait adopté un jeune orphelin bédouin qu'elle avait élevé et qui avait quitté le pays, elle s'était querellée avec Bat-Sheva et avait pris une retraite anticipée : elle souffrait de diabète et, au début de l'année, elle avait proposé ses services pour la réfection de la bibliothèque, mais les lecteurs étaient rares. Amalia avait décoré la salle de lecture, lumineuse et méthodiquement organisée, de dizaines de plantes entretenues avec un soin jaloux, des jardinières de lauriers-roses tapissées de fin gravier brillant et munies de pipettes d'irrigation distillant de l'engrais mélangé à des sels minéraux ; la bibliothèque allait peu à peu se transformer en serre ou en forêt tropicale où s'enchevêtreraient des plantes grimpantes et des fougères arborescentes qui s'enrouleraient autour des rayonnages et convertiraient la lumière des néons en sève opaque. Mais, à part quelques retraités, deux ou trois jeunes hurluberlus et moi, il n'y a personne. La salle de lecture est vide. Le matin, nous sommes seules, la bibliothécaire malade et moi.

Les livres sur les drogues, la toxicomanie et la désintoxication qu'elle mettait de côté à mon intention, sur une étagère marquée à mon nom, ont réintégré leur place. Je devrais préparer mes cours pour l'année prochaine. Mais rien ne presse. Au lieu de me plonger dans la poésie de Bialik, j'ai sélectionné quelques biographies de compositeurs. Peut-être parce que Julia et Léo Dresdener, le dentiste, m'ont téléphoné pour me prier de participer au comité pour l'intégration des musiciens immigrés de Russie. On envisage d'ouvrir un petit conservatoire, avec la participation du lycée, du syndicat et de la municipalité. On pourrait peut-être y associer les ministères de l'Intégration et de la Culture. Un rendez-vous a été pris avec Bat-Sheva pour la semaine suivante. On m'a demandé d'écrire une lettre, adressée à la poignée de mélomanes désireux de soutenir le projet. Linda a accepté de la taper, et Ludmeer et Muki Peleg, de la reproduire à cinquante exemplaires.

Assise dans mon coin, à côté de la dernière fenêtre, dans une robe d'été à fleurs, je feuillette mes livres et m'arrête de temps à autre pour lire ici et là trois ou quatre pages sur l'étrange amour de Brahms pour Clara Schumann, sur la maladie et la mort de Mozart, sur le grassouillet et timide Schubert qu'aucune femme n'avait probablement jamais aimé, excepté sa mère – il affirmait que ses œuvres étaient quelconques et éphémères, et n'avait consenti à se produire en concert qu'une seule et unique fois dans sa vie ; le typhus l'avait emporté à trente et un ans. Je lève les yeux de mon livre et m'abîme dans la pénombre végétale. Je me rappelle brusquement la collection de cartes postales de mon père. Amalia regarde dans le vide, de ses yeux enfoncés ; ses traits paraissent se crisper de douleur. Ses cheveux sont secs et clairsemés, et, à la lumière du néon, ses joues semblent ratatinées comme celles d'un cadavre. Muki Peleg m'a raconté que, dans les années cinquante, elle était la vamp du désert, à Beersheva : elle avait divorcé, s'était remariée puis séparée de son deuxième mari, elle dansait en maillot de bain sur un tonneau, lors du cortège de la fête du vin, elle tournait la tête à tous les hommes, séduisait les prospecteurs et elle avait vécu avec un poète célèbre. Au fil des années, la maladie avait accompli son travail de sape, et, aujourd'hui, on la traitait de sorcière derrière son dos.

Le climatiseur ronronnait en grinçant en peu. Un marteau piqueur vrombissait du côté de la rue Sharett. Pourtant, miraculeusement, un profond silence régnait dans la salle : je pouvais entendre le froissement des pages au fur et à mesure que je les tournais. De l'autre côté des rideaux tirés, le soleil brûlait. La lumière était aveuglante. Le sommet des collines se perdait dans la poussière qui sentait le roussi. Dans *Les Mots et les notes – Le Lied allemand de Mozart à Mahler*, je tombai sur un poème intitulé « Clair de lune[1] », de Joseph von Eichendorff, dont Schumann composa la mélodie en 1840 :

[…] La brise errait sur la plaine,
les épis doucement se balançaient,
les forêts frémissaient sous la caresse de la nuit étoilée.
Et mon âme, ouvrant ses ailes toutes grandes,
s'élançait à travers la campagne silencieuse,
comme à l'appel du pays natal.

Je referme le livre, pose mes bras sur la table et enfouis mon visage dans mes mains. Noa ne tourne plus. Amalia, la bibliothécaire, s'approche, elle se penche et me touche l'épaule, on dirait un oiseau agonisant avec une sorte de jabot flasque qui lui pendouille sous le menton :

« Vous ne vous sentez pas bien, Noa ? s'enquiert-elle d'une voix douce et inquiète. Voulez-vous un café ?

— Non, ce n'est pas la peine, ce n'est rien, c'est passé. »

Sa bouche sans lèvres esquisse un rictus spectral, et je dois me faire violence pour me rappeler que ce n'est pas une grimace de mépris ironique mais que la maladie et la vieillesse ont décharné ses joues. Tal ira à l'armée, Avraham s'évaporera en Afrique, Théo fermera son bureau pour se

1. « Clair de lune », traduit par Ada Brodsky dans *Le Lied allemand de Mozart à Mahler*, éd. HaKibboutz Hameuchad, 1989. Trad. française in *Poésies*, préface et trad. Albert Spaeth, Aubier, 1953.

consacrer jour et nuit à la BBC, les jours défileront, l'été s'enfuira, les années passeront, et je me retrouverai à sa place, derrière le bureau de la bibliothèque abandonnée qui, avec le temps, sera devenue une forêt vierge impénétrable qui aura envahi tout l'espace.

Bronzés et tout réjouis, Linda et Muki sont rentrés d'un court séjour à Safed. Muki a quelque peu cessé sa cour enjouée. Peut-être est-il retombé amoureux de Linda ? À moins que je n'aie commencé à perdre ce qui l'attirait. Ce revirement me peine même si ses assiduités me laissaient froide. J'en parlai à Tal. « Quelles bêtises, Noa, laissez tomber, fit-elle. C'est quand même dommage que vous vous soyez fait couper les cheveux court. Ça vous allait beaucoup mieux avant, quand ils vous retombaient sur la figure », fit-elle.

Et pourquoi les avait-elle coupés si court, elle ?

Elle n'avait pas la tête à ça. Elle voulait juste qu'on la laisse tranquille. Elle avait eu une histoire d'amour qui s'était péniblement terminée deux mois auparavant : un beau jour, elle s'était réveillée et avait compris qu'elle avait affaire à un âne, exactement comme dans *Le Songe d'une nuit d'été*, qu'ils avaient étudié en classe. Elle en avait par-dessus la tête à présent de tout cela. Elle ne voulait plus en entendre parler, au moins jusqu'à l'armée. D'ici là, elle aimerait bien trouver un travail à mi-temps, dans un bureau par exemple. Les mecs qui n'avaient dans la tête que leurs histoires de commandos, de bagnoles et de motos, c'était la barbe. Mais c'était à peu près tout ce qu'il y avait de disponible ici. En fait, puisqu'on en parlait, elle était plutôt attirée par des hommes plus mûrs. Quelqu'un qui saurait donner et recevoir beaucoup. Du genre Théo, en moins vieux, elle espérait que je ne m'en formaliserais pas. Théo avait l'air concentré et triste. C'était ce qui l'attirait chez un homme. Sauf que, chez lui, c'était plutôt de l'indifférence, et elle s'était excusée de s'être laissée aller à potiner.

« Écoute, Tal, dis-je, chez Théo… »

Je m'interrompis. Pourtant, j'aurais voulu continuer sans m'arrêter.

Mais pas maintenant, c'est trop tôt.

Je rencontrai Muki en sortant de la pharmacie Schazberg où le faire-part de deuil jauni, annonçant le décès de Gustave Marmorek, de bienheureuse mémoire, était toujours accroché dans la vitrine.

« Écoute, ma belle. J'ai besoin d'un conseil. Tu as cinq minutes pour qu'on se parle, on va au "California" ? Voilà, à notre arrivée à l'auberge du mont Meron, Linda est tombée malade. Une intoxication alimentaire, sérieuse. Je t'épargne les détails. Au début, j'ai pensé que je m'étais embarqué dans une sacrée galère, il ne me manquait plus que ça, devoir lui tenir la main pendant toutes les vacances au lieu de s'éclater, courir lui chercher du thé chaud, des pommes de terre bouillies et aller jusqu'à Safed pour lui acheter ses médicaments, sans parler de lui faire sa lessive, vu que, naturellement, elle n'avait pas pris assez de vêtements avec elle. Finalement, j'y ai pris goût, je n'en suis pas revenu. Je suis peut-être devenu masochiste. Mais on s'est quand même bien amusés, tu sais, le mardi, elle était sur pied, une vraie tigresse, et c'est alors que je lui ai fait faire des étincelles, si tu vois ce que je veux dire. Mais, c'est vraiment bizarre, c'est justement quand elle était malade que je me suis senti très proche d'elle. Tu peux m'expliquer ça, toi ? »

Le soir, j'en parlai à Théo. Je lui rafraîchis la mémoire : se rappelait-il sa proposition d'aller faire un tour en Galilée ? Pourquoi ne nous offririons-nous pas une petite escapade dans le Nord, nous aussi ? À Safed ? au Golan ? au Hermon ?

« Mais pas avec ta Chevrolet agonisante. Nous louerons une voiture, cette fois. Et c'est moi qui conduirai la moitié du trajet. On emmène Tal avec nous ? Si elle accepte de venir, bien sûr.

— Comme tu veux », répondit Théo.

Mais les jours passèrent sans que ni l'un ni l'autre ne fassions plus la moindre allusion à notre petite virée dans le nord du pays.

À la fin de la semaine, nous assistâmes à l'enterrement de la mère de Bat-Sheva Dinur, qui s'était éteinte pendant son sommeil. Elle fut enterrée à l'extrémité de la dernière rangée du cimetière, au pied des pins, à côté du vieil Eliahou, d'Emmanuel Orvietto et d'Elazara, la vieille fille, sa tante. C'est Kushnir, le relieur, qui fit son éloge funèbre : il rappela que, avant de tomber malade, la défunte avait, pendant des années, enseigné avec un grand dévouement l'histoire aux enfants des ouvriers de Givatayim et régulièrement collaboré à la revue *Échos de la pédagogie*. Il retraça à grands traits, sans s'appesantir, les dernières années de sa vie et, combinant deux moitiés de versets tirés des Psaumes, il conclut : « Ne me rejette pas, au temps de la vieillesse, ne m'abandonne pas, quand la force disparaît. » Son discours et les prières furent couverts en grande partie par le rugissement de deux avions à réaction qui se poursuivaient en tournoyant dans un ciel couleur de poussière.

Deux jours plus tard, nous allâmes présenter nos condoléances à Bat-Sheva. Nous eûmes toutes les peines du monde à entrer. La maison, la cour et le jardin étaient pleins à craquer : fils, petits-enfants, belles-filles, gendres, amis, cousins… La ville entière affluait par la porte ouverte, sans parler des Bédouins des environs et des voisins, on se serait cru dans un grand mariage. Des femmes que je ne connaissais pas avaient envahi la cuisine et expédiaient des tombereaux de rafraîchissements et de sandwichs au jardin et dans les chambres. Nous eûmes beaucoup de mal à nous frayer un chemin jusqu'à Bat-Sheva que nous finîmes par trouver dans le jardin, trônant dans son fauteuil royal, à l'ombre du figuier touffu, entourée des membres de sa famille et de ses amis disposés en demi-cercle. Une foule d'enfants galopaient dans la cour en hurlant, ce qui ne dérangeait apparemment pas

Bat-Sheva, qui, au contraire, semblait se délecter du tapage. C'était une femme lourde et bourrue dans son fauteuil de velours râpé. Elle menait simultanément quatre ou cinq conversations hétéroclites, sur les routes, les maternités, les partis politiques, la jeunesse de sa mère à Smolensk, le budget et les recettes de cuisine. « *Ya !* s'écria-t-elle quand vint notre tour de lui exprimer notre sympathie, regardez qui est là, ma paire de toxicos, tâchez donc de vous dégoter des chaises et patientez un peu avec le gâteau, mais avant goûtez-moi ces olives qu'un bon ami à moi vient de me rapporter de Galilée, de Deir-el-Asad. Viens, viens par ici qu'on te voie, Nawaf, il y a de quoi tomber en extase, c'est un enchantement, ces olives. Si maman était encore là, elle aurait liquidé le bocal en moins de deux. Elle était folle d'olives cassées piquantes, accompagnées de quelques excellents fromages et d'un verre de bon vin. On devrait faire ce genre de fête avant la mort des gens, pas après, comme ça, ils sauraient que ça ne vaut pas le coup de s'en aller et ils mourraient un peu moins. À propos de votre projet, Avraham m'a appelée avant-hier. Quel homme généreux, tragique même, et plein de charme, je crois que je suis tombée amoureuse de lui, moi aussi. Saviez-vous qu'il s'est occupé de la libération des prisonniers de Syrie ? Et de rassembler des informations sur ceux dont on est sans nouvelles ? On a flirté pendant une bonne demi-heure au téléphone, et je crois qu'il s'est laissé convaincre de renoncer momentanément à son idée de drogués et qu'il va probablement accepter d'équiper le lycée en ordinateurs, en souvenir de son fils, je regrette de ne pas l'avoir connu, j'aurais pu lui tirer les oreilles pour l'empêcher de se suicider. Le problème est que la villa d'Alharizi va vous rester sur les bras, vous êtes coincés. Mais ne vous inquiétez pas, ça va s'arranger, je crois avoir trouvé le moyen de vous tirer de là sans dommage. On en reparlera après la semaine de deuil. Non, pas ce fromage-là, Théo, Noa, essayez d'abord l'autre, il est salé, c'est mon petit-fils qui le fabrique, à Rosh Pinna. C'est une vraie symphonie, ce fromage. Où est-il ce gentil garçon ? Eitam ! Allez le chercher pour qu'il salue le public après les applaudissements. Tiens, voilà Ludmeer, venez vous asseoir, ô voix qui clame dans le désert, posez-vous par terre, ça vous apprendra, mais goûtez d'abord ces olives qu'un ami cher m'a rapportées de Deir-el-Asad ! »

Il ne fut donc plus question de clôturer la villa d'Alharizi, ni de la rénover non plus. Un dentiste s'installa dans l'ancien appartement de la tante : il apparut en fait que Dresdener et Nir y avaient transféré leur nouveau cabinet. Quant au vieux Kushnir, il suspendit un panneau « À vendre » sur la porte de son atelier de reliure – on disait qu'il voulait quitter Tel-Kedar, il n'avait presque plus de clientèle, pour aller habiter chez sa fille, à Gedera, mais certains affirmaient qu'il allait entrer dans une maison de retraite où il était inscrit depuis dix ans et où une place venait de se libérer.

D'énormes bulldozers grondent de 6 heures à la tombée de la nuit en soulevant d'énormes nuages de poussière au bout de la rue Eshkol qu'on a enfin entrepris de raccorder, par l'est, à l'avenue Ben-Zvi. Une bande de corbeaux plane sans discontinuer au-dessus du tourbillon de poussière. On installe un nouveau système d'éclairage sur la place, à l'instar des grandes villes. Julia Dresdener a organisé la première réunion du comité pour l'intégration des musiciens russes. Violette et Madeleine, les coiffeuses, qui sont aussi belles-sœurs, ont agrandi leur salon « Aux Champs-Élysées » pour y inclure un institut de beauté. La maison des fondateurs va prochainement abriter une cafétéria, et on parle d'y organiser une galerie permanente de minéraux, exposés dans des vitrines. Un magasin d'instruments de musique va ouvrir à l'automne sur la place. Les choses bougent dans notre petite ville. J'ai reçu une lettre recommandée émanant de Me Arbel, adressée à Théo et à moi, nous informant que, en raison des difficultés, il a été décidé de geler le projet de mémorial pendant six mois. Parallèlement, d'autres options étaient envisagées. M. Orvietto nous enverrait un courrier séparé. Le sujet était toujours d'actualité. Quant à la question financière qui restait pendante, elle allait être résolue au plus tôt de manière satisfaisante pour les deux parties. Les différents facteurs permettant une nouvelle appréciation de la situation et une évaluation exhaustive de la diversité des solutions de rechange seraient bientôt réunis. Et il ne manquait pas de nous remercier pour tout le mal que nous nous étions donné.

Muki Peleg, lui, négociait avec un groupe d'orthodoxes de Beersheva, l'association pour l'ascension vers la sainteté, qui désirait acquérir la villa d'Alharizi pour y ouvrir un pensionnat où on inculquerait les valeurs juives aux jeunes immigrés russes. Ils étaient prêts à nous verser une somme équivalente à celle que nous avions investie dans l'achat de la propriété.

« Rien n'est définitif, dit Muki. Il y a toujours une porte de sortie, et la transaction avec les religieux ne se fera que si notre dieu africain renonce à tout ce qu'il a décidé de créer ici et nous laisse suspendus entre ciel et terre. Ce qui est déjà le cas, nous sommes dans une impasse : la maison est enregistrée au nom de notre association, et l'argent est à toi, Théo, Avraham ne nous a fait que des promesses verbales, quant à son avocat, il nous a envoyé une lettre dont je doute fort qu'elle ait une quelconque valeur légale. Si on décide de vendre aux orthodoxes, et là encore je ne prendrai pas de commission, même si j'ai sacrément besoin d'argent en ce moment, Linda et moi projetons de nous offrir un petit voyage d'agrément en Italie à l'automne. Vous n'avez pas l'intention de vous marier vous aussi ? Non ? Nous irions tous les quatre faire la nique aux Romains et leur apprendre un peu ce que c'est que la *dolce vita*. On va éclabousser l'arc de Titus de lait et de miel, si vous voyez ce que je veux dire. La vérité, la main sur le cœur, si nous décidions tous les trois, tous les quatre, de ne pas capituler, je suis sûr que le projet aboutirait envers et contre tout. Vous voulez que je vous dise ? Nous aurions dû nous accrocher, nous battre jusqu'au bout, mettre la ville sens dessus dessous. Ce serait mille fois plus utile que cet internat religieux qui, au lieu de désaccoutumer les jeunes de la drogue, va intoxiquer ces jeunes âmes avec l'ère messianique et tout ça. Nous aurions dû chercher des bailleurs de fonds, ou des donateurs. Récolter des signatures pour faire pression sur Bat-Sheva et sur la bureaucratie. Ne pas baisser les bras, mobiliser les bonnes volontés. Ce n'est pas ce qui manque ici. Vous voulez que je vous dise encore une chose ? Notre vrai problème, c'est que nous ne nous sentons jamais concernés. C'est ça le drame. L'indifférence entraîne la froideur et la mort. Linda en est convaincue, et je suis d'accord avec elle. Il faut vouloir. Empoigner la vie à pleines mains de peur qu'elle ne s'échappe, si vous voyez ce que je veux dire. Sinon, tout est perdu.

— Concernant la vente, fais donc un peu traîner les choses, dit Théo. Si Avraham Orvietto ne se décide pas, votre association aura un autre acheteur.

— Qui ça ? Et à quel prix ?

— Moi. Le prix, nous en débattrons. »

« C'est drôle que je lui aie dit ça, remarqua Théo quand nous rentrâmes à la maison, ce soir-là. Je ne sais pas ce qui m'a pris. La maison nous plaît assez mais qu'en ferons-nous ? Tu comprends ça, toi ? Je ne sais pas quelle mouche m'a piqué.

— Attendons. Nous verrons bien. »

Vendredi, à 19 heures, tandis que la lumière du soir s'adoucissait et prenait une teinte bleuâtre, l'envie nous prit d'aller y faire un tour. La Chevrolet asthmatique refusa une fois de plus de démarrer. Nous partîmes à pied. Pour éviter la place, nous empruntâmes un chemin de traverse, la piste au pied de la falaise obturant la vallée interdite. Sur la ligne de crête, quelques rares arbustes sombres fléchissaient sous le vent du sud qui soufflait par à-coups, emplissant l'air de millions de particules acérées. On aurait dit qu'une forte pluie menaçait de s'abattre d'un moment à l'autre. De puissantes rafales ébranlaient les broussailles au sommet des collines, les forçant à ployer, à se tordre et à plier – comme en une danse spasmodique. Le sable nous piquait la peau sous nos vêtements, s'insinuait dans nos cheveux, crissait entre nos dents et entrait directement dans les yeux pour nous aveugler. Un léger sifflement traversait de loin en loin l'étendue déserte. Il cessait puis le vent se remettait à cingler les arbustes torturés. Nous progressions lentement vers le sud avec l'impression de nager à contre-courant. Nous contournâmes le cimetière. Les cimes des pins, étêtées par le vent, se mirent à gémir du côté des tombes. C'est une petite ville nouvelle, les morts sont encore peu nombreux : quelques dizaines, voire une centaine ; excepté le bébé de Bozo, personne n'a vu le jour ici, et nul n'est enterré à côté de ses parents. Mon père et tante Huma, sa sœur, ont été inhumés au milieu des orties, au pied des cyprès noirs du cimetière délabré, au bout du village où je suis née. Ma mère doit se trouver en Nouvelle-Zélande : là où règne l'hiver quand nous sommes en été, et la nuit quand il fait jour chez nous, une pluie fine crépite peut-être sur sa tombe dans le cimetière obscur où des arbres, dont j'ignore le nom, se parlent tout bas puis se taisent. Un samedi où nous nous promenions dans un *wadi*, vers le nord, nous étions tombés sur un cimetière bédouin : des vagues de pierres grises, recouvertes de sable. Peut-être étaient-ce les restes des nomades qui avaient vécu ici jadis et étaient enterrés, nus, entre les montagnes et le soleil, bien avant l'arrivée des Bédouins.

Parvenus à l'embranchement des carrières, nous obliquâmes à l'est et nous engageâmes sur le chemin qui serpentait entre les rochers. Le vent qui soufflait à présent sur notre gauche nous poussait violemment au bord du précipice dont on ne voyait déjà plus le fond. La lumière avait décru, et, dans la morne clarté, des rideaux de poussière trouble coloraient le couchant, qui avait perdu son éclat aveuglant, d'une étrange teinte gris rougeâtre, cernée de mauve. Une traîne de lueurs toxiques se déployait à l'ouest : on aurait dit la combustion de corps chimiques. Elle s'abîma de l'autre côté du plateau et disparut.

Nous parvînmes à la villa en ruine alors que la lumière du crépuscule vacillait encore obstinément. Bien que la bâtisse fût ouverte à tout vent, il y régnait une odeur âcre, humide. Nous passâmes à tâtons d'une pièce à l'autre, enjambant les ordures, les débris de dalles, les seringues, les tessons de bouteille, les morceaux de coton souillés, et crûmes voir des ombres détaler devant nous. Les cimes des arbres du jardin, agitées par le vent, se reflétant sur les murs aux dernières lueurs du soir ? Mais non, apparemment, nous avions dérangé un couple de visiteurs inattendus, une fille et un garçon, lentes silhouettes floues qu'on avait dû tirer d'un profond sommeil – ils nous fixèrent d'un air hébété comme si nous étions des apparitions et s'éclipsèrent aussitôt par le châssis d'une fenêtre avant de s'évanouir silencieusement entre les arbres obscurs.

Théo m'effleura le dos du bout des doigts.

« Écoute, Noa, essaie de comprendre, il est mort, ce garçon.

— Je sais, murmurai-je.

— Tu le sais ? Dis-le, alors.

— Mais pourquoi ?

— Dis-le, que je l'entende de ta bouche. »

Nous restâmes là, sans bouger, jusqu'à ce que l'air devînt glacial.

Il était 22 heures quand nous revînmes à la maison. Nous rentrâmes par la ville, en traversant la place déserte, battue par le vent qui faisait tourbillonner des pages de journal et des rafales de sable. J'étreignis sa large ceinture, et l'odeur de vieux cuir et de sueur me monta aux narines. Nous nous empressâmes de fermer les volets et les fenêtres à cause de la poussière. Théo prépara une salade décorée de radis en forme de boutons de rose. Il confectionna une omelette qu'il servit avec du pain coupé en tranches et un assortiment de fromages présenté sur une planche de bois. Je versai la tisane dans deux tasses. Nous posâmes un disque sur la platine, la *Messe en si bémol majeur* de Schubert, et veillâmes jusqu'à une heure tardive, assis dans la cuisine. Sans échanger une parole. Peut-être louerons-nous une voiture pour aller en Galilée ? Nous dormirons dans des auberges de campagne et irons vagabonder à l'aube dans la végétation vivace, aux sources du Jourdain. À notre retour, Tal nous donnera le chaton promis. Théo lui procurera un travail à mi-temps à son bureau – elle classera ses dossiers –, jusqu'à son service militaire, et il l'aidera à préparer son épreuve de mathématiques. Nous lui achèterons un chemisier et une jolie jupe pour remplacer ses jeans dépenaillés, déchirés aux genoux. Je songeai aux deux ombres entrevues ce soir dans un coin de la maison dévastée. Ils avaient dû descendre dans le *wadi* à la faveur de l'obscurité et devaient avoir gagné la colline de l'hyène à présent. À moins qu'ils ne se soient trouvé une autre cachette. Ou qu'ils ne soient revenus après notre départ pour se recoucher dans le noir, au pied d'un mur branlant, la tête sur les cuisses, somnolents, sourds, perdus dans un rêve silencieux, hors d'eux-mêmes, insensibles à la douleur et à la tristesse, à l'écoute du vent du sud soufflant par saccades dans les cimes des pins tordus de la cour avant de poursuivre sa route, lacérant la ville au passage, pour venir heurter nos volets clos. En prêtant l'oreille, on peut entendre les broussailles siffler. Les grandes vacances se terminent dans deux semaines et demie. La fraternité est la chose au monde la mieux partagée si on y met un peu du sien. Je finirai peut-être par me décider à devenir professeur principal de ma classe. D'ici là, je lui ferai oublier Londres cette nuit ; après ma douche, j'irai le retrouver dans le noir.

1991-1993.

DU MÊME AUTEUR

Aux Éditions Gallimard

MON MICHAËL (Folio n° 2756)

UN JUSTE REPOS (Folio n° 2802)

TOUCHER L'EAU, TOUCHER LE VENT (Folio n° 2951)

LA BOÎTE NOIRE (Folio n° 5261)

SEULE LA MER (Folio n° 4185)

AIDEZ-NOUS À DIVORCER !

LES DEUX MORTS DE MA GRAND-MÈRE (Folio n° 4031)

UNE HISTOIRE D'AMOUR ET DE TÉNÈBRES (Folio n° 4265)

UNE PANTHÈRE DANS LA CAVE (Folio n° 4032)

AILLEURS PEUT-ÊTRE (Folio n° 4422)

COMMENT GUÉRIR UN FANATIQUE

VIE ET MORT EN QUATRE RIMES (Folio n° 4947)

SOUDAIN DANS LA FORÊT PROFONDE (Folio n° 4701)

SCÈNES DE VIE VILLAGEOISE (Folio n° 5311, et repris dans CHANTER et autres nouvelles, Folio 2 € n° 5762)

ENTRE AMIS (Folio n° 5812)

LA TROISIÈME SPHÈRE (Folio n° 5542)

JUIFS PAR LES MOTS, avec Fania Oz-Salzberger

JUDAS (Folio n° 6505)

CHERS FANATIQUES. TROIS RÉFLEXIONS

RIEN N'EST ENCORE JOUÉ. LA DERNIÈRE CONFÉRENCE

CONNAÎTRE UNE FEMME (Folio n°6984)

NE DIS PAS LA NUIT (Folio n° 6984)

Aux Éditions Gallimard Jeunesse

SOUDAIN DANS LA FORÊT PROFONDE (édition illustrée)

Aux Éditions Calmann-Lévy

LES VOIX D'ISRAÊL

JUSQU'À LA MORT (« L'Imaginaire » n° 721)

LA COLLINE DU MAUVAIS-CONSEIL (« L'Imaginaire » n° 722)

L'HISTOIRE COMMENCE

Aux Éditions Grasset

JÉSUS ET JUDAS

Aux Éditions Stock

LES TERRES DU CHACAL

MON VÉLO ET AUTRES AVENTURES

Aux Éditions de l'Aube

IMAGINER L'AUTRE : ENTRETIENS AVEC CLÉMENCE BOULOUQUE

COLLECTION FOLIO

Dernières parutions

6814. Georges Rodenbach — *Bruges-la-Morte*
6815. Margaret Mitchell — *Autant en emporte le vent I*
6816. Margaret Mitchell — *Autant en emporte le vent II*
6817. George Eliot — *Felix Holt, le radical.* À paraître
6818. Goethe — *Les Années de voyage de Wilhelm Meister*
6819. Meryem Alaoui — *La vérité sort de la bouche du cheval*
6820. Unamuno — *Contes*
6821. Leïla Bouherrafa — *La dédicace.*
6822. Philippe Djian — *Les inéquitables*
6823. Carlos Fuentes — *La frontière de verre.* Roman en neuf récits
6824. Carlos Fuentes — *Les années avec Laura Díaz.* Nouvelle édition augmentée
6825. Paula Jacques — *Plutôt la fin du monde qu'une écorchure à mon doigt.*
6826. Pascal Quignard — *L'enfant d'Ingolstadt. Dernier royaume X*
6827. Raphaël Rupert — *Anatomie de l'amant de ma femme*
6828. Bernhard Schlink — *Olga*
6829. Marie Sizun — *Les sœurs aux yeux bleus*
6830. Graham Swift — *De l'Angleterre et des Anglais*
6831. Alexandre Dumas — *Le Comte de Monte-Cristo*
6832. Villon — *Œuvres complètes*
6833. Vénus Khoury-Ghata — *Marina Tsvétaïéva, mourir à Elabouga*
6834. Élisa Shua Dusapin — *Les billes du Pachinko*

6835. Yannick Haenel	*La solitude Caravage*
6836. Alexis Jenni	*Féroces infirmes*
6837. Isabelle Mayault	*Une longue nuit mexicaine*
6838. Scholastique Mukasonga	*Un si beau diplôme !*
6839. Jean d'Ormesson	*Et moi, je vis toujours*
6840. Orhan Pamuk	*La femme aux cheveux roux*
6841. Joseph Ponthus	*À la ligne. Feuillets d'usine*
6842. Ron Rash	*Un silence brutal*
6843. Ron Rash	*Serena*
6844. Bénédicte Belpois	*Suiza*
6845. Erri De Luca	*Le tour de l'oie*
6846. Arthur H	*Fugues*
6847. Francesca Melandri	*Tous, sauf moi*
6848. Eshkol Nevo	*Trois étages*
6849. Daniel Pennac	*Mon frère*
6850. Maria Pourchet	*Les impatients*
6851. Atiq Rahimi	*Les porteurs d'eau*
6852. Jean Rolin	*Crac*
6853. Dai Sijie	*L'Évangile selon Yong Sheng*
6854. Sawako Ariyoshi	*Le crépuscule de Shigezo*
6855. Alexandre Dumas	*Les Compagnons de Jéhu*
6856. Bertrand Belin	*Grands carnivores*
6857. Christian Bobin	*La nuit du cœur*
6858. Dave Eggers	*Les héros de la Frontière*
6859. Dave Eggers	*Le Capitaine et la Gloire*
6860. Emmanuelle Lambert	*Giono, furioso*
6861. Danièle Sallenave	*L'églantine et le muguet*
6862. Martin Winckler	*L'École des soignantes*
6863. Zéno Bianu	*Petit éloge du bleu*
6864. Collectif	*Anthologie de la littérature grecque. De Troie à Byzance*
6865. Italo Calvino	*Monsieur Palomar*
6866. Auguste de Villiers de l'Isle-Adam	*Histoires insolites*
6867. Tahar Ben Jelloun	*L'insomniaque*
6868. Dominique Bona	*Mes vies secrètes*
6869. Arnaud Cathrine	*J'entends des regards que vous croyez muets*

6870. Élisabeth Filhol	*Doggerland*
6871. Lisa Halliday	*Asymétrie*
6872. Bruno Le Maire	*Paul. Une amitié*
6873. Nathalie Léger	*La robe blanche*
6874. Gilles Leroy	*Le diable emporte le fils rebelle*
6875. Jacques Ferrandez / Jean Giono	*Le chant du monde*
6876. Kazuo Ishiguro	*2 nouvelles musicales*
6877. Collectif	*Fioretti. Légendes de saint François d'Assise*
6878. Herta Müller	*La convocation*
6879. Giosuè Calaciura	*Borgo Vecchio*
6880. Marc Dugain	*Intérieur jour*
6881. Marc Dugain	*Transparence*
6882. Elena Ferrante	*Frantumaglia. L'écriture et ma vie*
6883. Lilia Hassaine	*L'œil du paon*
6884. Jon McGregor	*Réservoir 13*
6885. Caroline Lamarche	*Nous sommes à la lisière*
6886. Isabelle Sorente	*Le complexe de la sorcière*
6887. Karine Tuil	*Les choses humaines*
6888. Ovide	*Pénélope à Ulysse* et autres lettres d'amour de grandes héroïnes antiques
6889. Louis Pergaud	*La tragique aventure de Goupil* et autres contes animaliers
6890. Rainer Maria Rilke	*Notes sur la mélodie des choses* et autres textes
6891. George Orwell	*Mil neuf cent quatre-vingt-quatre*
6892. Jacques Casanova	*Histoire de ma vie*
6893. Santiago H. Amigorena	*Le ghetto intérieur*
6894. Dominique Barbéris	*Un dimanche à Ville-d'Avray*
6895. Alessandro Baricco	*The Game*
6896. Joffrine Donnadieu	*Une histoire de France*
6897. Marie Nimier	*Les confidences*
6898. Sylvain Ouillon	*Les jours*
6899. Ludmila Oulitskaïa	*Médée et ses enfants*

6900. Antoine Wauters	*Pense aux pierres sous tes pas*
6901. Franz-Olivier Giesbert	*Le schmock*
6902. Élisée Reclus	*La source* et autres histoires d'un ruisseau
6903. Simone Weil	*Étude pour une déclaration des obligations envers l'être humain* et autres textes
6904. Aurélien Bellanger	*Le continent de la douceur*
6905. Jean-Philippe Blondel	*La grande escapade*
6906. Astrid Éliard	*La dernière fois que j'ai vu Adèle*
6907. Lian Hearn	*Shikanoko, livres I et II*
6908. Lian Hearn	*Shikanoko, livres III et IV*
6909. Roy Jacobsen	*Mer blanche*
6910. Luc Lang	*La tentation*
6911. Jean-Baptiste Naudet	*La blessure*
6912. Erik Orsenna	*Briser en nous la mer gelée*
6913. Sylvain Prudhomme	*Par les routes*
6914. Vincent Raynaud	*Au tournant de la nuit*
6915. Kazuki Sakuraba	*La légende des filles rouges*
6916. Philippe Sollers	*Désir*
6917. Charles Baudelaire	*De l'essence du rire* et autres textes
6918. Marguerite Duras	*Madame Dodin*
6919. Madame de Genlis	*Mademoiselle de Clermont*
6920. Collectif	*La Commune des écrivains. Paris, 1871 : vivre et écrire l'insurrection*
6921. Jonathan Coe	*Le cœur de l'Angleterre*
6922. Yoann Barbereau	*Dans les geôles de Sibérie*
6923. Raphaël Confiant	*Grand café Martinique*
6924. Jérôme Garcin	*Le dernier hiver du Cid*
6925. Arnaud de La Grange	*Le huitième soir*
6926. Javier Marías	*Berta Isla*
6927. Fiona Mozley	*Elmet*
6928. Philip Pullman	*La Belle Sauvage. La trilogie de la Poussière, I*

6929. Jean-Christophe Rufin — *Les trois femmes du Consul. Les énigmes d'Aurel le Consul*
6930. Collectif — *Haikus de printemps et d'été*
6931. Épicure — *Lettre à Ménécée* et autres textes
6932. Marcel Proust — *Le Mystérieux Correspondant* et autres nouvelles retrouvées
6933. Nelly Alard — *La vie que tu t'étais imaginée*
6934. Sophie Chauveau — *La fabrique des pervers*
6935. Cecil Scott Forester — *L'heureux retour*
6936. Cecil Scott Forester — *Un vaisseau de ligne*
6937. Cecil Scott Forester — *Pavillon haut*
6938. Pam Jenoff — *La parade des enfants perdus*
6939. Maylis de Kerangal — *Ni fleurs ni couronnes* suivi de *Sous la cendre*
6940. Michèle Lesbre — *Rendez-vous à Parme*
6941. Akira Mizubayashi — *Âme brisée*
6942. Arto Paasilinna — *Adam & Eve*
6943. Leïla Slimani — *Le pays des autres*
6944. Zadie Smith — *Indices*
6945. Cesare Pavese — *La plage*
6946. Rabindranath Tagore — *À quatre voix*
6947. Jean de La Fontaine — *Les Amours de Psyché et de Cupidon* précédé d'*Adonis* et du *Songe de Vaux*
6948. Bartabas — *D'un cheval l'autre*
6949. Tonino Benacquista — *Toutes les histoires d'amour ont été racontées, sauf une*
6950. François Cavanna — *Crève, Ducon !*
6951. René Frégni — *Dernier arrêt avant l'automne*
6952. Violaine Huisman — *Rose désert*
6953. Alexandre Labruffe — *Chroniques d'une station-service*
6954. Franck Maubert — *Avec Bacon*
6955. Claire Messud — *Avant le bouleversement du monde*
6956. Olivier Rolin — *Extérieur monde*
6957. Karina Sainz Borgo — *La fille de l'Espagnole*
6958. Julie Wolkenstein — *Et toujours en été*
6959. James Fenimore Cooper — *Le Corsaire Rouge*

Composition Nord compo
Impression Novoprint
à Barcelone, le 04 octobre 2021.
Dépôt légal : octobre 2021

ISBN 978-2-07-290374-8./Imprimé en Espagne.

369473